逆時偵查 1

時間迴圈的陷阱

張小貓　著

主要人物介紹

路天峰

精英刑警。十七歲時，發現自己擁有感知「時間迴圈」的能力，可以不定時重複經歷同一天五次，並依靠此能力解決了數起要案。他具有很強的正義感和責任心，深受下屬的信任。面對工作時性格穩重，冷靜，常有大膽之舉。

陳諾蘭

年輕有為的尖端生物學家，同時也是路天峰的女友，就職於風騰基因公司，受總裁駱滕風看重，甚至與其傳出桃色新聞。在公司副總裁和首席科學家接連遇害後，陳諾蘭還肩負著重振風騰基因的重任，因此受到各路股東的虎視眈眈。在X試圖暗殺駱滕風的五次迴圈中，陳諾蘭似乎每次都藏著不可告人的祕密。

駱滕風

風騰基因的總裁，年輕英俊多金，掌握基因療法的RAN核心技術。性格深藏不露，在公眾面前是個得體的成功企業家，而私下的樣子卻不為人所知，和妻子樊敏恩相識不到半年即閃電結婚。收到嫌疑人X發出的暗殺預告後，求助於警方的調查，並受到路天峰的貼身保護。

樊敏恩

駱滕風的妻子，父親是投資圈元老，她和駱滕風結婚後，為風騰基因帶來大筆資金入股，如果駱滕風發生意外，其財產將全部歸樊敏恩所有，因此也成為警方頭號嫌疑人。

張文哲

風騰基因副總裁張翰林的兒子，玩世不恭的浪蕩公子，和樊敏恩關係神祕。父親率先死於嫌疑人X之手，而張翰林的死，也讓擁有繼承權的張文哲蒙上了嫌疑。

高緲緲

風騰基因首席科學家高俊傑的養女，養父死於嫌疑人X之手後，繼承其股份，從研究所退學加入風騰基因，成為普通的研究人員。這名作風低調樸素，看似善良單純的女生，舉止卻像是在飾演著「好孩子」的角色，引起警方關注。

目錄

自序

大概在十年前，我剛出道不久，就有讀者私下問我：「大大，什麼時候能出單行本啊？」我的回答是，暫時還沒有這個計畫，因為覺得自己能力有限，寫不出足夠好的作品來。

然後，一年又一年過去了，這些年間，我在不斷地學習和創作，從短篇到長篇，從小說到劇本，從電影到綜藝節目，我見識了更大的世界，也有機會接觸到更廣泛和多樣化的題材，受益匪淺。而我可愛的讀者朋友們，依然時不時會問我同樣的問題——他們很期待我的某部長篇作品能以單行本的形式問世。

其實，我跟大家一樣熱切期待著這樣的機會，不過我更要求自己能拿出足夠優秀的作品，足夠特別而有趣的故事，不要讓各位感到失望。終於，《逆時偵查組》姍姍來遲，擺在各位的面前，希望能夠帶給大家良好的閱讀體驗。

將科幻小說的世界觀與推理小說的敘事技巧結合，打造出具有獨特魅力的類型小說，是我多年創作生涯的夙願之一。說起科幻推理（SF推理），大家可能會首先想起日本作家西澤保彥的《死了七次的男人》，該作品的精妙構思，給予了我相當多的靈感和啟發。另外，科幻領域的絕對大牌以撒・艾西莫夫，同樣創作過一系列邏輯水準過硬的科幻推理作品——《銀河帝國》系列中的《鋼穴》、《裸陽》和《曙光中的機器人》，都是把科幻和推理兩種風格融合得極好的佳作。

既然已經站在巨人的肩膀上，我很想寫出更接地氣、更符合中國讀者口味的故事，但同時也要保留科幻小說特有的世界觀和嚴密邏輯，以及讓大家大呼過癮的鬥智鬥勇過程。想做到方方面面的均衡並不容易，我也只能努力地一邊摸索，一邊前行。在第一部的故事中，我採用了「單日時間多次迴圈」的概念，我保證，大家會在這個設定當中看到一些「不一樣的東西」，而在接下來的劇情，還會一次又一次地刷新大家的世界觀，不斷地帶給大家驚喜。

很多年前，曾經有人斷言中國人的想像力不行，寫不出好的科幻作品，經過一代又一代作家的努力，劉慈欣用《三體》為中國科幻正名。同樣，十多年前也有不少人對處在萌芽階段的中國推理創作冷嘲熱諷，頻頻打擊。然而時至今日，中國推理雖然還稱不上盛世，但絕對是生機勃勃，日新月異，有了長足的進步。千里之行，始於足下，我相信總有一天，中國作者寫出的科幻推理作品，同樣可以在類型文學史上留名。

最終引領國內科幻推理小說走向成功的旗手也許不是我，但我願意為此貢獻自己的一份綿薄之力。

世事如浮雲變幻，唯愛依然深。

序章

1

四月七日，傍晚七點。

榕華飯店，D城十大老字號餐飲名店之一。這家飯館位於近郊，裝潢簡易，其貌不揚，消費水準也不算高，但店內那道已流傳百年的祕方烹飪——將老母雞與新鮮水蛇燉成一煲，輔以十八種地方特色香料和配菜的招牌菜式「龍鳳吉祥」，仍舊吸引了無數食客遠道而來。

今天也跟往常一樣，剛到六點，店內就座無虛席了，遲來一步的客人只好聚集在門外取號等位。到了七點，飯店門口已經比菜市場還要熱鬧。附近的菜農、果農早就學精了，每逢這個鐘點就會趕過來，向百無聊賴的客人介紹自家的農產品，其中就有一名肩挑扁擔、皮膚黝黑的年輕男子，不慌不忙地吆喝著，推銷他那兩筐蘋果。

「上好的蘋果呢，嘗嘗吧。」

一名穿著打扮入時的女孩看了看，發現蘋果又小又青，不禁皺眉道：「大哥，這些蘋果還沒熟透吧？」

扁擔男只是嘻嘻一笑，不以為然，轉頭又向另外一群客人走去。

這時候，一輛白色麵包車停在大門附近，四個黑衣大漢動作敏捷地跳下車，左右張望了一下，其中一人一打手勢，四人魚貫向飯店的側門走去。

剛才看起來還有點傻里傻氣的扁擔男，眼裡閃過一絲精光，隨即稍稍扯開衣領，露出微型麥克風，低頭快速而清晰地說道：「目標出現，注意警惕。勇生、萱萱，準備行動。」
說罷，他拋下兩筐蘋果，提起扁擔，也往側門方向趕去。
再說那四個黑衣大漢，鬼鬼祟祟地從側門溜進飯店後，東張西望地尋找著什麼。一名穿著藍色旗袍的領檯小姐快步迎上前，問道：「先生，請問有預約嗎？」
「有的，玫瑰房。」領頭黑衣人含糊地說道。
「哦，是白先生的客人嗎？」領檯小姐看著手裡的預約登記表，「這邊請。」
領檯小姐帶著他們來到「玫瑰房」包廂門前，輕輕敲了敲門，然而她身後的黑衣人已經按捺不住了，略帶粗暴地推開她，撞入門內，幾個人同時掏出懷裡的彈簧刀。
「別出聲，誰喊就捅死誰！」領頭黑衣人惡狠狠地喝道。
包廂裡頭，正準備用餐的白卓強一家三口，以及為他們倒茶的服務生都愣住了。
剛過五十的白卓強是D城首屈一指的高級服裝品牌經銷商，名下資產無數，身家過億，平常的生意應酬大都是出入五星級酒店，今天難得放鬆一次，帶著自己的妻女來品嘗道地風味，沒想到卻遇到這種事情。
不過白卓強畢竟縱橫商海多年，短短幾秒鐘內就意識到自己可能遇上綁匪了，他處變不驚，立即起身擋在妻子和女兒面前。
「幾位大哥，有何貴幹？」
領頭黑衣人上前一步，伸手就去扯白卓強的衣袖：「白老闆，麻煩你跟我們……啊！」
領頭黑衣人突然發出一聲慘叫，原來是那位大家都沒留意的服務生突然發難，將手中的茶壺砸向領頭黑衣人，滾燙的茶水淋了他一臉。
變故突如其來，領頭黑衣人捂住雙眼，哀號著退開。離服務生最近的那個黑衣人反應也不慢，二話不說舉起刀子，朝著對方的面門直刺過去。

而服務生顯示出遠非普通人能比的敏捷身手，頭一低，腰一扭，閃過黑衣人的刀子，抄起桌面上的一個飯碗，順手甩向黑衣人。

黑衣人側身躲過飛來的飯碗，正想舉刀再刺，不料服務生已經欺身上前，雙拳齊出，逼迫黑衣人貼身肉搏。黑衣人把心一橫，刀鋒一轉，割向服務生的手臂。服務生的動作更快，施展一連串的擒拿手法，將黑衣人的雙手鉗制住，再發力一扭，只聽「咔嚓」一聲脆響，黑衣人便手腕骨折，頓時失去了戰鬥力。

眼見兩名同伴從交手到落敗只用了不到一分鐘，餘下的兩名黑衣人原本就實力較弱，加上氣勢上已被對手壓制，哪裡還敢戀戰，回頭就往外逃竄。一心想著逃走的兩人萬萬沒想到，剛才替他們帶路的那個嬌滴滴的領檯小姐，突如其來地使出一記掃堂腿，絆倒其中一個黑衣人。這一腿掃出的時機和力度都恰到好處，顯然也是個練家子。

倒地的黑衣人還想掙扎，卻被領檯小姐一腳踩住，反剪雙手，只聽見「咔嚓」一聲，已經銬上了手銬。看這熟練的動作，他頓時明白，對方是如假包換的警察。

「站住，別跑！」

還剩下一個黑衣人頭也不回地往外跑，手裡揮舞著刀子，嚇得沿路的客人紛紛閃避，卻有一名衣著樸素、農民模樣的男子，提著一根長扁擔，笑咪咪地擋在路中央。

「滾開！」黑衣人氣急敗壞地大喊，眼看對方毫無退避的跡象，他的刀子也不客氣了，直取男子胸膛。

「笑話！」男子嘴角翹起，手中的扁擔似有靈性一般，擊向黑衣人的刀子。按理說扁擔比刀子要笨重得多，但黑衣人幾次試圖變招，都被扁擔提前封住了攻擊路線。

噗——刀子直直插在扁擔上，入木三分。黑衣人臉色一變，只好改用肩膀往前衝撞，想擠開一條路逃走。

「往哪兒跑呢？」

黑衣人眼前一花，連發生了什麼都不知道，整個人就不由自主地在空中轉了一圈，重重跌倒在地，失去了知覺。

「老大，搞定了？」

「太厲害啦！」

服務生和領檯小姐先後趕了過來，原來他們就是扁擔男所說的「勇生」和「萱萱」——D城刑警隊第七支隊的余勇生、黃萱萱。而假扮成賣蘋果農民的男子，則是他們倆的上司，副隊長路天峰。

「四個全部抓住了，外面接應的司機呢？」路天峰面色如常，看起來並沒有因為成功阻止了一起綁架案而特別喜悅。

「哪兒逃得掉，好像還是程隊親自抓的。」余勇生說道。

「很好，準備收隊。」路天峰擺了擺手，示意把疑犯全部押回去再說。

飯店裡的圍觀群眾何嘗見過這種拍電影一樣的場面啊，賊人被抓之後，大家心裡覺得踏實了，反而更肆無忌憚地擠上前看熱鬧。無奈之下，余勇生和黃萱萱只得請飯店的保全人員幫忙維持秩序，好讓他們把嫌疑人帶走。

路天峰在人群聚集起來之前，就悄悄離開了。離開前，他往「玫瑰房」包廂裡看了一眼，恰好迎上白卓強投過來的目光。

這位商界精英的眼裡，既帶著感激和欽佩，也有困惑和迷茫。今晚來這裡吃飯是上午臨時決定的，知道這趟行程安排的人屈指可數。如果說綁匪是買通了自己身邊的人，裡應外合策畫了這起綁架案，那麼警方又是如何得知綁匪行動，並提前布局解救自己的呢？

在白卓強能夠想出一個合理的解釋之前，路天峰的背影已經消失在人群當中。

2

四月七日，晚上十點，發記大排檔。

啤酒、串燒和麻辣燙，是D城宵夜的三大招牌，今天余勇生和黃萱萱出色地完成了任務，身為上司的路天峰難免要犒勞他們一番。

三人的桌上擺滿了串燒，但由於明天還要上班，他們沒有點啤酒，只用冰鎮可樂代替。

「來，先敬老大一杯！」余勇生興奮得滿面紅光，大喊著舉起可樂罐。

「敬老大。」黃萱萱輕聲細語地附和道，看她現在這副嬌滴滴的模樣，很難想像她在執行任務的時候竟是一枚彪悍的「女漢子」。

「大家辛苦了，來，多吃點。」路天峰臉帶笑意，語氣卻依然平靜。

余勇生抓起兩串烤羊肉，連醬料都不蘸就直接往嘴裡送，邊嚼邊說：「我可以多吃點，萱萱應該要注意控制體重才對吧？」

黃萱萱沒好氣地白了余勇生一眼，懶得回答，自顧自地拿起一隻烤雞翅。

余勇生顯然是三人之中興致最高的，又主動挑起了新的話題：「嘿，萱萱，今天見識到老大的情報有多精準了吧？我早就說過，你絕對不會後悔加入我們的。」

余勇生是第七支隊的刑警，已經跟隨路天峰三年多，黃萱萱原來在別的分局當便衣，剛調來一個多月。局裡一直有傳言，說這位年輕的女警是為了追隨自己的偶像路天峰才申請調動的。

但這畢竟只是傳言，除了黃萱萱本人，誰也不知道她心裡想的是什麼。

「少說兩句吧你！」黃萱萱臉上一陣紅暈，隨手就把還沒來得及咬一口的雞翅塞進余勇生的嘴裡。

路天峰笑意更濃，拿起一根烤香腸遞給黃萱萱，「吃吧，別理他，這傢伙就是管不住自己的嘴。」

「謝謝。」黃萱萱用微微顫抖的右手接過竹籤，臉上流露出一種小女生特有的羞澀來。

余勇生剛想藉機起鬨，就看見路天峰投來一道責備的眼神，於是乖乖低下頭啃雞翅。

黃萱萱注意到兩個男人之間的眼神交流，不禁噗嗤一聲笑了起來：「老大，你管人可真有一套。」

路天峰還沒答話，余勇生就嚷嚷起來：「別人管我才叫『管』，老大對我可不用『管』，因為我是真心佩服他，無條件服從他。」

「得了吧你，喝可樂也能說醉話。」路天峰拍了拍余勇生的肩膀。

「我可是認真的，老大，在我心目中你比程隊厲害多了。」余勇生的話無異於直接質疑路天峰的頂頭上司，聽得路天峰眉頭一皺。

余勇生將手機扔在桌面上，憤憤不平道：「你看，活兒是我們幹的，鋒頭是程隊出的，最後主要功勞也歸到他頭上，這算怎麼一回事嘛！」

路天峰和黃萱萱好奇地湊上前一看，原來是一個剛剛上傳網路就迅速熱播的影片，應該是在榕華飯店門前等位的客人拍下來的。

影片中可以看見一輛白色麵包車停靠在馬路邊，沒有熄火，車頭燈也是亮著的，突然路邊圍觀的人群出現了莫名的騷動，麵包車司機察覺到異常後正準備開車逃離。就在這時候，一輛警用吉普車飛快地衝進畫面，以一個漂亮的「飄移甩尾」動作，硬生生逼停了麵包車。

接下來的畫面抖動得很厲害，應該是拍攝者拿著手機一路跑向事發地點，試圖近距離拍攝導致的。當畫面再次變清晰時，程拓已經將司機制伏，並連連揮手，請求圍觀的群眾散開。

影片還配了一個誇張的紅字標題：「警察叔叔飛車飄移，一秒擒賊，帥到沒朋友！」

「程隊是故意那麼張揚的吧，還對著鏡頭擠眼睛。」余勇生頗為不滿地說。

路天峰倒是豁達，不以為然道：「這影片拍得挺好的呀，我看著也能感受到滿滿的正能量。」

「老大，你難道真不在乎自己的晉升前景嗎？」余勇生滿臉困惑，越說越激動，「坦白說吧，七支隊以前在局裡就是個湊數的，大案要案基本都分給一隊二隊的精英跟進，我們只能擔當支援，哪裡缺人往哪裡跑。如果不是你帶隊破獲了天馬珠寶中心那起驚天大劫案，我們哪能有今時今日的地位？」

黃萱萱聽到「天馬珠寶中心」幾個字，雙眼閃過一絲興奮的光芒，這可是在警局內部被奉為奇蹟一般的案件啊！兩年前，鄰省的五名劫匪流竄到D城，聯手策畫一單「大買賣」，他們從千里之外的走私犯手中搞到一批槍械，潛伏在本地後一直深藏不露。當搶劫天馬珠寶中心的計畫制定好後，他們更是把唯一一個有可能走漏風聲的本地小混混滅了口，埋屍荒野。

這麼一場精心策畫的大劫案，竟然被路天峰提前知曉，而當路天峰向領導請求派遣特警隊支援的時候，不少人覺得他是小題大做，甚至懷疑線人情報的可靠性。

「警隊講求的是合作，光是我的情報準確有啥用？當時要不是程隊力排眾議，替我們爭取到特警隊支援，我們大概要被那夥變態射成篩子了。」路天峰回憶起往事，不勝唏噓。

路天峰和余勇生都是曾經的親歷者，猶記得當時雖然是警方狙擊手首先發難，連續擊斃兩名劫匪，剩餘三人卻沒有立即投降，而是拿起手裡的AK-47與警方交火。幸虧警方對此早有防備，人群疏散也極為迅速，最終又擊斃兩人，最後一名匪徒也中彈被捕，而警方這邊只有幾名警員受了輕傷，路人更是毫髮無損。

黃萱萱用欽佩的目光看著兩位前輩，說：「這事實在是太神奇了啊，所以在系統內部越傳越神，我聽到的版本是，你們連劫匪在哪個位置停車都預測得準確無誤，狙擊手全體待命，剛確認劫匪的身分就立即開火了。」

余勇生意氣風發地說道：「嘿，當時就是這樣子啊！」

「啊？線人的情報能準確到這種程度嗎？」黃萱萱驚愕地看向路天峰，後者笑而不語，仰頭喝下一大口可樂。

黃萱萱不是第一個有類似疑問的人，也不會是最後一個。

余勇生故作深沉地說道：「這可是老大壓箱底的祕密，我們就不要隨便打探了。」

「哦……」黃萱萱的眼珠骨碌碌地轉動著，顯然不太能接受這個回答。但她身為警察當然很清楚規則，線人和臥底一樣屬於高度機密，路天峰對此諱莫如深也是可以理解的。

「如果不是程隊在領導面前邀功的話，我看……」

「勇生！」路天峰突然提高了音量，一貫平靜的語氣中也難得帶著怒火，「破壞團隊氣氛的話可別亂說啊！」

「啊……對不起，我錯了。」余勇生捂住嘴巴，乖乖縮回座位，前一秒還像頭張牙舞爪的老虎，這一刻就成了被主人訓斥的小貓咪。

路天峰大概也覺得自己的語氣有點重了，轉而歎息道：「其實你仔細想想，如果不是有程隊站在前面應付領導的話，我也不可能那麼自由地隱身幕後，提供情報……」

余勇生和黃萱萱都是聰明伶俐的年輕人，一聽這話馬上就想通了，安全穩妥的線人資源可以說是極其稀缺的「寶物」，但如果路天峰的名聲太盛，在警局內扶搖直上的話，對他和他身後的線人而言都是一種無形的壓力，甚至可能會給線人招來殺身之禍。

「所以我跟程隊是心照不宣，配合默契，大家把精力集中到工作上面，別管什麼流言蜚語，好嗎？」

路天峰舉起可樂罐，向兩位下屬示意碰杯，這番話說得不卑不亢，有理有據，余勇生和黃萱萱連連點頭，心底對這位低調的老大更是好感倍增。

然而直覺敏銳的黃萱萱還是注意到，路天峰平靜的神色下面，隱藏著某種說不清道不明的情緒——明明是個還不到三十歲的年輕人，倒像是一位早已看破塵世的老人家了。

「……所以說老大你才是人生贏家啊！」

黃萱萱剛才走了神，恍惚之間不知道自己聽漏了什麼。

「你這小子真能胡說八道！」

「一天之內既破了大案，又抱得美人歸，找到像諾蘭姐這樣優秀的女朋友，還不算是人生贏家嗎？」

「說過多少次了，你比陳諾蘭還大一歲，別把人家喊得那麼老好不好？」

黃萱萱早就聽說路天峰是有女朋友的，但還是剛剛才得知她的名字：「咦？老大跟嫂子的緣分還跟天馬珠寶中心案有關聯？」她的八卦之心立刻冒了出來。

路天峰不由自主地露出幸福的笑容：「也就是那一天，劫匪開槍的時候，我恰好救了她一命。」

「哎喲，說得太輕巧了！」余勇生手舞足蹈起來，「當時老大可威風了，一記魚躍飛撲過去，把剛從街角轉出來，手裡還拿著一杯咖啡，完全是懵懂狀態的諾蘭姐壓在身下，一秒之後 AK-47 的子彈就『噗噗噗』飛了過去，真是驚險至極。」

「呵呵，也是運氣比較好……」

「可憐的諾蘭姐，初次見面就被你『推倒』，所以接下來也只能跟著你了。」

路天峰輕輕打了余勇生一拳，提醒道：「有女生在場就別說葷段子了啊！」

「冤枉啊大人，這也能算葷段子嗎？」

黃萱萱倒是無所謂，嬉笑著說：「雖然不葷，但是很冷，一點都不好笑。」

三人討論的話題漸漸遠離了工作和案件，氣氛也顯得越來越輕鬆，不知不覺間就聊到深夜十一點多。

路天峰看了看時間：「今天就到這裡吧，明天還要上班呢。」

「老大請放心，明天一定準時到崗！」余勇生還是一副神采奕奕的模樣，相較之下，黃萱萱顯得有點疲憊，說話也有氣無力的。

路天峰注意到這個細節，吩咐道：「勇生，你送萱萱回家吧。」

「她自己……」

「我自己……」

沒想到兩人居然同時開口，又同時噤聲，有點莫名的尷尬。

路天峰拍了拍余勇生的肩膀：「送她回家，這是命令。」

「Yes, sir!」

3

四月七日，深夜十一點四十五分，路天峰家。

這間租來的小公寓，嚴格來說應該是路天峰和陳諾蘭共同的家。不過最近陳諾蘭以工作壓力太大、經常要加班為由，向公司申請了一間員工宿舍，一般只有週末才會回這裡過夜。

最近一個週末，她甚至沒回來。

路天峰從冰箱裡拿出一罐啤酒，坐在窗台上，拉開拉環。苦澀冰涼的啤酒入喉，讓他頓時感覺渾身舒暢。

擁有太多祕密的人，總是難以入眠。

路天峰就擁有很多祕密，其中最大也是最關鍵的一個祕密，就是協助他屢破大案的所謂「神祕線人」，根本就不存在。

從路天峰十七歲那年的某一天開始，他就意識到自己並非普通人，因為「那一天」，他足足經歷了五次。

最開始的時候，只是普通而正常的一天，上學放學，吃飯睡覺，毫無異樣。然而「第二天」起床之後，他睜開眼睛，卻發現手機螢幕上顯示的日期還是「昨天」，起床之後，父母跟他所說的每一句話、早就準備好的早餐、上學路上遇到的同學……所有的一切都告訴他，「今天」是「昨天」的重複迴圈。

如果路天峰不是平時就喜歡看科幻小說的話，應該會被嚇得半死。那時候的他膽子大得很，雖然也有驚慌和恐懼，但更多的是興奮和激動。

在學校裡，面對著「昨天」已經見過一次的隨堂考試卷，他輕輕鬆鬆就完成了。由於對這一天接下來發生的每件事都瞭若指掌，他甚至可以在同學面前假裝「預言家」。

神奇的一天要過去了，平時作息時間固定，十點鐘準時睡覺的路天峰，硬是撐到了午夜零點，就是想知道自己到底能否順利進入「明天」。

不可思議的事情發生了，這一天的最後一秒剛過，他就返回了早上手機鬧鈴響起，自己睜開眼睛的瞬間，沒有任何停頓，第三次的「今天」開始了。

接下來還有第四次、第五次，在同一天迴圈經歷了五次之後，路天峰終於迎來了新的「明天」。同時他也察覺到，除了他自己之外，每個人都會失去關於前四次時間迴圈的所有記憶，連損壞的東西都會在新一輪迴圈中恢復如初。

自第一次感知到時間迴圈開始，路天峰時不時就會陷入這種奇怪的現象當中，每一次發生這種現象，都會固定經歷五次迴圈，而只有第五次迴圈，才會變成真正的「現實」。

於是路天峰養成了一個習慣，就是記錄每次時間迴圈發生的日期。他很快就發現，時間迴圈並非是以固定頻率發生的，記錄中相隔時間最短的兩次迴圈，僅隔了五天，而相隔時間最長的兩次迴圈，隔了三十九天。

他一開始覺得這種能力很好玩，但隨著體驗迴圈次數的增加，不禁有點煩惱，畢竟有時候倒楣的一天重複五次的話實在有點磨人。第一次真正意識到這種能力到底有多強大，是在他考大學的第一天。那天，不受控的時間迴圈發生了，於是他有五次機會去做好眼前的試卷，最終他以遠超預期的分數，考進了全國頂尖的警察學院。

大學順利畢業後，路天峰成了一名刑警，實現了自己從小的願望。剛剛就職的他，心底有個小小的期待，希望某天自己能夠借助時間迴圈的特殊能力，破獲一起大案件，立下奇功，從此走上升職加薪的成功大道。

然而，命運總是愛跟人開玩笑，他工作數年，時間迴圈確實一再發生，但沒有哪一次能恰好遇上適合路天峰發揮所長的案件，所以他也一直是個普通的小刑警。

直到兩年前的那一天，命運轉捩點出現了。傍晚六點左右，在回家路上的他接到緊急電話，收到召集全城警察動員的命令，要求地毯式搜索當天下午持槍洗劫天馬珠寶中心的五名匪徒。他們拿著AK-47連續搶了八家珠寶店，殺死了十三名無辜市民和四名前往執勤的警察，現場血流成河，慘不忍睹。

路天峰接到的任務是通宵把守交通要道，設置路障，盤查可疑的過往車輛，他一邊值班一邊不著邊際地幻想著，如果今天會發生時間迴圈的話，自己就能夠阻止這場血案了，那些無辜的人就能獲救了……

不知不覺地，時間來到零點，路天峰甚至沒有意識到什麼，下一秒鐘他就返回了這一天的早上。那一刻他幾乎是歡呼著跳下床的，因為他知道，自己的人生從此會發生重大改變。

即使早有心理準備，但命運女神的表現依然遠超他的預期。因為在案發現場，路天峰遇見了陳諾蘭。

他記得非常清楚，那是當天的第三次迴圈，他以身涉險，在案發之前以顧客身分進入即將被首先洗劫的那家珠寶店——天馬珠寶中心，因為他希望近距離接觸劫匪，獲得第一手資訊。

正當劫匪拿著AK-47跳下車時，路天峰隔著玻璃櫥窗，看見一名身材高䠷的美女，穿著純白雪紡襯衫、水藍色長裙，右手低頭操作著手機，左手拿著一杯咖啡，悠閒地走向那幾名歹徒。

那是一幅多麼奇妙而詭異的畫面，一個充滿陽光活力、純潔如雪的女神，一步步走向凶殘的死神，步伐卻依然輕鬆自在。

一名劫匪已經朝她舉起了槍，幾個眼尖的路人嚇得四散躲避。

「快躲開！」路天峰幾乎尖叫起來，可惜櫥窗外的女子根本聽不見他說話。

當她察覺到事態不對勁的時候，一切都太遲了。

劫匪大概是為了震懾路人，增強氣勢，持槍胡亂掃射了一番。路天峰連忙伏下身子，他聽見大街上的尖叫、哀號聲此起彼伏，無情的子彈擊碎了櫥窗，玻璃散落一地。

槍聲過後，路天峰從地上爬起來，第一反應是望向那名年輕的女子。只見她躺在滿地的玻璃碎片之間，原本白色的襯衫已經被血染成了黑色，一雙美麗的大眼睛無神地望向天空。她幾乎是在一瞬間就被奪去了生命，因此臉上沒有任何痛苦，而是依然帶著對美好生活的無限憧憬與嚮往。

路天峰突然就下定了決心，他必須要守護這個女孩子，讓她擁有本應屬於她的未來。

這是路天峰第一次見到陳諾蘭，而在知道她的名字之前，她就已經死了。

「哎喲！」

冰冷的啤酒灑到路天峰的大腿上，他這才驚覺自己坐在陽台上，也不知道發了多久的呆。

他和陳諾蘭的第一次見面就是生死別離，這是否暗示兩人的愛情會有同樣的結局呢？

「可笑，我的存在不就是為了改變命運嗎？」路天峰自言自語著。

兩年前，路天峰最終在案發當天的第五次迴圈裡救下了陳諾蘭，讓她「死而復生」，後來還順利俘獲了佳人的芳心。而今天，他同樣是借助時間迴圈的能力，拯救了原本會被綁架撕票的白卓強。

「命運不配做我的對手！」他突然想到這句有點幼稚卻豪情萬丈的話。

手中的啤酒罐空了，他準備再去拿一罐，微醺的目光恰好掃了一下女友擺在書桌上的那盒名片。

風騰基因中心實驗室研究員陳諾蘭

D城首屈一指的高科技明星企業，提供優厚的薪水和完善的福利保障，這份令很多人羨慕不已的工作，卻在路天峰和陳諾蘭的感情上劃出了一道微不可見的裂縫。

再小的裂縫，也是裂縫。

路天峰長歎一聲，輕輕將名片盒翻了個面，他不想再看到「風騰基因」這幾個字。諷刺的是，名片盒是透明的，翻過來依然能看見名片背後風騰基因的公司LOGO和英文名稱。

他苦笑著拿起一本雜誌，蓋在名片盒上，然後大步走向冰箱。

牆壁上的掛鐘響起了報時聲，零點來臨，已經重複了五遍的「昨天」真正地變成了昨天，全新的一天終於到來。

第一章　暗殺預告

1

四月十日，上午九點半。

這兩天恰逢手頭上沒有什麼大案件，路天峰也樂得清閒，心裡卻隱隱有種不太對勁的感覺。幾年來的工作經驗告訴他，當警察絕對不能清閒，一清閒就要出事。

果然，程拓帶著莫名的嚴肅表情，走到路天峰的座位旁。

「阿峰，跟我來一下。」

奇怪的是，程拓並沒有帶路天峰進入自己的辦公室，而是走向後樓梯，示意他到天台上聊。

路天峰心裡不安的感覺越發強烈。

警局內部全面禁菸，只有天台區域可以吸菸，所以每逢茶餘飯後或者加班到深夜的時候，這裡都頗為熱鬧。

不過現在這個時間，天台上空無一人，是個談事情的好地方。

「頭兒，怎麼了？」路天峰知道上司有心事，就單刀直入地提問了。

程拓苦笑著說道：「剛才領導找我，說一隊那邊有個案件，想請求我們七隊支援。」

「那就支援唄。」路天峰有點納悶，這不是普通得不能再普通的事嗎？但他也非常清楚，程拓絕不是那種無病呻吟自尋煩惱的人，所以靜靜地等待上司繼續說下去。

「這案子有點複雜，一隊想動用你的線人資源，所以我要先來詢問你的意見。」

「頭兒，這可有難度啊……」

路天峰終於明白程拓為何苦惱了。按照他們兩人之前的約定，程拓絕不過問路天峰的線人身分，也不會要求線人提供特定案件的情報；相應地，路天峰要保證每一次線人情報的準確性和可靠性。

路天峰一直讓程拓出面應付上級領導，也正是因為他深知自己所謂的「線人情報」，根本經不起嚴格的推敲和查證，最怕出現類似今天這樣的情況。

「我知道你的難處，實在不行的話，我想辦法推掉吧。」程拓拍了拍路天峰的肩膀。

「頭兒，能說說是什麼案件嗎？」路天峰還是很好奇。雖說各支隊之間是同事關係，經常聯手，但也會暗地裡較勁，看誰的破案本領更勝一籌。第一支隊作為局內最精英的團隊，居然主動請求動用第七支隊的祕密線人，那肯定是個極其麻煩的案件。

「挺猖狂的一個傢伙，連環殺手，預告殺人。」程拓的面色凝重，說話的語氣也顯得有點沉重，「說起來，你女朋友是不是在風騰基因上班？案件還和這家公司有關聯呢。」

「什麼？」路天峰大吃一驚，陳諾蘭的身邊發生了謀殺案，自己卻一直被蒙在鼓裡。

程拓簡明扼要的把整個案件介紹了一遍——大概在三個月前，風騰基因的副總裁張翰林收到一封恐嚇信，寄信人自稱X，並預言張翰林在一個月內一定會死於非命，而未來發生的這起謀殺案的凶手，正是X本人。

由於信件內容顛三倒四，語焉不詳，張翰林的私人司機和貼身祕書又都是退伍軍人，所以張翰林也沒把這封恐嚇信當回事，只是稍微提高了一下警惕。沒想到在收到恐嚇信的兩週後，張翰林還真的出事了，當時他只是菸癮發作，家裡也剛好沒有其他人在，於是就自己跑到樓下的便利店買包菸。結果就在他走到櫃台前準備結帳的時候，櫃台突然發生爆炸，當場將張翰林和店員炸死。

事後警方調查發現，有人提前在櫃台裡面安裝了一個小型炸彈，但最奇怪的地方是，這個炸彈並非由遙控引爆，而是定時爆炸的。這樣一來，凶手必須精確地預測張翰林在便利店的行動軌跡和時間點，才能確保將他殺死。

然而隨著調查的深入，種種證據都表明張翰林是臨時起意才去買菸的，便利店的工作人員也都一一排查過，包括在爆炸中死去的店員，所有人都和張翰林的生活沒有交集，沒有仇怨，也排除了買凶殺人之類的可能性。於是辦案人員內部也產生了意見分歧，一部分人認為，是X透過某種極其巧妙的手段殺死了張翰林，只是暫時還沒能找到線索；而另一部分人則提出異議，認為恐嚇信和爆炸案之間並無關聯，凶手其實是一個隨機安放炸彈、進行無差別殺人的歹徒，張翰林被炸死純屬巧合。

但這兩種說法都存在著無法自圓其說的重大漏洞，因此誰也無法說服誰，只好分配人手，兩條線索一起跟進調查。可惜警方忙了大半個月，進展卻是極其緩慢，X依然隱身於茫茫人海之中，連一丁點有價值的資訊都查不到。

一波未平，一波又起。警方對張翰林一案的偵查陷入僵局，而風騰基因的另外一位核心人士，公司的首席科學家高俊傑又收到了幾乎一模一樣的恐嚇信。有了張翰林的前車之鑒，高俊傑哪裡還敢掉以輕心，不但第一時間報了警，還立即聯繫了專業的安保公司，一口氣請了四位貼身保鏢，二十四小時輪班保護自己。警方同樣派出了不少人手調查恐嚇信的來源，並排查所有有機會接觸高俊傑的人，只不過這些調查同樣無功而返。

兩週後，高俊傑也喪生於一場爆炸之中。而這起事件看起來更加偶然，竟是高俊傑在馬路上好端端地走著路，剛好經過一輛停在路旁的汽車時，汽車突然發生猛烈爆炸，一塊碎裂的金屬片飛速劃過他的脖子，切開了主動脈。倒在血泊中的他，不久便斷了氣。

這一次的炸彈裝在汽車後車廂內，同樣設置為定時爆破。發生爆炸的汽車車主是在附近上班的一名普通粉領族，跟高俊傑素不相識，無冤無仇，而車子停靠的地點也並非固定車位，只是當天早上上班的時候，車主剛好看見空位隨機停靠在那裡而已。至於高俊傑步行路過那輛車的時間點，也絕不可能是提前安排的。

兩次殺人使用的都是定時炸彈，看似充滿不可控的偶然，卻成功地殺害了兩名收到恐嚇信的受害者。這種匪夷所思的事情讓負責案件的警察想破了腦袋，也想不出合理的解釋，所有的調查工作更像是為了安撫受害者家屬的情緒，而看不見一絲能夠破案的希望。

兩起懸案未破，警方承受的壓力已經非常大了，而雪上加霜的是，昨天晚上風騰基因的總裁駱滕風打了一通報警電話，說他也收到了來自X的恐嚇信，聲稱自己未來一個月內會被X殺死。如果真有第三起案件發生的話，D城的警察系統大概要來一次大洗牌，不知道有多少人要降職甚至丟掉飯碗。

「所以你現在知道，一隊的精英大神們為什麼會『紆尊』來找你的地下線人幫忙了吧？因為他們實在沒辦法了，只能死馬當活馬醫。」

路天峰能感覺到自己的後背全是冷汗，對於程拓和其他警察而言，這種匪夷所思的殺人手法簡直不可理喻，但路天峰在聽完第一起案件的經過後，就大概猜到了凶手的手法，而第二起案件的狀況，更是證實了他的猜想。

這兩起都是普通人絕對無法完成的犯罪，但對於能夠感知時間迴圈的人而言，這並非不可能的任務——只需要在前面幾次迴圈中設法掌握受害人的行動軌跡，就有機會在第五次迴圈的時候布局殺人。

真的是這樣嗎？

「程隊……這兩起案件分別發生在哪一天？」

「我看看啊……第一起是二月七日，第二起是三月十五日，怎麼了？」

路天峰有記錄每一次發生時間迴圈的日期的習慣，而他根本不需要翻查書面記錄就能確定，今年的二月七日和三月十五日，都發生過時間迴圈的現象。

這個世界上，至少還存在著另一個能夠感知時間迴圈的人！

路天峰突然覺得腦袋發脹，太陽穴隱隱作痛，連雙腳都有點站不穩了。

程拓注意到路天峰的臉色有點蒼白，不由得擔憂地問：「阿峰，你還好吧？」

「沒事，只是昨晚沒睡好而已。」

「唉，注意休息啊，至於增援一隊的事情，我再去協調一下吧。」程拓說完，轉身就準備離開。

路天峰幾乎是脫口而出地喊道：「頭兒，請派我去支援吧！」

「啊？」程拓愕然地看著路天峰。

「我應該能幫上忙。」其實路天峰心裡想的是，大概只有我才能阻止這起謀殺案的發生，「不過我有一個小小的請求。」

「有什麼需要儘管說。」程拓似乎是長舒了一口氣，路天峰的這個抉擇，讓他頓時感到輕鬆不少。

「如果我們要派人貼身保護駱滕風的話，請讓我來負責。」

「你申請執行保護任務？」程拓剛剛舒展開的眉頭再次緊鎖，對這起案件而言，調查線索追捕凶手屬於主動出擊，而保護受威脅對象只是被動防禦。以路天峰的性格，既然已經願意支援案件，卻怎麼選擇了這個吃力不討好的任務？

再說這次的凶手習慣使用炸彈，執行保護任務的警員同樣會面臨生命危險，路天峰絕不可能沒意識到這一點。

「可以告訴我為什麼嗎？」程拓乾脆直接問道。

路天峰猶豫了一下，正在為難之際，程拓心領神會地拍了拍他的肩膀說：「不用說了，我去安排。」

「謝謝程隊……」

2

四月十日，傍晚時分。

太陽西斜，辦公室內也蒙上了一層黑影，路天峰坐在自己的座位上，手裡雖然拿著厚厚一疊檔案，目光卻落在窗外。

他怔怔地望向遠處那落日的餘暉，若有所思。

「老大，原來你在這裡啊。」黃萱萱走進辦公室，順手開了燈，「怎麼不開燈呢？」

「哦，沒什麼。」路天峰放下手裡的檔案，「跟一隊他們開完碰頭會啦？」

黃萱萱氣鼓鼓地坐下：「開完了，趁著你不在場，人家可把我們欺負慘了。」

路天峰不禁笑了起來：「怎麼欺負咱們了？」

「程隊也不知道是怎麼想的，主動申請由七隊負責貼身保護工作，這不是把我們往火坑裡推嗎？」

「哦，你還真錯怪程隊了，這是我提出的要求。」

「啊？」黃萱萱的眼睛瞪得大大的，一副難以置信的表情，「為什麼呀老大？」

路天峰沒有直接回答，而是拋出了另外一個問題：「你剛調過來沒多久，一隊的同事都熟悉了嗎？」

「熟悉算不上，但總都認識吧……」

路天峰詳細地分析道：「一隊隊長梁濤，有近二十年刑警經驗，至少拒絕了三次晉升機會，堅決留在第一線工作，被犯罪份子稱為『鬼見愁』；副隊長吳國慶，局內首屈一指的審訊和情報專家；隊內的幾位年輕幹將，也都是前途無量的優秀刑警。他們主導調查，基層警力全力支援，但怎麼會查了將近三個月，卻連X的影子都摸不著呢？」

黃萱萱畢竟還是經驗尚淺，一下子就愣住了。

「對呀，為什麼呢？」她喃喃自語道。

「相信你也看過檔案了，他們的調查工作做得相當細緻，如果X在作案過程中留有什麼破綻的話，早就被抓了。」

路天峰很清楚，X的破綻在時間迴圈的前四次裡，可是這「四天」對於正常人而言，根本就是不存在的。

「完全沒有破綻的犯罪？這可能嗎？」黃萱萱歪著腦袋，苦苦思索。

既然不能直截了當地告訴她時間迴圈的事情，那只能換另一種說法了。

「X是個很小心謹慎的人，想抓住他，唯一的辦法是比他更加謹慎，讓他沒有辦法找到下手的機會。這樣的話，他就會心急，心急就會有機率犯錯。」

黃萱萱不由得長歎一聲：「我明白了，老大，這就是你想貼身保護駱滕風的原因吧？不過坦白說，我們在明，對方在暗，我們要二十四小時保護駱滕風，精神高度緊張，而X完全可以以逸待勞，等我們鬆懈疲憊的時候再動手……」

「按你這樣的想法，我們豈不是輸定了？那就讓X殺死駱滕風算了。」

黃萱萱臉上一紅，有點不好意思地低下頭，「對不起啊，我只是……」

「放心吧。」路天峰拍了拍黃萱萱的肩膀，「別忘記我們還有祕密武器呢。」

黃萱萱的臉更紅了，連連點頭。這時候，路天峰擺在桌面上的手機響起訊息提示音，他隨手拿起來一看，眉頭擰成一團。

是陳諾蘭的訊息：「我今晚回家吃飯，你也早點回來吧！」

路天峰的手指一動不動地停留在螢幕上方，眼睛則盯著空無一字的輸入框，良久，才放下手機。

「不回覆嗎？」黃萱萱從路天峰的舉止中推測出，這應該是一條需要回覆的訊息。

「你這小丫頭眼睛還挺尖的嘛！」路天峰巧妙地避開問題。

「哈哈，老大，你也沒比我大幾歲呀。」

黃萱萱那一陣爽朗的笑聲過後，氣氛又一下子沉寂了，於是黃萱萱識趣地藉機走開。路天峰終於默默地再次拿起手機，一邊搖頭，一邊慢慢打字。

「對不起，有緊急的工作任務。」

然後又停頓下來，想了很久，才補充後半句。

「可能最近一段時間都不能見面了。」

猶豫了一分鐘左右，他才動手點擊發送按鈕。

若即若離的陳諾蘭，似乎又走遠了一些，而這一次，是路天峰主動將她推向遠處的。

「老大……」黃萱萱拿著兩罐咖啡再次走進來，將其中一罐遞給路天峰。

「對了，勇生在哪兒？喊他過來，我們一起分析一下案情，準備下一步的工作。」路天峰接過咖啡，笑了笑說道。

「好，我去找他過來。」黃萱萱輕盈地轉身離去。

手機又響了一下，路天峰瞄了一眼，心想這次她的回覆倒是夠快的。陳諾蘭的訊息只有一個「哦」，連標點符號都沒有。

他收斂心神，將手機推到一旁，翻開了桌上的檔案，認真閱讀起來。

3

令路天峰沒想到的是，這場非正式的內部討論會居然還有另外兩位意料之外的參與者，其中一個是程拓，身為隊長的他平日很少干預由路天峰主導的工作，這次主動加入，足以看出他對這起案件非常重視；另外一個是來自一隊、打著「支援」旗號過來的年輕女刑警童瑤，任職剛滿三年的她師從吳國慶，在資訊收集和處理方面展現出過人的天賦，再加上長得眉清目秀，順理成章地成了局內炙手可熱的新星。

「老吳怎麼捨得讓你來支援我們啊？」開會之前，路天峰跟童瑤開了個玩笑。

童瑤只是有氣無力地笑了笑，連日的高強度工作讓這名年輕漂亮的女孩子頂著熊貓眼，顯得有點狀態不佳。

「來跟路隊學習一下唄。」

「好了，說正事。」路天峰擺擺手，向童瑤示意，「童瑤，一隊跟了這案子那麼久，就由你來替我們介紹一下目前的狀況吧。」

童瑤點點頭，站了起來，一說到工作，她頓時精神了不少。

「這次我們要保護的目標，是風騰基因的CEO駱滕風。」童瑤一邊說，一邊把駱滕風的照片貼到了白板正中央。

年輕有為、風流倜儻、商業奇才，這些都是貼在駱滕風身上的標籤，也讓他成了近幾年Ｄ城市民茶餘飯後的談資。

七年前，剛剛本科畢業的駱滕風宣布自己研發出名為「ＲＡＮ」的全新基因技術，可以針對特定的慢性病，從基因修復層面進行治療。消息一出，業內專家學者普遍表示出質疑和觀望的態度，因為生物醫學領域的尖端技術想要有所突破非常難，一個本科生聲稱自己能做出顛覆性的技術突破，確實令人難以置信。

接下來的幾年，駱滕風和他的風騰基因在人們懷疑的眼光中前行，企業幾經生死考驗，最終宣布研發出能夠治療九成以上糖尿病患者的基因療法「RAN-1」，並通過了相關部門的層層審核，進入臨床試驗階段。這打消了很多人對駱滕風的質疑，也讓他成為焦點人物。

去年還有兩件關於駱滕風的熱門新聞，成功搶占了各大媒體頭條，首先是風騰基因宣布，專門治療心血管疾病的「RAN-2」研發初步成功，預計三年內投入臨床試驗；其次就是英俊多金的駱滕風宣布與相識不到半年的女友樊敏恩完婚，而樊敏恩的來頭不小，她的父親可是曾經獲得國內十大天使投資人稱號的投資圈元老樊應熊。駱滕風宣布婚訊後，樊應熊旗下基金隨之入股風騰基因，令這樁原本就充滿八卦氛圍的閃電婚姻更具話題性。

童瑤將樊敏恩的照片貼在駱滕風照片的下方，這名年輕女子長著標準的瓜子臉，一雙水汪汪的大眼睛和白皙的皮膚都很符合當下的審美主流。

「如果駱滕風遭遇什麼不測，他的絕大部分財產，包括手中風騰基因價值數億的股份，將全部歸樊敏恩所有。」

「不太對吧。」程拓輕輕搖頭，「風騰基因的主要價值就在於駱滕風和他的ＲＡＮ技術，如果駱勝風死了，這些股份還不是變成一堆廢紙？」

「從長遠來看，確實是這樣。」童瑤的語氣依然自信而堅定，「但即使駱勝風離世，光憑目前風騰基因手頭上擁有的兩種特效療法，也足以讓企業賺上二十年大錢。在如此巨大的利益驅動之下，是無法排除樊敏恩的殺人動機的。另外——」

童瑤稍稍拖長了聲音，纖纖玉手靈巧地一抹，白板上又多了張男人的照片。

「這個人叫鄭遠志，是樊敏恩的大學同班同學，兩人在讀書期間是戀人，畢業之前兩人分手了。而他們分手的原因非常簡單，說白了，就是鄭遠志家境太普通，配不上當樊家的女婿。」

「他跟案件有關聯嗎？」黃萱萱好奇地問。

「還不好說，不過有意思的是，目前風騰基因的外幣帳戶開設在外資銀行 D-Bank，而鄭遠志恰好是 D-Bank 內負責風騰基因專案的客戶經理。」

余勇生拍了拍大腿：「看來這兩個人值得好好去查一下。」

「別激動，我相信一隊的同事能夠好好完成調查工作，對不？」路天峰饒有興味地看著白板上的人物關係圖，笑著對童瑤說。這句話巧妙地提醒了余勇生，他們目前的工作焦點並不是調查人際關係，而是保護駱勝風。

「絕不放過任何蛛絲馬跡。」童瑤用力點了點頭，然後繼續往白板上貼照片，這次貼上去的，是前兩起案件的死者。

「駱勝風、張翰林和高俊傑這三個人手裡拿著風騰基因一半以上的股份，如今卻死了兩個。張翰林手裡的股份，由他的兒子張文哲繼承。」

照片上的張文哲一頭染成灰色的亂髮，脖子上戴著一根非常粗的銅鍊，看上去就不好惹。

余勇生有點納悶地說：「這傢伙怎麼看都不像個正經人啊！」

「張文哲跟父親的關係一向很僵，他不愛讀書，沒有上大學，天天晚上跑去玩地下樂團和非法賽車，性格叛逆。父親去世之後，他一下子成為億萬富翁，然後搖身一變，穿上西裝，在風騰基因裡頭掛了個虛職。」

路天峰和程拓交換了一下眼色，在對方眼中看到了默契的共識。要說張文哲為了繼承財產而殺害父親的話，相信案子早就破了，更不可能演變成連續殺人案。

童瑤稍稍停頓了一下，看大家都沒有疑問，於是繼續說了下去：「而風騰基因原首席科學家高俊傑的股份，被他的養女高緲緲繼承。值得一提的是，高緲緲是在十八年前被高俊傑透過合法管道收養的，父女之間並無任何血緣關係。」

路天峰看著照片上那張略顯稚嫩的女孩面孔，一言不發。

「高俊傑死後，正在外地攻讀研究所的高緲緲果斷選擇了退學，加入風騰基因，成了一名普通的研究人員。」

「她大概是風騰基因史上最有錢的『普通員工』了吧。」余勇生不無羨慕地說道。

路天峰在白板上畫了一個三角形：「駱滕風、張文哲、高緲緲，本市最為耀眼的高科技企業風騰基因，竟然由這三個不到三十歲的年輕人掌舵。」

「我們換個角度思考一下，X為什麼會接二連三地對風騰基因的股東下手？如果風騰基因倒台了，最大的獲利者是誰？」程拓托著下巴，向童瑤發問。

「風騰基因是棵搖錢樹，但要是它倒台了，其實並沒有明顯的直接獲利者，雖然說傳統的醫藥企業會獲得更好的市場商機，不過這個腦回路也太曲折了。」

「每起謀殺案都是有動機的，更何況這裡有三起——兩起已經完成的，一起正在謀畫的。」程拓出神地盯著白板上的人物關係，陷入了深思。

「但至今我們仍然摸不透X的動機，尤其是預告殺人這種極其不理性的行為，導致實施謀殺的難度劇增，可是X卻堅持這樣做……童瑤，你是不是還有話想說？」路天峰注意到童瑤的手中仍然拿著一張照片，她卻沒有展示出來，臉上的表情也有點糾結。

「嗯，排查結果顯示，駱滕風近期跟一名年輕女下屬關係密切，公司內部傳出了他們倆的緋聞，但目前看來都是流言蜚語，沒有確鑿證據。」童瑤一向自信而連貫的語氣難得地出現了動搖。

路天峰心裡一驚，立即就猜到了照片上的人是誰。看來一隊派童瑤參與保衛工作，一方面是光明正大的支援，另外一方面也暗暗留下了後招。

「風騰基因的研發工程師，二十三歲拿下美國大學生物學博士學位的天才美女，陳諾蘭……她的另外一個身分，是路隊的女朋友。」

程拓倒還神色如常，余勇生早已瞪大雙眼，一臉震驚，黃萱萱臉上也是一陣紅一陣白，嘴唇微微蠕動著，想說什麼卻說不出來。

路天峰強行擠出一絲笑意來：「感謝梁隊的信任，沒有因此要求我退出案件。」

童瑤的目光有點閃爍：「梁隊說，你是個靠得住的好警察。」

「哈哈，我看他是實在破不了案，死馬當活馬醫吧？」言罷，路天峰的臉色一沉，嚴肅地說，「放心吧，就算駱滕風要撬我牆腳，我也會先把X揪出來，然後再找駱滕風算帳，更何況——」

路天峰自信滿滿地說：「我相信沒有人能從我身邊搶走諾蘭。」

「老大，我支持你！」余勇生第一個站起來表態。

程拓只是淡淡笑著，他和路天峰之間，並不需要太多言語的交流，而黃萱萱和童瑤兩個女生都低下了頭，移開了目光，不知道她們在想些什麼。

4

細雨綿綿，一輛警車在公路上飛馳著。

「阿峰，有些話，我只能私下跟你說。」程拓雙手扶著方向盤，目不轉睛地看著前方。

「盡管說吧。」

「這次的案子實在是太詭異了，我覺得凶手根本就像是有預知能力一樣！而面對這樣錯綜複雜的案情，你沒有選擇避嫌，而是賭上了自己的前途……」

「頭兒，我知道你想問什麼。」

兩人不約而同地沉默，車內只有馬達微微的轟鳴聲和窗外汽車呼嘯而過的聲音。

良久，路天峰再次開口：「還是那句話，請相信我。」

程拓似乎笑了笑，但低不可聞。

「我相信你。」這四個字倒是一字一頓，擲地有聲。

車窗外，雨滴變得越來越密，幾乎將整座城市籠罩在雨幕之中。

第二章 死亡陷阱的入口

1

四月十五日，警方執行駱滕風保護任務的第五天。

幾天以來，路天峰和余勇生兩人各值班半天，以「保鏢」的身分貼身保護駱滕風，黃萱萱和童瑤則駐守在駱滕風所居住的歐式別墅內，一方面是作為後備力量，隨時支援，另外一方面也能順帶監視嫌疑人之一——駱滕風的妻子樊敏恩。

不過今天的工作安排有點不一樣，昨天余勇生跟隨駱滕風前往外地出差，兩人直到半夜時分才返回D城。雖然路天峰昨晚也沒怎麼睡，但今天還是由他全天值班。

清晨六點，路天峰已經身穿運動服，站在別墅的玄關處等候。六點剛過一分鐘，同樣穿著全套運動裝備的駱滕風出現了。

「早安，路哥。今天麻煩你了。」駱滕風禮貌地笑著說。面對警方，他一直都是這副彬彬有禮的模樣，卻讓人覺得有點莫名的疏離。而「路哥」這個稱呼，是路天峰要求他這樣喊的，路天峰希望盡量隱藏自己警察的身分，以免引起不必要的麻煩。

「沒什麼，這是我們分內的工作而已。」路天峰淡淡地回答，對於眼前這個跟自己女朋友傳出緋聞的男人，他並無好感，但也保持著應有的禮節。

駱滕風臉上的笑意更濃：「一大早起來陪我晨跑這種事情，應該算是額外工作吧？」

「鍛鍊一下也挺好的。」路天峰勉強笑了笑，他心裡很清楚，駱滕風在這個全城最高級、到處都有監控鏡頭的別墅區裡晨練，遇襲的可能性微乎其微，但他依然不敢掉以輕心。

出門後，兩人沒再多說什麼，駱滕風調整好手腕上的運動手環，戴上運動耳機，做了一下簡單的熱身之後，就開始跑了起來。這位年輕的富翁，對運動有著一種異於常人的執著，即使工作再忙，即使昨晚只睡了兩三個小時，他仍然會在第二天的清晨六點起床跑步，風雨無阻，除非室外天氣實在太惡劣，才會改在健身房的跑步機上慢跑。

路天峰倒沒那麼多講究，輕裝上陣，他與駱滕風之間保持著五十公尺左右的距離，不慌不忙地跟隨在後。這個距離足以讓他隨時應付各種可能的突發事件，又能好好觀察四周的狀況。

大概跑了十分鐘後，駱滕風開始漸漸加速，並不時回頭看一眼，當他發現路天峰依然能夠維持兩人之間的距離時，又把速度提升了一些。就這樣，兩人越跑越快，心照不宣地展開了一場速度和耐力的角逐，但兩人之間的距離一直沒有被拉開。到最後，還是駱滕風主動放緩了速度，越跑越慢，然後乾脆在路邊停了下來，向路天峰打了個「暫停」的手勢。

「路哥，厲害啊！」駱滕風豎起大拇指，「根本跑不過你。」

運動之後的路天峰心情似乎不錯，也讚揚道：「我們是靠這混飯吃的，駱總在百忙之中還能保持這樣的身體素質，很不簡單了。」

「沒啥，跟專業人士一比，真是小巫見大巫。」駱滕風擦了擦額頭的汗珠，「你還沒盡全力吧？」

「你也一樣啊。」路天峰說。

駱滕風似乎愣了愣，一時沒反應過來。

路天峰補充道：「看你跑完之後的精神狀態並沒有太疲累，而且說話的語氣也還算平靜，證明你還留有餘力呀。」

「哈哈，厲害厲害，不愧是刑警隊長。」駱滕風大笑起來，「不過我要是真的拚盡全力跑這麼一趟下來，哪裡還有心思去上班啊？」

「這樣一說，也挺有道理的。」

駱滕風看了看手錶道：「今天就到此為止吧，我之後還有安排。」

路天峰有點意外，平日駱滕風晨練的時間會持續一小時左右，而今天只跑了半小時就結束了，確實有點反常。

「回去先洗個澡，讓司機準備好車子，我們等一下去 ROOST 吃早餐。」在返程的路上，駱滕風突然開口說。

「去哪裡？」路天峰一時沒聽清楚。

「一家高級餐廳，我在那兒安排了一次早餐會。」駱滕風有點抱歉地說道，「今天還沒來得及把行程表交給你呢，不好意思。」

按照雙方約定的流程，駱滕風會提前一天把次日的行程表交給路天峰，好讓警方安排工作，但由於他的行程經常有變動，基本都要到當天一大早才能最終確認。

「早餐會一共有多少人參加，需要增強警備嗎？」路天峰一邊問，一邊掏出手機查詢 ROOST 餐廳的地理位置。

「放心吧，只是一場私人會晤，不需要什麼額外人手。」駱滕風稍稍停頓了一下，才繼續說，「事實上，我正是希望盡可能低調，才選擇了這個地方。」

「哦，涉及商業機密？」

「差不多吧。」駱滕風苦笑起來，「等會兒你就知道了。」

路天峰點了點頭：「那麼還要麻煩駱總盡快把今天的行程表交給我，我安排同事妥善處理。」

「好的，回頭就給你，今天的行程都在市區內，應該比較輕鬆。」

路天峰沒有答話，他認為刑警的日常工作中絕對不應該有「輕鬆」這兩個字，但他也不希望給駱滕風帶來過大的心理壓力。

不知不覺間，天色已經完全亮起來了，藍色的天空令人感到心曠神怡。

新的一天開始了。

2

上午七點半，一輛黑色賓士停靠在ROOST西餐廳的門前。

一身休閒西服的路天峰先下了車，快速確認過四周安全後，再打開後門，示意駱滕風下來。

兩人一同走向餐廳大門，早就站在門邊等候的女服務生連忙向他們鞠躬問好，並替他們拉開玻璃門。

經過大門的時候，路天峰留意到這家餐廳的正常營業時間是從上午十一點開始，不過看眼前這種陣勢，無疑是駱滕風已經提前打點好一切，讓餐廳特別供應早餐。

果然，偌大的餐廳內並沒有其他顧客，女服務生將二人帶到窗戶邊的卡座，駱滕風指了指不遠處的一張桌子，對她說道：「這位先生是我的保鏢，讓他坐那邊吧。」

「好的。」

「三份早餐，按慣例即可。」

「好的，請問您還有其他需要嗎？」女服務生的語氣畢恭畢敬。

「暫時沒有了，謝謝。」

路天峰剛剛走到桌子旁準備坐下時，就聽到身後傳來一陣高跟鞋的聲響。如果來者只是個陌生人，那麼路天峰應該在聽見聲響的瞬間就回頭去觀察對方，以判斷情況是否安全。但他並沒有回頭，因為這腳步聲給他一種非常熟悉的感覺。

當你對一個人瞭解到一定程度的時候，你就能夠準確分辨出她走路的聲音，即使你根本不知道自己是怎麼做到這一點的。

路天峰慢慢回頭，然後看見了自己的女朋友，陳諾蘭。

陳諾蘭今天身穿天藍色的套裝裙，越走越近，首先向路天峰點了點頭，算是打了招呼，然後再走到駱滕風的桌子旁。

「駱總，早安。」

「早，那邊那位是我新聘請的保鏢，路哥。」駱滕風指著路天峰簡單地介紹道。

「哦。」陳諾蘭平靜地坐下來，連一個字都沒多問。

路天峰此刻內心百感交集，就事論事，他對陳諾蘭的臨場應變能力非常滿意，因為在兩人確認戀情的第一天，路天峰就向她再三強調，身為刑警的女朋友，她需要時刻謹記一點：無論在什麼場合之下偶遇，兩人都必須假裝互不相識。

「因為那時候，我的表面身分可能是警察，也可能是小販，是乞丐，甚至可能是流氓、通緝犯……但無論如何，都千萬不要跟我打招呼，不要有任何異常的表現，就當我是一個陌生人，可以嗎？」

「當然沒問題！」陳諾蘭先是爽快地一口答應下來，然後又眨著她的大眼睛，有點怯生生地問道，「那麼，就算某天我在街頭看見你親密地挽著另外一個女孩子的手，也不能衝上去對你發脾氣，是嗎？」

「沒錯，警方在執行任務的時候假裝情侶，不是電影裡的橋段嗎？」

「嗯，不知道為什麼，總是覺得有點介意。」陳諾蘭輕聲說。

「你不介意我假裝成通緝犯，卻介意我假扮別人的男朋友？」路天峰又好氣又好笑地戳了戳她的鼻尖。

「哼，不准笑話我。」陳諾蘭的臉頰紅了起來，「我希望你永遠都是我的男朋友，無論是真的，還是假的……」

路天峰心頭一暖，緊緊擁著陳諾蘭，輕輕吻上了她的額頭。

「但總有一天，我會不再是你的男朋友了啊……」懷裡的女孩身子微微一顫，路天峰連忙把後半句說完。

「因為我始終要成為你的老公呀！」

「喂，你也太得寸進尺了吧？」陳諾蘭嬌嗔道。

「先生，您的早餐。」一盤西式早餐擺在路天峰的眼前，他才意識到自己剛才走神了。

「哦，謝謝。」

「請問您要喝什麼咖啡？」

「咖啡？隨便……美式吧……」

「好的，請稍候。」女服務生退下了，路天峰將注意力轉移到不遠處正在交談的駱滕風和陳諾蘭兩人身上。

兩人都在刻意壓低聲音說話，所以即使餐廳裡面很安靜，路天峰也只能聽到隻言片語。

「……我覺得不行……」陳諾蘭邊說邊搖頭。

「……對不對？」

「或者……需要一定的時間……」

「……相信自己，絕對可以……」駱滕風似乎在向陳諾蘭反覆強調某件事，鼓勵她下定決心。陳諾蘭垂下頭，飛快地向路天峰所在的位置瞄了一眼。路天峰連忙把目光移回眼前的餐盤上，避免兩人之間的視線接觸。

接下來，陳諾蘭說話的聲音更低了，路天峰再也聽不清什麼，只好拿出駱滕風交給他的行程表，認真研究起來。

然而行程表上的內容讓路天峰眉頭緊鎖，駱滕風自認為「很輕鬆」的安排，實際上有兩項非常棘手的內容。首先是今天下午，駱滕風將會在D城大學進行一場公開演講，演講場地是能夠坐四百多人的禮堂，接下來還有參觀校園的安排。大學校園都是開放式管理的，安保措施極其有限，對X而言是一個動手的黃金機會。

另外一件麻煩的事情，就是駱滕風今晚要出席一場婚宴。D城名流白卓強的女兒出嫁，白家把全市最豪華的超五星級酒店「天楓星華」的宴會廳都包了下來，設宴兩百八十八席。光聽這個排場和氣勢，就不難腦補出一幅人山人海的景象來。

「駱總，你還真不替我們省心啊！」路天峰心裡嘀咕，他無奈地拿出手機，聯繫著黃萱萱。

「老大，早安！」

路天峰簡明扼要地把行程安排說了一遍之後，再下令道：「行程表我發一份給你，由你負責到D城大學踩點，一定要特別注意安保漏洞。」

「明白！」

「另外麻煩童瑤去聯繫天楓星華酒店，盡快拿到今晚白家婚宴的詳細賓客名單。對了，還有相關工作人員的名單。我希望童瑤能對名單上的所有人做一次基本的資料排查。」

「收到。需要派人去酒店現場嗎？」

「嗯，等會兒就讓勇生過去吧，估計今天要累得夠嗆。」

「沒問題，老大你那邊的情況還好嗎？」黃萱萱關切地問。

路天峰轉頭看了一眼正在和駱滕風密談的女朋友，喉頭一陣苦澀，他還真沒料到陳諾蘭能夠把「陌生人」的角色演繹到這種程度。

「一切正常，注意保持警惕，隨時聯繫。」

「OK，隨時聯繫。」

電話掛斷了，路天峰仍把手機放在耳邊，木然地聽著話筒內那「嘟嘟嘟」的斷線提示音。

「先生，您的咖啡。請小心燙。」端咖啡過來的女服務生好奇地看了他一眼。

路天峰放下手機，接過咖啡杯：「謝謝。」

此時耳邊傳來了陳諾蘭的笑聲，清脆悅耳，不知道駱滕風說了些什麼，把她逗得那麼開心。

路天峰故意不去看他們，重新拿起了放在桌上的行程表。

按照原定計畫，在這場「早餐會」結束後，駱滕風將會返回風騰基因，與公司的幾位股東開會。仔細一想，駱滕風在公司股東會議之前特地約見陳諾蘭，還真是意味深長啊！

路天峰努力回憶著最近自己跟陳諾蘭之間的交流，想找到一些關於她與駱滕風之間的聯繫，但所有能夠回想起來的東西，竟然全是她的抱怨和疲憊——

「最近很忙，壓力很大。」

「那些捕風捉影的東西，我不想解釋。」

「我很累了，不想再討論工作上的事情，讓我靜一靜吧。」

零零碎碎的片段在路天峰的腦海裡不停閃過，這時候他才驚恐地意識到，他們兩人已經漸行漸遠，他根本不知道陳諾蘭最近在忙些什麼，更不知道她心裡在想些什麼，再這樣下去，這段感情就要結束了。

搞不好是已經結束了，否則她怎麼能那麼自然地對自己視而不見呢……

「不要胡思亂想！」路天峰在心裡狠狠罵了自己一句。

他喝下一大口咖啡，好讓自己重新集中精神，心神不寧可是執行任務時的大忌，他早就不是新手了，怎麼還會犯這種低級錯誤？

路天峰深深吸了一口氣，然後拿起刀叉，專心致志地對付起面前的那盤早餐：香腸、培根、火腿、炒雞蛋、麵包……

他發現一心一意地吃東西，似乎真的能化解煩惱。

3

從ROOST餐廳返回風騰基因的這段路程，是路天峰人生當中最尷尬的經歷之一。他以保鏢的身分默默坐在副駕駛上，只能聽著後座的駱滕風和陳諾蘭閒聊，兩人從近期的熱播電視劇開始，一直聊到北歐考古學家的最新發現，討論得異常熱烈，甚至連替駱滕風開車的司機楊叔也加入其中，抱怨新一輩演員的演技不堪入目，一旁的路天峰則一句話都插不上。

二十分鐘後，車子開到了風騰基因的公司樓下，路天峰正在暗自慶幸這場煎熬終於可以結束時，駱滕風卻又帶來了一個「壞消息」。

「路哥，我開會的時候，你就在隔壁房間休息好了。」

「沒問題。」路天峰點點頭，這些天來他也跟著駱滕風開過好幾次內部會議了，每次都會留在一牆之隔的休息室裡等候。

「諾蘭，這次會議的後半程需要你參與，你也留在那邊等我吧。」

陳諾蘭的臉上閃過一絲不情願，但還是順從地應道：「好的，駱總。」

陳諾蘭剛才在車內可以輕鬆自如地跟駱滕風開玩笑，一旦回到公眾場合，她還是很有分寸地恢復了尊敬。

路天峰和陳諾蘭交換了一個眼色，假裝若無其事地跟隨駱滕風步入大樓。

風騰基因的辦公大樓絕對配得上本市明星企業的稱號，這棟嶄新的建築物落成不到一年，由法國知名設計師設計，外觀非常奇特，乍一看甚至有點讓人莫名其妙，仔細看才發覺整棟大樓構成了一個巨大的DNA螺旋符號。建築內部的裝潢設計以藍白兩種色調為主，充滿了未來感和科技感，讓人歎為觀止。

離會議開始還有十來分鐘，駱滕風說他先回辦公室處理點雜事，讓路天峰和陳諾蘭直接去休息室等候。就這樣陰差陽錯地，這對情侶終於迎來了近半個月來第一次獨處的機會。

小小的房間內，氣氛沉默得讓人窒息，最後還是路天峰主動開口。

「諾蘭……」

簡簡單單的兩個字，卻把陳諾蘭嚇了一大跳，她驚惶地看著路天峰，用唇語無聲無息地表示著：「可以說話嗎？」

路天峰笑了，沒想到陳諾蘭的警惕性比自己還高，於是他壓低聲音說：「在這房間裡沒問題，小心一點就行了。」

「你怎麼會在這裡？」陳諾蘭的眼眶突然紅了，不知道是擔心還是害怕。

「工作需要……具體細節我不能說太多。」看著陳諾蘭那副楚楚可憐的模樣，路天峰幾乎忍不住就要上前擁抱她，但他知道那樣做風險太大，只好強壓住心底的念頭。

陳諾蘭擦了擦眼角，心情漸漸平復下來。

「你是為了我們公司最近那兩起案件來的？」她頓了頓，隨即補充道，「警方調查應該不需要你假扮駱總的保鏢吧？莫非還有新的情況？」

路天峰真沒想到陳諾蘭能夠舉一反三，一下子聯想到那麼多，但他礙於身分，也只好搖搖頭，迴避了問題，說道：「別擔心，不會有事的。」

「唉，你這樣我才更擔心呢。」陳諾蘭幽幽地歎氣，「要是事態不嚴重的話，你肯定不用這麼神神祕祕、守口如瓶，對嗎？」

路天峰苦笑道：「諾蘭，有時候太聰明也未必是件好事啊！」

「我知道……」陳諾蘭長舒一口氣，頹然坐在沙發上，「駱滕風大概也是看中了我這一點吧？」

「你們剛才……聊了些什麼？」

陳諾蘭定定地打量著路天峰，好像在糾結到底要不要把一切告訴自己的男朋友。

「不方便說嗎？」他追問道。

「商業機密。」陳諾蘭笑了笑，從沙發上跳起來，向路天峰走近兩步，然後把嘴巴湊到他耳邊悄悄道，「其實駱滕風想把我破格提拔為管理層，並負責接管高俊傑的工作。」

路天峰聞言，眉頭一皺：「由你擔任風騰基因的首席科學家？」

他雖然對生物醫學一竅不通，但也知道這是一門尖端學問，像風騰基因這種萬眾矚目的業界領頭羊，擔當首席科學家的人必須在圈內有足夠的人脈和強大的影響力，才能鎮得住場面。

平心而論，陳諾蘭雖然聰明伶俐，天賦驚人，但資歷尚淺，要接替高俊傑的位置，絕對難以服眾。

「這個位置我肯定不敢坐上去，太招人妒忌了。不過駱滕風向我提議，他可以讓首席科學家的位置長期空缺，我只是掛個副職，同樣能夠掌控大權。」

路天峰緊鎖的眉頭依然沒有舒展開來：「我不懂，駱滕風為什麼非要捧你上位呢？」

「駱滕風看過我的論文，認為我能夠幫助他將RAN技術提升到一個新的層面。」陳諾蘭稍微退後了一步，拉開兩人之間的距離，「我不知道他的判斷對不對，但我非常清楚如今公司內部的關係非常微妙和複雜，這次提拔很可能會引發連鎖反應。」

路天峰沉默不語──駱滕風力排眾議提拔陳諾蘭的舉動，難免會讓自己聯想到最近流傳的桃色新聞，連警方的內部檔案都把陳諾蘭列為駱滕風的「緋聞對象」了，他還能完全信任她嗎？

「你可以拒絕他嗎？」

「我為什麼要拒絕他？」陳諾蘭吃驚地反問，「你知道我一直以來的夢想是什麼。」

「我知道。」路天峰側過臉，不想直面陳諾蘭的目光。

陳諾蘭壓低聲音，快速說道：「駱滕風最近對我越來越器重了，在近期兩起案件的影響之下，公司亟須引入下一輪融資，才能維持高速發展的勢頭，但是……」

這時候，門外突然傳來一陣腳步聲，陳諾蘭連忙閉上嘴巴，將頭扭向另外一邊。

門開了，是駱滕風的祕書Tina。

「陳諾蘭，駱總讓你過來一下。」

「好的，馬上到。」她離開前，又看了路天峰一眼，眼睛裡是說不出的複雜感情。

路天峰的嘴角抽了一下，什麼都沒說，因為以保鏢的身分，他不該說話。

門重新關上了，小小的休息室安靜得讓他感到胸悶。

路天峰走到落地玻璃窗旁，看著窗外的風景發呆，然而沒過多久，就突然聽到隔壁會議室有東西破裂的聲音，雖然聲響不大，但他仍然第一時間打開門，衝了過去。

「什麼情況？」

會議室內，所有人都坐在自己的座位上，一副若無其事的樣子，反而顯得路天峰有點大驚小怪了。

「沒事，有人不小心摔破了一個杯子而已。」駱滕風輕描淡寫地回應道。

路天峰快速打量了一下會議室內的狀況，駱滕風的表情最為平靜，而坐在他身旁的張文哲滿臉通紅，腳底下是一堆杯子碎片；在桌子的另外一邊，高緲緲垂著頭，看著手中的資料，實際上卻有點心不在焉；陳諾蘭則是僵硬地擺出職業化的微笑，看上去這場衝突與她有關。

「沒事的話，我先出去了。」路天峰當然知道，這會議室的地毯那麼厚，若杯子是自然摔落在地面上的，那絕對不會碎。

「辛苦你了，我們繼續開會吧。」駱滕風的語氣依然沒有變化。

路天峰暗歎一口氣，悻悻然地回到休息室，看來這場席捲風騰基因的內部權力鬥爭，才剛剛拉開序幕，他只祈求陳諾蘭能夠在風暴當中全身而退。

懷裡的手機振動了起來，路天峰掏出來一看，是黃萱萱的來電。

「萱萱，情況如何？」

「老大，童瑤已經拿到了今晚白家婚宴的賓客名單，正在排查與駱滕風有交集的人員，勇生剛剛趕往酒店，正在調查現場狀況。」

「很好，辛苦你們了。」

「對了，還有另外一件事……」黃萱萱有點吞吞吐吐，欲言又止，「剛才我閒著沒事，查了一下今天下午駱滕風在Ｄ城大學舉辦那場講座的相關新聞，卻在新聞評論區裡看見了幾條奇怪的留言，於是我又順著追查下去，發現了一個名為『逆風會』的民間組織。」

「逆風會？」路天峰有點愕然。

「就是反對風騰基因的意思，這個組織的成員認為風騰基因研究的RAN療法違反自然規律，一旦推廣將會後患無窮，所以在網上發表各種反對RAN的言論，自詡為正義的化身。」

路天峰不禁失笑：「這樣的小打小鬧能有用嗎？」

「當然沒用。最近逆風會的會長在論壇上發表了一篇文章，向大家徵集能夠幹掉駱滕風的辦法……但即使是這樣的言論，也沒有引起任何關注。」

「在網上，這種人太多了，基本上都是耍耍嘴皮子而已。」路天峰明白，黃萱萱既然提起了這事，就一定是想說些什麼，於是鼓勵她道，「萱萱，你是有什麼想法嗎？」

「不知道為什麼，我總是放心不下……於是就拜託童瑤查了一下逆風會會長的登錄資訊，發現他是透過D城大學的IP段接入網路的。」

「他是D城大學的學生？」路天峰若有所思地看著手中的行程表，今天下午駱滕風在D城大學演講的題目是《RAN技術——開啟全新未來》，顯然跟逆風會的觀念相悖。

「老大，會不會是我想得太多了？」黃萱萱用不太確定的語氣問道。

「不，你的觀點很有價值。」路天峰用筆在行程表上重重地畫了一下，「萱萱，回頭把關於這個組織的資料發給我。另外，你下午到D城大學跑一趟，記得要打扮成大學生的樣子。」

「收到！」不知道為什麼，電話那頭的黃萱萱顯得很興奮，也許是因為自己提出的調查方向被上級重視了吧。

路天峰苦笑著搖搖頭。

4

下午兩點十五分，D城大學禮堂。

雖然窗外飄起了細雨，但在離講座開始還有十五分鐘的時候，能容納四百多人的禮堂基本上已是座無虛席。

「駱總，你的人氣很高嘛！」路天峰扭頭看向後方，感慨道。他跟駱滕風並排坐在最前一列的貴賓席上，與其餘普通座位相隔了一小段距離。

「呵呵，你猜大家為什麼那麼積極地來聽這場講座？」

「大概是因為對你的好奇。」路天峰漫不經心地回答，與此同時，他找到了坐在禮堂最後方，穿著一身大紅色運動服的黃萱萱。她選擇的位置正適合觀察全局，值得表揚。

「他們真正想追求的東西到底是什麼呢？」路天峰這時候才注意到，駱滕風的語氣中帶著一絲譏諷和冷笑。

「是成功吧……」

「什麼是成功？在我眼中，RAN技術才是真正的成功，因為它改寫了醫療科學史，但我身後的這群年輕人是怎麼想的呢？」駱滕風也轉過身去，不少學生馬上發出了歡呼聲、尖叫聲，於是他也微笑著向他們揮手致意。

在學生們的眼中，駱滕風可謂熱情和藹、風度翩翩，但只有路天峰能夠聽見他那帶著輕蔑的聲音：「他們對技術根本不感興趣，他們想要的只是財富和地位，無論是RAN還是NAR還是什麼，只要能賺錢，對他們而言就沒有任何分別。」

路天峰不以為然地聳聳肩：「駱總這話有點太武斷了吧？」

駱滕風神祕地笑了笑，沒再多說什麼。

講座即將開始，現在連走道上也站滿了人，可以看見禮堂後方的出入口處還有更多的人想擠進來，但被保全攔住了。

路天峰提前做了功課，知道這個禮堂只有唯一一個正式的出入口，黃萱萱就坐在離出入口最近的地方；禮堂的兩側還有兩個安全出口，每次舉辦活動之前，保全都會把兩側的安全門封閉，在活動快要結束時，又會打開兩側的安全門，以便人群迅速疏散離去。

如果X真的想在禮堂內襲擊駱滕風的話，那麼等到活動結束後，一片混亂的狀態將是最好的機會。眼見到場的人數遠超過自己原先的設想，路天峰也不禁暗暗擔憂起來。

「老大，外面的人已經進不來了，不過把門堵得死死的。我現在這個位置雖然觀察角度不錯，但人實在太多了，看不過來啊……」黃萱萱發來了一條訊息。

「別擔心，你就坐在那裡，保持警惕即可。」

「駱總，您可以上台了。」校方的接待人員走過來，點頭哈腰地對駱滕風說道。

駱滕風站起身來走上台，邊走邊向台下招著手，禮堂內發出聲浪更大的歡呼。路天峰用鷹隼般的目光快速在人群中掃動，並沒發現任何可疑狀況。

「親愛的同學們，午安……」駱滕風開始了他的演講，台下也漸漸安靜下來，大概過了十分鐘，門外隱隱約約傳來爭吵的聲音。

「怎麼回事？」路天峰趕忙發訊息問黃萱萱。

「好像是有人鬧著非要進來不可。」黃萱萱回覆得很快。

外面越來越嘈雜，甚至還能聽見有人在用擴音器大喊：「抵制風騰基因！反對RAN技術！」就連正在台上發言的駱滕風也不得不停了下來。

「抵制風騰基因！反對——」喊聲戛然而止，應該是被保全搶走了擴音器。

駱滕風無奈地笑了笑，話鋒一轉：「大家看，風騰基因正在做的事情，可能會引起某些不明真相人士的誤會和反感，甚至做出一些過激行為來，而我個人面對類似的誤解和質疑時，很喜歡用一句心靈雞湯來自我安慰——如果這個世界上所有人都能理解你，那麼你該有多麼平凡？」

全場發出一陣會心的哄堂大笑。

「藉此機會，我也想對RAN技術的反對者說幾句話——事實上，我認真閱讀過你們在網上發表的絕大部分言論，但很遺憾，我發現你們連RAN到底是什麼都說不清楚，希望你們能夠回去好好學習一下基礎知識，再來發表意見。」

駱滕風這霸氣十足的態度，正迎合了當下年輕人的叛逆性格，於是台下有學生站了起來，向駱滕風喝采鼓掌，現場的氣氛再次沸騰起來。

路天峰敏銳地察覺到，駱滕風的嘴角不經意地向上翹起，這證明他此刻內心正得意揚揚，看來學生們的反應完全在他的意料之中。

真是個善於煽動情緒的傢伙。

這時候路天峰的手機又收到了一條來自黃萱萱的訊息：「老大，注意你的右邊，有個女孩準備上台獻花。」

路天峰馬上就發現了那名穿著禮服的女生，她手裡捧著一束鮮花，略帶拘謹地站在原地，好像想上台，但步子就是邁不出去。

「這女孩應該沒問題。」從她那一身較為正式的裝束和膽怯怕生的表現，路天峰覺得她應該是校方安排好的「暗樁」，不會對駱滕風構成人身威脅。

果然，幾分鐘後女孩終於抓住了駱滕風停下來喝水的機會，一路小跑著過去獻花，然後又滿臉通紅地跑下台。駱騰風向女孩的背影做了個類似飛吻的手勢，這一段小插曲又將現場的氛圍推向了一個高潮。

「老大，駱騰風這傢伙可真會撩妹啊！」黃萱萱的這條訊息無意中刺痛了路天峰，他不禁想起今天早上陳諾蘭與駱騰風共進早餐的情景。

「別管什麼撩不撩妹的了，現在入口的情況如何？」

「外面沒動靜了，看來逆風會的人果然不足為患。」黃萱萱還配了一個傷心失望的表情。

「這表情配錯了吧，難道你還希望他們成為心腹大患？」路天峰回覆道。

黃萱萱又發來一個小狗吐舌頭的表情，路天峰忍俊不禁，他發現跟黃萱萱聊天總是能讓原先沉鬱的心情變得輕鬆一點，也為眼前這枯燥並且隨時有危險的艱鉅任務增添了幾分調劑。

「接下來由我應付這邊的事情吧，你去下一個地點做準備。」按照行程安排，講座結束後駱騰風將會前往生物系教學樓參觀，路天峰提前打聽過，整棟大樓並沒有實施任何特別的安保措施，依然在正常進行各種教學活動，上課的上課，做實驗的做實驗，人來人往，難以防範。

「明白，那我先過去了。」

駱騰風的演講接近尾聲，活動進入了提問和回答的部分，聽眾熱情高漲，紛紛高舉雙手，希望能成為被選中的幸運兒。

第一位被挑選的提問者是個戴眼鏡的男生，他問道：「隨著RAN技術的發展，是否會有越來越多的疾病可以靠RAN根治呢？這樣的話，傳統的醫藥廠家該怎麼辦？」

駱騰風以一貫霸道的風格回答：「我當然希望RAN技術將來能夠為人類的健康做出更大貢獻，風騰基因也一直在以此為目標而努力。至於後面那個問題，你應該去問那些傳統的醫藥廠家，謝謝。」

人群中爆出連連笑聲和掌聲，同時現場也挑選出了下一位提問者。

「我是一名大二學生，請問如果我畢業之後想進風騰基因工作的話，最重要的事情是什麼呢？」一個女生問。

「最重要的事情？當然是風騰基因兩年之內沒有倒閉了。」駱滕風適時地停頓了一下，讓大家有足夠時間發出心領神會的輕笑聲，「我們公司在招聘人才的時候，關鍵看六個字——聰明、努力、認真。我相信能做到這三點的人，就是金子，無論去什麼公司、什麼工作崗位，都一定會發光的。」

聰明、努力、認真。

路天峰覺得，這三個詞簡直就是對陳諾蘭最貼切的形容，也許駱滕風對陳諾蘭的器重，純粹是出於工作上的欣賞，和男女私情無關？

路天峰目不轉睛地盯著台上的駱滕風，思緒卻已飛到了遙遠的地方……

5

下午三點多，D城大學生物系教學樓內。

雖然校方一再強調「所有教學活動正常進行」，但駱滕風的到訪還是吸引了不少前來圍觀的學生，而且一傳十，十傳百，沒過多久教學樓的走廊上就擠滿了人。一名女學生手裡拿著一張今天講座的宣傳海報，拚命往前擠，終於艱難地擠到駱滕風面前，獲得了他的親筆簽名，結果這一舉動引來了大量的效仿者，無數的紙筆攔住了駱滕風的去路。

「駱總，別再簽名了吧？」路天峰皺起眉頭，看著眼前上百位想要簽名的學生，真不知道這種混亂的場面會持續多久。

「難得回母校一趟，滿足一下大家嘛！」駱滕風又接過一份紙筆。

路天峰知道不便多說什麼，於是一手按住右耳上的藍牙耳機，一邊接通了黃萱萱的電話。

「萱萱，你在哪兒？」

「我在樓上，正看著你們呢。這些學生怎麼那麼瘋狂啊……」

「唉，沒辦法，只能注意觀察。你有沒有發現什麼異常？」

「老大……這兒實在是看不清楚，太混亂了。」

路天峰換了個說法：「這時候大部分人都想往前擠，但有沒有人表現得不一樣？」

「呃……確實有一個，穿白色衣服的男生，在你的右前方。」正因為黃萱萱居高臨下，才能注意到那個人的反常之處，「看到了嗎？他一直逗留在人群的最外圍，並沒有試圖擠進去。」

路天峰馬上就知道黃萱萱說的是誰了，因為那身材瘦削的白衣男生確實有些奇怪，一般人要麼拚命擠向前想拿個簽名，要麼遠遠避開人群，像他這種若即若離的樣子確實令人費解。

「注意一下，那個人手裡拿的是什麼？」路天峰的角度看不清楚，向黃萱萱問道。

「是個資料夾……厚厚的，裡面似乎有很多東西。」

「哪有人遞資料夾給別人簽名的……」路天峰瞬間提高了警惕，但在對方有任何過激行為之前，他也不方便搶先出手，畢竟這裡是大學校園。

「老大，他的右手上還有什麼東西，我看不見……」

「我能看見，只是一支鋼筆。」路天峰目不轉睛地盯著對方，就算只是鋼筆，也不能掉以輕心。

隨著駱滕風滿足了一個接一個學生的簽名請求，人群也漸漸散開了一條路，白衣男生就算沒使勁往前擠，也變得越來越接近了。

路天峰終於可以看清對方身上那件白色 T 恤上的圖案，正是逆風會的會徽。

「萱萱，萬一那傢伙逃跑了，替我截住他。」

一眨眼，男生已經把資料夾遞上前去。駱滕風雖然愣了愣，但仍然出於本能地伸手想去接住。

「等等。」路天峰上前一步，搶先截下資料夾。

那男生顯然沒有料到路天峰會出手阻止，他的反應也很快，手腕一翻，資料夾裡的紙張就散了一地。就在這一片混亂當中，一道寒光閃過，原來是男生拿出了資料夾裡藏著的一把美工刀，狠狠地刺向了駱滕風。

路天峰暗自吃驚，看這一刀的角度和力度，對方竟然是經過專業訓練的。不過還是路天峰技高一籌，他將將避過刀鋒，再用手肘一頂，撞在對方的小臂上，白衣男生悶哼一聲，刀子已被撞落在地。

路天峰跨前一步，想直接抓住對方手腕，然而那男生卻機敏地往後一跳，撞入人群當中。現場本來人就多，這下子更加混亂不堪，路天峰既怕引發踩踏事件，也怕離開駱滕風身邊後再出意外，僅僅追出幾公尺就停下了腳步。

校方派來維持現場秩序的保全這時候才反應過來，大呼小叫地衝上去攔截行凶者，但那男生早就鑽入人群當中，不見了身影。

駱滕風還算是處變不驚，神情自若，倒是他身邊的生物系主任已經滿臉煞白，額頭上全是冷汗。

「駱……駱總……」系主任嚇得連話都說不好了。

「主任，別擔心，我現在不是好好的嗎？」駱滕風哈哈一笑，又問路天峰，「你就這樣放過那傢伙了？」

「駱總，我的首要任務是保護你。」路天峰不動聲色地說，即使是在這種緊急情況下，他也沒有暴露警察的身分，更何況還有黃萱萱會去執行追捕任務呢。

駱滕風心領神會地點了點頭。

「駱總……我們……我們先去辦公室休息一下……那兒有醫療包……」系主任結結巴巴地說道。按照原定行程，下一步他們應該是去參觀生物系的實驗室並旁聽一堂公開課，不過中間出了這種亂子，主任明顯有點不想往人多的地方走了。

駱滕風看主任一副戰戰兢兢的樣子，便順著他的話說道：「那好吧，我們先到辦公室坐一會兒。」說這話的時候，他看了看路天峰，路天峰微微頷首，表示認同。

「報告老大，那傢伙抓住了！」路天峰的耳機裡傳來黃萱萱興奮的聲音。

「先帶回去吧，好好審問一下。」

「收到！那麼我先撤了？」

「嗯，這裡交給我就好，後續的活動應該都受影響了吧……」路天峰心想，這倒未必是壞事。

系主任一邊不停地擦汗，一邊將駱滕風和路天峰帶到院系辦公室內。由於事發突然，系主任連續打了好幾個電話，要求加強保護，增派人手，又緊急調整了行程安排，取消了公開課，改為在辦公室內開座談會——要不是怕怠慢了駱滕風，系主任恨不得直接砍掉全部活動。

「抱歉，萬分抱歉……啊，請稍等……」系主任忙不迭地向駱滕風致歉，卻再次被電話打斷。在系主任出門接聽電話的同時，一名身穿白袍的中年男子捧著兩杯清茶走了過來。

「兩位請用茶，這是上等的杭菊，清心寧神。」中年男子畢恭畢敬地將兩杯茶遞上。

駱滕風順勢接過茶杯，正想喝一口，卻被路天峰一把抓住了手臂。

「等一下。」

「怎麼回事？」駱滕風不禁愕然。

「你是什麼人？」路天峰以銳利的目光打量著斟茶的男子。

「我？」男人愣住了，「我是生物系老師，姓譚……」

「這杯茶，你來喝。」路天峰不由分說地把茶杯推了回去，譚老師的臉上一陣紅一陣白，雙手也在微微顫抖著。

駱滕風忍不住開口問道：「路哥，這是怎麼回事？」

「我懷疑茶裡有毒。」

「怎麼可能……」

「喝一口試試吧。」路天峰神色如常地看著譚老師。

那杯茶譚老師終究沒能接穩，杯子跌落地面，雪白的陶瓷碎了一地。

6

下午五點半，當駱滕風乘車離開D城大學時，特意囑咐司機自行離去，讓路天峰開車。司機也是聰明人，猜到他們兩人之間有話要說，應諾一聲便走了。

雨越下越大，陰沉的天空好像比平日變得更低了一點。

「說說吧，剛才是怎麼回事。」駱滕風背靠在座位上，閉上眼睛伸了個懶腰，也只有在這種場合，他才會稍微卸下霸道總裁的盔甲。

「警方接到線報，說一個名為『逆風會』的組織可能會對你不利，而這個組織的首腦就潛伏在D城大學內，因此今天下午的行程我們特意加強了戒備。」路天峰說的大部分都是實話，但他也不想對駱滕風和盤托出，所以省略了一些細節。

「很好，我完全沒料到。」駱滕風的語氣裡似乎帶著一絲不滿，「你到底是怎麼看出來譚老師是逆風會的人呢？」

「這個說來話長，要從你在禮堂裡舉辦的那場講座說起。」恰逢交通尖峰期，車子走走停停，路天峰也有足夠的時間娓娓道來。

「講座有問題嗎？」原本閉目養神的駱滕風被提起了興致，自然而然地睜開了眼睛。

「講座過程中最大的問題，就是沒問題。」路天峰說了一句像是繞口令的話。

駱滕風想了想，輕輕地點點頭：「我大概懂你的意思了，逆風會真想搞出點事情的話，混入禮堂並沒有太大難度，但他們卻沒這樣做。」

「是的，逆風會的成員完全可以提前進場，在你的演講過程當中砸場子，或者在提問互動的時候找碴，讓你在眾目睽睽下下不來台，就算要拉布條，也可以一早蹲在門外示威。可實際上他們選擇了一個最笨的辦法，在講座開始之後，才拉起布條在門外抗議，這有什麼用呢？」

「難道他們不可以只是搞錯了時間，遲到了嗎？」

路天峰搖頭：「不對，這場講座的訊息在一週之前就公開了，而且舉辦時間自始至終沒有改動過，逆風會真要聚集在會場外抗議的話，是不可能錯過時間的。唯一合理的解釋就是，他們故意製造假象，讓我們覺得逆風會不過是能力低下的烏合之眾。」

「這麼說來，這些傢伙還挺有心機的嘛！」駱滕風冷笑起來。

「講座的順利舉辦會導致我們放鬆警惕，所以在教學樓參觀的過程中，他們實施了計畫的第二步——假借簽名機會接近並襲擊你。然而這一步的行動同樣露出了破綻，讓我察覺到他們還有後招。」

「破綻？」駱滕風努力回想了一下，卻想不出問題到底在哪裡，「什麼破綻？」

「有兩個地方，第一，襲擊者身上穿的T恤印著逆風會的圖案，這顯然增加了暴露的風險，他為什麼要這樣做呢？第二，襲擊者用的是一把美工刀，而且出手襲擊的第一下是這樣子的——」

路天峰一邊說，一邊用右手簡單比畫了一下。

「他出手的角度很刁鑽，而且還用散落一地的白紙分散了你的注意力，沒有經過專業訓練的人是很難避開那一擊的。但有意思的是，那一刀似乎並不會要你性命，就算我不出手阻擋，你也只會被劃破手臂，流點血，絕對不會有大礙，甚至連醫院都不用去，簡單包紮一下就行了。」

「所以他的目的只是警告我？」駱滕風的眉頭打成一個結，想了想，又補充道，「不對，他真正的目的是希望我改變行程，前往辦公室……」

「沒錯，我留意到襲擊事件發生後，系主任嚇得面無人色，慌慌張張的，假如你被劃傷的話，很可能會被帶到生物系的辦公室內包紮傷口；而就算你沒受傷，鑒於系主任那膽小怕事的性格，也有相當大的機率會更改行程。」

「所以他們折騰了那麼一大通，就是為了誘使我去辦公室？」

「沒錯，這方法看上去勞師動眾，非常笨拙，實際上卻出奇地有效。之前做掩護配合的學生，只需要承擔很輕的罪名，而最為關鍵的環節，由譚老師親自上場，在看似絕對安全的地點，遞給你一杯加了料的熱茶。」

「那杯茶裡面到底有什麼？」

「初步鑒定是從某種非洲特有的植物上提取的毒素，這種毒素非常特別，剛喝下去的時候不會有任何不良反應，但在半小時之內就會引發全身器官急性衰竭而亡。這種玩意兒應該是譚老師自己在實驗室裡提取出來的，一旦中毒根本無藥可救……」

處事一貫冷靜的駱滕風聽了這個結果，也不禁為之動容：「真沒想到有人會用這樣的手法來殺人，他有那麼恨我嗎？」

「恨意這種東西，無法用常理去揣測。」車子被堵住了，路天峰歎了一口氣。由於車流量過大，加上大家互不相讓，整座城市的交通陷入一種扭曲的癱瘓狀態。

沉默片刻後，駱滕風又問：「可我依然搞不懂，你是憑什麼判斷出譚老師在茶水裡頭下了毒呢？」

路天峰拍了拍方向盤，說：「其實我只是出於警察的直覺，才決定去試探他的。」

「別賣關子了，直接告訴我吧。」

「還記得嗎，他把茶杯端給我們的時候，是直接用手拿著的，而且左右手各拿一個杯子，對嗎？」

駱滕風努力回憶了一下：「好像是的，這有什麼問題嗎？」

「一般人喝茶都是用剛剛燒開的熱水來沖茶，當然也有一些講究茶道的行家，會根據茶葉種類的不同而選擇溫度稍低一些的熱水，但同樣會有些燙手。所以在端茶給客人的時候，要麼就是雙手捧杯，一杯接一杯地端；要麼就拿著一個托盤，托盤裡放著幾杯茶，讓客人自取。像譚老師這樣雙手各拿一個杯子遞給客人的情況，雖然乍看沒啥大問題，但仔細一想，其實是很奇怪的。」

駱滕風露出恍然大悟的表情來：「如果他是一杯接一杯地端茶給我們，並不能確保是誰先接過茶杯，而使用托盤端茶的話，更加難以控制誰拿起哪個杯子。所以只有同時遞給我們兩杯茶，才能百分之百保證下毒成功。」

「沒錯，正是這點引起了我的懷疑，而我只是稍微試探一下，他就自亂陣腳了。」路天峰雖然是一邊說話一邊開車，但依然將車子開得穩穩的，一點不比專業的司機遜色。

「呵呵……」駱滕風莫名其妙地笑了起來，路天峰透過後視鏡看了他一眼，沒說什麼。

「你知道我在笑什麼嗎？」

「不知道。」路天峰坦言。

「我笑譚老師和他旗下的逆風會成員，機關算盡太聰明，卻在這種無關緊要的地方露出了馬腳。

如果換作是我，一定不會犯這種錯誤。」

「哦？」路天峰猛點了一腳剎車，避讓一輛強行切線插隊的麵包車。

「只要他在兩杯茶裡面同時下毒，不就毫無破綻了嗎？」駱滕風輕描淡寫地說著，彷彿剛剛死裡逃生的人並不是自己。

「對，說到底，譚老師並不是窮凶極惡的人。」

「所以他不是X，對嗎？」

路天峰搖搖頭：「我覺得他不是，因為X不但前兩次殺人都成功了，而且手段乾淨俐落，看起來比譚老師高明一大截。」

「所以你還要繼續保護我。」這是一句陳述句，而非疑問句。

路天峰同樣以一句陳述句作為回答：「所以駱總你有事情想和我討論。」

這是個非常簡單合理的推斷，如果僅僅是談論譚老師和逆風會的話題，駱滕風根本犯不著支開自己的司機，所以他一定是有更私密的事情想跟路天峰交談。

「我有個不情之請。」

路天峰瞄了一眼後視鏡，並沒有立即回答。

「當然，是完全合法的請求。」駱滕風也許是看出了路天峰眼中的猶豫，慢騰騰地補充了一句。

「先說說看。」

「我想讓你替我私下調查我的妻子，樊敏恩。」駱滕風的語氣依然是波瀾不驚，「我懷疑她出軌了。」

一道閃電劃破遠方的天空，數秒之後，才傳來低沉而連續的雷鳴。

7

傍晚六點半，天楓星華酒店。

一個門外掛著「工作人員休息室」牌子的小房間，已經被改造為警方的臨時指揮中心，桌上一排四台大螢幕顯示器，上頭的畫面被分割為數十個小視窗，那是酒店各個宴會廳的即時監控信號。

房間內的四名警察也衣著迥異，路天峰身穿一套黑色休閒西服，胸口還別著「貴賓」的胸章，余勇生和黃萱萱則扮成了酒店服務生，而童瑤穿的是日常T恤和牛仔褲。

「老大，你這一身真帥！」余勇生讚歎道。

「少廢話，時間不多，我們直接說正題。童瑤，賓客名單排查得如何了？」

童瑤拿起手邊一疊厚厚的名單，上面是各種各樣的標記和符號。

「在賓客名單內沒有發現可疑對象，畢竟這裡頭大部分的人都和白卓強有交集，而那些跟駱滕風有交集的人，基本都是生意場上的泛泛之交。但這份賓客名單存在一個非常大的盲點，就是不少賓客標注的資料是『某某某，共三人』，這樣一來我只能確定其中一位賓客的資料，而不知道另外兩人是誰。」

路天峰苦笑著摸了摸胸前的胸章，說道：「沒錯，誰又能想到名單上『駱滕風一行六人』裡頭，就有一個人是我呢？」

黃萱萱好奇地問道：「老大，駱滕風為什麼會讓你跟他一起入席呢？」以白家的財力物力，自然已經替各界名流的保鏢和司機另外準備了酒席，按常理來說，路天峰根本不該占據一個婚宴賓客的名額。

「有錢人的想法嘛，總是很奇怪的……別糾結這個了，繼續彙報現場情況吧。勇生，工作人員的狀況調查過了嗎？」路天峰心知肚明，駱滕風這個臨時起意的決定，就是希望自己能有更多機會近距離接觸樊敏恩。

雖然剛才他並沒有直接答應駱滕風的請求，但說實話，他對真相還是挺好奇的，而駱滕風似乎也一眼看穿了他的心思，隨即做出了這樣的安排。

「工作人員排查過一遍了，因為今晚的宴會聲勢浩大，還外聘了不少臨時工來幫忙，暫時沒有發現可疑人物……」余勇生撓撓後腦勺，「坦白說，我們這些平民百姓還沒有資格跟駱滕風產生矛盾衝突吧？」

「任何時候都不能掉以輕心。萱萱，警局那邊的審訊工作進行得如何？」

「動刀子的那個學生叫徐朗，他說他根本不知道譚老師要下毒，估計只能以傷人未遂處理。」黃萱萱又問，「譚家強譚老師，只承認了今天下毒的事情，堅決否認自己是X，你覺得他的話可信嗎？」

「我認為譚家強並不是X，因為今天的犯案過程跟X前兩次殺人相比，顯得太過粗糙。我們要繼續提高警惕，千萬不可以大意。」

事實上路天峰是有點後怕的，一直以來他都有一個先入為主的觀念，認為只要時間迴圈現象不發生，X就不會動手殺人，所以駱滕風是絕對安全的。但他忽略了一點，就是除了X之外，駱滕風還可能有其他仇家。

「先解散吧，大家返回各自的崗位，有什麼情況隨時彙報。」路天峰雖然人站在這裡，目光卻一直透過監控螢幕監視著駱滕風四周的狀況。畢竟這是場豪門婚宴，白家也聘請了不少安保人員來維持秩序，沒有請柬的閒雜人等根本進不了宴會廳，所以路天峰才能放心地暫時離開幾分鐘。

「咦？老大你看！」余勇生突然指著其中一個小螢幕的圖像，大呼小叫起來。

路天峰心裡一驚。

「這就是『駱滕風一行六人』的另外幾位嗎？」

他看見了樊敏恩、張文哲、高緲緲和意料之外的那個人——陳諾蘭。

「真讓人頭痛……」路天峰揉著自己的太陽穴，匆匆忙忙離開了。

話說駱滕風攜帶的三位女伴可謂風韻各異，樊敏恩穿一襲亮眼的火紅色連衣裙，剪裁得體，優雅大方，舉手投足都成為全場焦點；高緲緲身上那套淺灰色的晚禮服則顯得有點素雅，正如她本人一樣低調不起眼；而陳諾蘭穿的是一套較為日常的鵝黃色雪紡連衣裙，似乎是有意避免與另外兩個女人爭豔。

「路哥，在這邊！」駱滕風在人群之中遠遠就望見了路天峰，招手示意他過來，「給各位正式介紹一下，這位是我的保鏢路哥，經過最近幾天的相處，我發現路哥是個不可多得的人才，有意將他招入公司，不過路哥還沒答應我，哈哈！」

駱滕風這一段突如其來的「介紹」讓路天峰大感意外，也摸不清他的用意，只好含糊應付了事。而在場的另外四人，顯然對這個消息有不同的反應：陳諾蘭的迷惑，高緲緲的冷漠，張文哲的驚訝，還有樊敏恩的反感。

駱滕風又逐一向路天峰介紹了自己的妻子樊敏恩，公司的股東張文哲、高緲緲，還有「科研方面的中流砥柱」陳諾蘭。

「快入座吧，人怎麼那麼多呀！」樊敏恩顯然有點不耐煩了，「我說老白嫁女有必要搞那麼大的排場嗎？」

「親愛的，我們去年在馬爾地夫包下一座海島舉辦婚禮的時候，排場也不小哦！」駱滕風提醒道。

「哼，我們可不一樣。」至於到底有什麼不一樣，樊敏恩並沒有說出來。

一行六人入席，路天峰依然不動聲色地觀察著樊敏恩。這幾天以來，他並沒有跟樊敏恩打過很多交道，不過現在一接觸，就覺得這位富家女實在有點做作。她跟駱滕風說話的時候不但語氣甜膩，肢體語言也特別多，跟丈夫又是牽手又是摟脖子，生怕別人不知道他們倆是一對恩愛夫妻似的。

越是這樣刻意表現自己，就越顯得可疑。

路天峰的腳突然被誰輕輕踢了一下，他愣了愣，隨即意識到這應該是坐在自己身旁，假裝若無其事的陳諾蘭。

陳諾蘭的眉頭不經意地向上挑起，表示「莫名其妙，怎麼回事」，路天峰則是非常緩慢地點了點頭，同時右手在桌面擺出一個「ＯＫ」的手勢。

相信我，沒事的。

現場燈光慢慢變得昏暗，婚禮的背景音樂悠揚響起，婚宴即將正式拉開序幕。

「路隊，宴會廳內外一切正常。」耳機內傳來童瑤的聲音。

「老大，後廚這邊也沒問題。」黃萱萱同時彙報道。

新郎和新娘在一片歡笑聲中攜手步入宴會廳，賓客紛紛起立鼓掌，在現場的一片嘈雜之中，陳諾蘭用只有路天峰能夠聽見的音量對他說：「真讓人羨慕啊！」

路天峰動了動嘴唇，沒有回答。她並不知道就在幾天前，白卓強和他的女兒白詩羽差點在一起綁架案中喪生，如果那天不是恰好遇上時間迴圈的話，今天恐怕就是白家舉辦喪禮的日子了。

大喜與大悲往往只有一線之差，然而人們幾乎無法意識到這一點，還以為自己理所當然地永遠會跟幸運女神站在同一邊。

駱滕風也一樣，這一刻的他看起來意氣風發，但又有多少人知道，他隨時面臨著死亡的威脅，就在幾小時前，他差點被人毒死，而如今依偎在他懷裡撒嬌的美麗妻子，很可能在外面勾搭上了別的男人。

那麼駱滕風到底是幸還是不幸呢？

當路天峰把目光投向駱滕風的同時，察覺到在陰影當中，那一雙眼睛閃動著奇異的光芒。

真是一個讓人難以看透的男人啊……

8

路天峰不太明白，為什麼現代人事事追求效率，卻依然保留了冗長而煩瑣的結婚儀式，甚至可以說隨著人們生活水準的逐步提升，喜宴的流程變得更加漫長。

駱滕風已經不勝其煩，在兩輪敬酒結束之後，他偷偷溜到宴會廳外的露台上，點燃了一根香菸。

路天峰也不敢怠慢，緊隨著駱滕風來到露台處。今天下了一下午的雨，空氣似乎變得比平日更清爽了，從露台可以遠眺D城美麗的夜景，流光溢彩，璀璨奪目。

「呵呵，路隊，你太緊張了！」駱滕風彈了彈菸頭，「這裡應該挺安全的吧？」

雖然露台上空無一人，路天峰還是走近了才開口說道：「確實挺安全的，不過我也正好有些話想要跟駱總私下說。」

「你是想抗議剛才我用你來試探他們幾個人嗎？」

「倒不至於『抗議』那麼嚴重，我只是希望駱總在言行上謹慎一點，以免為我們的工作帶來不必要的風險。」

路天峰這句話的語氣有點重了，但沒想到駱滕風聽了不怒反笑：「哈哈，莫非路隊覺得我剛才說的那番話是沒有經過大腦思考，隨便亂說的？」

「那倒不是……」事實上駱滕風僅僅用了一句話，就直觀地揭露了在場幾個人之間的微妙關係，可謂相當聰明。

駱滕風拍了拍路天峰的肩膀：「其實我覺得我們之間根本不需要說那麼多廢話，你懂的。」

「駱總你太高估我了……」路天峰剛說到一半，耳機內就傳來童瑤的聲音。

「路隊，露台上有動靜。」

「露台？露台上沒其他人啊！」

「是另外一邊的露台……陳諾蘭和樊敏恩似乎起了爭執，兩人之間有相互推搡的動作，需要過去看一下嗎？」

路天峰這時候才知道，原來由宴會廳兩側可以通向兩個不同的露台，他還沒來得及回答，就聽到童瑤再次說道：「樊敏恩已經返回宴會廳了，陳諾蘭一個人留在露台上，看起來垂頭喪氣的，情緒低落，路隊……請指示。」

路天峰想了想，不能因為陳諾蘭是自己的女朋友就給她特殊待遇，雖然還不知道兩個人起衝突的原因，但現在可不是噓寒問暖的時機，於是轉而問道：「其他人的情況怎麼樣？」

「有賓客陸陸續續提前退席了，張文哲已經離開，高緲緲還留在原位。」

「算了，別管陳諾蘭，現場比較混亂，注意保護好目標。」對路天峰而言，駱滕風平安無事才是首要任務，不過說完這句話後，他還是忍不住輕輕歎了一口氣。

駱滕風聽見路天峰的歎氣聲，隨之掐滅了手裡的半根菸，說道：「路隊，要不我們就站在這裡等賓客散場完畢吧，散場的時候才最危險，對吧？」

「我覺得無論在什麼樣的環境下，太過放鬆警惕的時候就會有危險。」

「比如現在，只有你跟我兩個人，也不能放鬆警惕嗎？」駱勝風轉過身去，看著燈光璀璨的城市夜景，「除非你就是X。」

路天峰無奈地苦笑：「從理論上來說，不能完全排除這樣的可能性，但我可沒有殺人動機啊！」

「你也許沒有殺害張翰林和高俊傑的動機，但難道沒有殺我的動機嗎？」駱勝風總是一副笑意盈盈的模樣，讓人看不清虛實。

「駱總，你在開玩笑嗎？」

「你知道大公司對入職的每個員工都會做背景調查嗎？越是重要的員工，背景調查就越是詳盡。」駱勝風話鋒一轉，讓路天峰一下子有點摸不著頭腦。

「這是……什麼意思？」

「陳諾蘭可是我們公司的重點培養對象，我們對她的背景調查做得很深入。」駱勝風故意停頓了幾秒鐘，「我早就知道她有個當警察的男朋友，也知道那個人就是你。」

路天峰心頭一震，他沒料到駱勝風竟然知道自己和陳諾蘭之間的關係，這樣說來今天他們兩人多次相遇，也並非巧合，而是駱勝風的刻意安排。

「駱總的演技真不錯。」路天峰慢悠悠地回道。

「你們倆的演技也很好。」駱勝風的手再次搭上路天峰的肩膀，「知道我為什麼要這樣做嗎？」

「你在試探我，因為你不信任我。」

「哈哈哈，路隊你搞錯了，正因為我信任你，才要試探你，看看你是否能夠不辜負我的信任。」駱勝風仰天大笑道，「你當然知道我跟陳諾蘭之間的緋聞，卻依然能夠不動聲色地隱藏自己的身分，我欣賞你。」

路天峰冷冷地回答：「駱總似乎很喜歡試探別人。」

「人在江湖，身不由己。我可不想跟那些我不知道底細的人打交道。」

「這樣活得不累嗎？」

「活著，本來就很累啊！」

夜風拂面，站在露台上的兩個男人陷入了長久的沉默，駱滕風又燃起了另一根菸。

「想了想，我們倆還真有意思。」抽了好一會兒悶菸後，駱滕風冷不防地說，「我跟我妻子要裝出一副親密無間的樣子，你跟你的女朋友卻要假裝彼此不認識。」

路天峰勉為其難地說了一句：「那是因為我的工作職責。」

駱滕風向空中吐出一個煙圈：「其實，我跟你一樣啊……」

一樣？他們怎麼可能一樣？

坊間一直有傳言，說駱滕風跟樊敏恩閃電結婚是因為看中了樊家在投資圈的影響力，但反過來思考的話，也可以理解為樊家看中了風騰基因的大好前景。如果把婚姻看作一門生意的話，這樁婚姻可謂各取所需，雙方共贏。

只可惜，婚姻並不是生意。

路天峰的耳機內傳來余勇生的聲音：「老大，婚宴接近尾聲，離開的人越來越多了，我們還需要留在原地待命嗎？」

「先換回便服，等我的下一步指示。」路天峰想了想，又問，「現在外面一定很多人，我們晚點再走。」

「我可以在這裡慢慢等，但恐怕你們要安排人先把我太太送回家。」駱滕風插話道，「她可沒有那麼好的耐性。」

「沒關係，每個人的耐性都是一點一點培養出來的。」

「有意思……」駱滕風手中的菸熄滅了，「那就一切聽從路隊的安排吧。」

「請記住，我們的對手是個非常有耐性的人。」路天峰正色道：「所以我們要比他更有耐性。」

9

晚上十一點多，路天峰回到自己的家中——其實陳諾蘭不在，他都不太願意把這裡稱為家了，大半夜回來打開屋子的門，只有一股冷清和落寞的氣氛撲面而來。

實際上，他可以選擇留宿在駱滕風的別墅內，為了配合警方執行任務，駱滕風特地安排了兩間客房供幾位警察入住，這樣能夠讓他們更好地休息，養精蓄銳。

但路天峰在奔波勞碌了一整天後，還是選擇回到這裡。

一進門，他連水都顧不上喝一口，就跑到書桌前面，從抽屜裡拿出一個小本子，飛快地記錄下今天所發生的所有重要事件。

這是他每天晚上必須完成的任務，因為把當天行程寫出來有助於理順思路，萬一發生時間迴圈的話，他能夠以最高的效率安排、應對工作。

與前幾天平平無奇的經歷相比，今天發生的事情實在有點多，與陳諾蘭的意外相逢、風騰基因公司內部鬥爭的明朗化、D城大學的講座、來自逆風會的襲擊、樊敏恩的出軌疑雲，還有在婚宴途中駱滕風主動向自己揭開底牌……不知不覺間，路天峰足足寫了兩頁紙，才把這一天事件的脈絡基本記錄下來。

路天峰看著自己的筆記，自言自語道：「真是亂七八糟，這種經歷有一次就夠了……」

過去幾個晚上，路天峰都在默默期待著時間迴圈的發生，因為他迫不及待想跟 X 正面交手；但今天，他祈求的是時間靜悄悄地流逝，順利進入下一天。

十一點五十九分。

每天的零點時刻，他都必須保持清醒，這樣一旦發生時間迴圈，他可以連一秒鐘都不浪費。

秒針一格一格地跳動著。

過去吧，就讓這一天過去吧……

路天峰緊盯著筆記上潦草的字跡，強迫自己盡快背誦下來，因為等會兒這份筆記可能會消失得無影無蹤。

當然了，他內心希望眼前這份筆記不會消失。

還有十秒鐘，路天峰感到莫名的緊張，不知道為什麼，他有一種相當不妙的預感。

「墨菲定律」這四個字突然出現在他的腦海當中——

你所擔心的意外狀況，總是會發生。

路天峰下意識地眨了眨眼，不知不覺間，零點已經過去了，眼前的那一頁筆記業已變回一片雪白，再低頭看看身上的衣服，也換成了十五日凌晨所穿的那一套。

手機上顯示的時間則依然是四月十五日零點，時間迴圈發生了。

路天峰按捺住激動不已的心情，連續做了幾次深呼吸，強迫自己冷靜下來之後，立即以最快的速度在筆記本上默寫出今天即將發生的所有事情，同時撥通了程拓的手機。

「程隊，有緊急情況，我申請今天實行二十四小時戒嚴。」

「好。」程拓只是簡單回覆了一個字，對這一通深夜來電似乎沒有過於驚訝，更沒有問路天峰為什麼要這樣做。

「謝謝程隊。」

「辛苦你了。」

這就是他們兩人之間的信任。

路天峰心想，好戲終於要開場了。

掛斷電話後，路天峰無意識地推開了窗戶，明明是春天，窗外的夜風卻帶著一絲絲寒意，就像冬天未曾遠去一般。

第三章 每一秒都是意外

1

四月十五日，第二次迴圈，凌晨一點。

駱滕風家的客房內，保護行動小組全體成員集合。雖然他們不知道路天峰為何在深夜時分突然召集大家開會，但每個人都有預感即將迎來艱鉅的新任務，所以在滿臉疲憊之餘，也帶著幾分躍躍欲試的神情。

路天峰的內心當然很興奮，但看著同事們積極的表現，又難免有一絲內疚，因為他很清楚，無論大家多麼努力，接下來一整天的工作都不會在現實世界裡留下一丁點兒痕跡。

但即便如此，他們仍然要盡力放手一搏。

路天峰乾咳一聲，清了清喉嚨，說道：「各位，我剛剛收到可靠的情報，X可能會在今天動手，因此請各位從這一刻開始，按照我分配的任務監視幾名嫌疑人。童瑤，你全程跟緊樊敏恩；萱萱負責盯住高緲緲；勇生，你的目標是張文哲。我需要你們記錄從現在這一刻開始，他們的一舉一動，接觸過什麼人，去過什麼地方，甚至早、中、晚三餐吃的是什麼，全都要記錄下來，明白了嗎？」

「明白！」三人異口同聲應道。

「我已經向程隊申請加派人手，每個監視小組將再增加一到兩人幫忙，而且也申請了監控他們的手機和電子郵件。」

余勇生忍不住打了個呵欠，問：「老大，我們把全部警力調配到這幾個人身上，駱滕風這邊只有你一個人，可以嗎？」

路天峰內心暗暗叫苦，他當然明白這樣的任務分配不太合理，但又無法向大家解釋真正的原因。幸好這個迴圈裡發生的任何事情都不會真正留在他們的記憶裡面，所以就算有什麼奇怪的地方，也只要蒙混過「今天」即可。

「放心，我自有安排。」路天峰含糊其辭地說了一句。

「那個，盯梢要從現在就開始嗎？」黃萱萱吞吞吐吐地問道。

「是的，立即開始。」路天峰看了一眼手錶，「勇生昨天跟了駱滕風一整天，你先去睡幾小時，我讓程隊另外派人監視張文哲。」

「老大，我不累……」

「開什麼玩笑，這是命令！只能睡五小時，六點準時給我起來！」路天峰不容分說地擺了擺手，余勇生只好乖乖地噤聲。

「其他人分頭行動，有情況隨時彙報。」

「收到！」

余勇生和黃萱萱領命而去，只有童瑤留在房間內，若有所思地敲打著鍵盤。

「有什麼想說的嗎？」路天峰剛才就看出了童瑤內心的困惑，她畢竟不是自己的直系下屬，還不太習慣這種「莫名其妙」的命令。

「路隊，你能夠確定X跟這三個人有聯繫嗎？萬一……」

童瑤沒有說下去，但路天峰已經理解了她的意思。

「你擔心的是，萬一X跟他們沒關係的話，我們就白白浪費時間精力了，對吧？」

「我更擔心駱滕風會有危險。」

「放心吧，我會安排妥當的。」路天峰也只好這樣安慰她，「對了，監視樊敏恩的時候，特別留意一下她跟前男友鄭遠志之間有沒有私下聯繫。」

「鄭遠志？」童瑤顯然對這一句叮囑頗感意外，因為在這幾天的任務當中，這位銀行客戶經理就沒有在他們的視野裡出現過，「我可以問為什麼嗎？」

「大概是警察的直覺吧。」路天峰也只能糊弄一句了。

童瑤皺了皺眉頭，但沒再說什麼，執行命令是警察的天職。

路天峰正準備轉身離去時，又聽到童瑤輕聲說：「路隊，雖然我不知道你是怎麼想的，但無論如何……」

「嗯？」

「請你一定要小心。」童瑤深呼吸後說道，好像這樣才能把後半句話說完。

「我會的。」他用力地點了點頭。

2

四月十五日，第二次迴圈，清晨六點。

一身運動裝的駱滕風準時出現在別墅玄關處，而路天峰早就在此等候。

「早安，路哥。今天麻煩你了。」

這是跟第一次迴圈時一模一樣的對話，路天峰卻換了一種應答方式。

「駱總早，今天也跟平常一樣去晨練嗎？」

「當然了。」駱滕風吃了一驚，看著路天峰，「有什麼問題嗎？」

「沒什麼，只是覺得今天的空氣品質不怎麼好。」

駱滕風抬頭看了看天色，愕然道：「是嗎？我覺得還可以啊。」

路天峰笑笑，沒說什麼，其實他只是想測試一下自己能不能影響駱滕風的這個決定。很多人都聽說過「蝴蝶效應」，認為亞馬遜叢林裡面的一隻蝴蝶扇動翅膀，會導致美國境內的一場龍捲風。然而在時間一次又一次的迴圈當中，讓路天峰體會最深的並非蝴蝶效應，而是一種他自己命名為「彈簧效應」的現象。

什麼是彈簧效應呢？比如說，你在新一次的迴圈當中改變了某件事，導致命運看上去已經偏離了原來的軌道，那麼按照蝴蝶效應的理論，這一天之後所發生的事情可能會跟上一次迴圈大相徑庭；但實際情況是當天發生的大部分事情都會跟上一次迴圈一樣，只有「被改變」的事件改變了，其餘事件幾乎不會受影響。

所以說，命運就像是一個彈簧，只要你施加了外力，它的形態可以發生變化，但也僅限於此。一旦外力撤銷，命運又會回到原來的軌道上。路天峰也是在經歷了許多次時間迴圈後，才逐漸掌握了這個規律，因此他會在每次迴圈當中，嘗試去改變不同的事件，並觀察其引起的連鎖反應。

駱滕風不願更改晨跑的行程，也在路天峰的意料之中。於是兩人並肩出門，先做了一些簡單的熱身運動，然後開始慢跑。這一次任由駱滕風越跑越快，路天峰都沒有特意去追趕，只是遠遠地跟隨著，保證他的安全就好。

大概跑了十五分鐘，駱滕風放慢了腳步，路天峰也終於趕了上來，兩人開始慢步行走。

駱滕風擦了擦汗，喘著粗氣道：「路哥，今天你的狀態似乎不太好啊！」

「是嗎？可能昨晚沒睡好。」

「你們當警察壓力挺大的吧？」駱滕風關切地問道。

「這年頭，有誰壓力不大呢？」路天峰反問，「就算駱總你身家過億，衣食無憂，也不敢說生活得很輕鬆吧？」

「哈哈，有道理，很有道理！」駱滕風拍了拍路天峰的肩膀，「那麼今天的早餐我們就去改善伙食，舒緩一下壓力吧。」

「去哪兒？」路天峰明知故問。

「一家叫 ROOST 的西餐廳，很不錯的。哦，對了，今天的晨練提前結束吧，我約了人家七點半見面。」

「沒問題。」

「來，再跑一會兒。」駱滕風邁步往前跑去，而路天峰低頭看了一眼手機上傳來的最新動態：樊敏恩和張文哲還在家裡睡覺，高緲緲剛起床，在廚房裡做早餐，看上去沒有任何異常。

「繼續密切關注。」下達指示之後，路天峰快步跟上跑在前面的駱滕風，而此刻他心裡盤算的是，等會兒看到陳諾蘭的時候，自己應該如何應對。

3

上午七點半，ROOST 西餐廳。

一小時的時間轉瞬即逝，直到路天峰坐在舒適的座位上時，他也沒能想出什麼應對之道。

陳諾蘭如期出現在他面前，也和上一次迴圈見面時一樣，假裝不認識他，依然徑直走向駱滕風。

「等一下！」路天峰咬咬牙，毅然站起身來。

陳諾蘭的腳步頓了頓，愕然地望向路天峰，同樣一臉驚訝的還有坐在窗邊卡座上的駱滕風。

「我有話想說。」路天峰成了全場的焦點，他望向駱滕風，「駱總，你不知道她的身分嗎？」

「她是我們公司……」

「不對，我是指她的另外一個身分。」路天峰略帶粗暴地打斷了駱滕風，「我相信駱總應該知道，陳諾蘭是我的女朋友。」

駱滕風的臉色先是一沉，然後又波瀾不驚地說道：「我知道，所以呢？」

「所以……」被駱滕風那麼淡然地反問一句，準備不足的路天峰還真是無言以對。

駱滕風重新坐下，一邊拿起餐桌上的刀叉把玩，一邊說道：「我想問的是，你們兩人之間的情侶關係，會影響你身為警察的工作原則嗎？」

路天峰默不作聲。

「還有，你們的關係會影響陳諾蘭在風騰基因的工作嗎？」

路天峰還是不說話。

「再多問一句，她是你的女朋友，就不可以跟老闆一起吃早餐了嗎？難道你真的相信網上流傳的那些謠言？」

一直沉默不語的路天峰想起了在上一次迴圈中，駱滕風跟自己說過的那句話：「其實我覺得我們之間根本不需要說那麼多廢話。」

陳諾蘭走到路天峰跟前，用只有他能聽見的音量說道：「峰，你怎麼了？」

短短的五個字，竟然包含著無數複雜的感情，既有對路天峰出現在此時此地的困惑不解，更多的卻是對他的關懷與擔心。

因為在陳諾蘭的心目中，自己一貫冷靜理智的男朋友，絕對不該在執行任務的過程中，主動暴露他們兩人之間的關係。

「我沒事。」路天峰輕聲回答。

陳諾蘭顯得有點尷尬，站在原地不知所措，這時候駱滕風順勢說了一句：「諾蘭，坐下來吧，路隊如果覺得有必要，也可以坐到這桌來。我保證，我們只聊公事。」

「不打擾兩位了，我只是希望駱總下次再安排這種『意外驚喜』的話，請提前通知我一聲。」路天峰非常嚴肅地說，「因為這樣做實在是太危險。」

「危險？」只有三個人的西餐廳內，空氣突然靜止不動了。

路天峰轉而看了一眼陳諾蘭，又看著駱滕風的雙眼道：「我想我有義務再次提醒駱總，現在你的生命安全正受到嚴重威脅，喪心病狂的連環殺手 X 隨時可能對你下手，並有可能波及你身邊的無辜人士。」

駱滕風忍不住笑了起來：「所以……你希望我盡量少接觸你的女朋友？」

眼見駱滕風的態度並不是很認真，路天峰也不禁有點生氣，他加重了語氣道：「另外，我們還收到一個最新消息，X 很可能選擇今天動手。」

「咣噹——」

駱滕風手中的叉子跌落到餐盤上，似乎很震驚。

「你說什麼？今天？」

「是的，就在今天。」反正現在發生的一切都不會「留底」，路天峰乾脆把話敞開來說，順帶測試一下今天彈簧效應的極限在哪裡，「所以我希望駱總能夠全力配合我們的工作，可能的話，建議取消一些非必要的活動安排。」

在最初的一波震驚過去之後，駱滕風再次拿起刀叉，輕輕地相互敲打著，發出叮叮噹噹的清脆碰撞聲。

「我倒是很好奇，如果警方覺得X今天要動手，為什麼沒有額外加強戒備？」駱滕風的問題一針見血，直指要害。

「我們自然有安排……」

「別糊弄我，這家西餐廳空蕩蕩的就我們三個，要是X現在發動襲擊，就憑你一個人真的能應付嗎？」

「X不會在這裡發動襲擊的，具體細節我不方便透露。」其實路天峰根本無法向駱滕風解釋這件事，乾脆用強硬的語氣來表明立場。

「你這樣說，很難讓人信服。」

兩個男人各不退讓，僵持了幾分鐘，連餐廳的服務生都不敢靠近，最後還是陳諾蘭開口圓場：「駱總，早餐會到底還開不開呢？」

「還是繼續開會吧，今天我的行程安排暫不變動。」駱滕風看了一眼路天峰，後者歎了口氣，自覺地退後了一點，但仍然能夠聽見他們兩人的對話。

駱滕風直接無視路天峰，向陳諾蘭說：「時間關係，我就開門見山地說吧。我想你也應該注意到了，自從高俊傑去世後，風騰的研發部門變得人心惶惶，有人想上位，有人想離開，還有人擔心會失業，認真工作的人沒幾個了。」

「最近我們部門的氣氛確實有點怪……」

「而你就是其中一個堅守崗位、認真工作的人。」

「駱總過獎了。」陳諾蘭下意識地往路天峰的方向看了一眼，隨後臉上微微泛紅。

「以目前研發部門的內部狀況，我覺得無論讓誰繼任首席科學家都會引發新一輪矛盾，但不盡快推選一個領頭人出來，後續工作又很難開展。」

陳諾蘭認同地點了點頭：「所以駱總是想詢問我對候選繼任者的意見嗎？」

「不，你搞錯了，我是希望由你來頂上。」

「什麼？」陳諾蘭大吃一驚，「駱總別開玩笑了，以我的資歷怎麼可能擔當如此重任……」

「讓你直接當首席科學家確實難以服眾，但我希望將那個燙手山芋的位置空出來，任命你為首席助理，暫時主持研發工作。我讀過你的論文，知道你的一些觀點和猜想跟我不謀而合，只是暫時無法證實而已。現在，我可以給你去嘗試的機會。」

「這個……」她猶豫起來。

「薪酬方面的問題，我們可以再聊，一定讓你滿意。」

陳諾蘭又望向路天峰，而他已經側過身去，避開了她的目光。

「等我再考慮一下吧。」

「沒問題，給你一小時考慮。」駱滕風招了招手，讓一直在遠處等待的服務生送上早餐，「今天早上有個股東會，屆時我會向大家宣布對你的提拔。」

「已經決定了嗎？」陳諾蘭瞪大了眼睛。

「你還有時間讓我更改決定，現在，我們先吃早餐吧。」

路天峰再次品嘗著這份高檔但索然無味的早餐，這時候，他收到了一條新的手機簡訊，是童瑤發過來的。

「樊敏恩出門喝早茶了，而且我還看到了鄭遠志，兩人一開始假裝不認識，最後卻進入了同一個包廂。」

「繼續盯緊。」

路天峰心想，世界真是奇妙，當駱滕風在跟別人的女朋友共進早餐的同時，他的妻子又在偷偷摸摸地與另外一個男人相約喝早茶。

「路隊，還有一件事情向你請示。」童瑤又發來一條訊息，語氣有點怪怪的。

「直接說吧。」

「我在樊敏恩身上偷偷安裝了竊聽器，需要啟用監聽嗎？」

路天峰明白童瑤的意思了，按照正常流程，監聽是需要申請備案的，但如今路天峰似乎沒有按照流程辦事，所以童瑤也不敢逾越。

「啟用吧，有什麼事情我來扛就好。」

「明白。」

路天峰想了想，又輸入一句：「今天的行動可以放開手腳，特殊處理。」

過了好幾分鐘，童瑤才回覆：「好的。」

而在等待童瑤回覆的這段時間，路天峰已經風捲殘雲般解決了面前的早餐。只有吃飽了才有力氣去戰鬥，這個道理每個人都懂，但也不是誰都能做到。

4

四月十五日，第二次迴圈，上午十點，風騰基因會議室內。

在路天峰的強烈要求下，他也獲准進入會議室，旁聽今天的股東會議。當然，以保鏢身分出現在此處的他，引來了其他人好奇的目光，只不過當駱滕風宣布提拔陳諾蘭，並把她邀請到會議室之後，再也沒人在乎現場多了一名保鏢這件事了。

張文哲警覺地看著陳諾蘭，首先反對：「我不同意，陳諾蘭來公司才一年多，也根本沒有管理經驗，這個決定無異於冒險。」

駱滕風好像早就料到張文哲會這樣質問，不慌不忙道：「風騰基因也只是成立了短短幾年，難道只有元老才有資格當管理層嗎？恕我直言，陳諾蘭的經驗總比在座兩位新股東要豐富多了吧？」

張文哲勃然大怒，用力一拍桌子，站起來道：「駱總，你這話什麼意思？我雖然剛加入公司，但好歹算是混了幾年社會的人……」

「張總，前幾年你從事的是什麼行業？」駱滕風露出了譏諷的笑容，「高利貸大概可以算是金融行業？經營地下歌舞廳也勉強能當作娛樂服務業。還有非法賽車，你可以定義為體育產業……」

隨著駱滕風的數落，張文哲的臉色越來越紅，按在桌上的雙手也緊握成拳。

「但無論怎麼說，你在生物醫學這一行的經驗都為零，我希望令尊親手打下的江山，不要毀在你的手中。」駱滕風得理不饒人地刺出最後一刀。

「哼！」張文哲重重地捶了一下會議桌，然後右手再用力一揮。

「咣噹——」

擺在他面前的茶杯頓時碎了一地。

「原來是這樣……」路天峰心裡暗暗說道，「今天碎掉的杯子還真不少啊。」

「緲緲，你有什麼意見嗎？」駱滕風稱張文哲為「張總」，對高緲緲則使用了親近得多的稱呼。

「我沒意見……」高緲緲說話總是輕聲細語，像怕得罪人似的。

「很好，那就這樣決定了，從現在開始，公司任命陳諾蘭為研發部首席助理，在首席科學家到位之前，暫時由她來主持研發部的日常工作。」

「等一下。」張文哲突然發話，「駱總該不會是準備一直空著首席科學家的位置，好讓陳諾蘭上位吧？」

駱滕風面不改色地說：「首席科學家的人選必須慎重考慮，不知道張總有何高見？」

「我哪有什麼高見，只是這個位置預計得空多久，如何盡快找到適合的繼任者，駱總得給股東們一個交代嘛。」張文哲倒也不傻，輕描淡寫間又把球拋給了駱滕風。

路天峰心裡暗暗更新了自己對張文哲的評價，按照警方之前的調查資料顯示，張文哲就是個不學無術、花天酒地的小混混，不過仔細一想，他當初敢於跟有錢有勢的父親鬧翻臉，憑著自己的本事混社會，如今又厚著臉皮繼承父業，並且面對強勢的駱滕風依然毫不服軟，可見這個人並沒有傳說中的那麼簡單。

他會是X嗎？

路天峰又把視線轉向高緲緲，據黃萱萱今天上午的跟蹤彙報，這個看起來文弱膽怯的女生一大早就起來做了早餐，吃完之後又看了半小時的書才出門，上班路上在人潮洶湧的地鐵裡也一直讀英文書。她幾乎是部門裡頭最早到辦公室的，而且並不需要任何人督促，就開始投入工作。

其實她繼承了父親的股份，完全可以跟張文哲一樣直接進入管理層，但據說她拒絕了駱滕風三番兩次的邀請，堅決要求由基層做起。

既能嚴於律己，又有自知之明，光憑這兩點，路天峰就絕對不會小看這位女孩。

「其實，我也有幾句話想說……」有點意外地，陳諾蘭選擇了主動發言，她的聲音雖然溫柔，語氣中卻帶著無比的堅定，「我內心的想法非常簡單，就是希望能夠繼續為RAN技術的研發貢獻一己之力。」

她略作停頓，目光逐一掃過會議室內的眾人，而且似乎在路天峰臉上停留得特別久。

「今天，駱總認為我能夠幫助研發部早日重回正軌，因此我願意嘗試這個全新的職位；萬一有一天，各位認為我無法勝任工作，那麼我願意隨時退位讓賢。我個人的最大追求，是可以一直在人類生物醫學的前沿陣線奮鬥，僅此而已。」

陳諾蘭這番話說罷，連一貫態度強硬的張文哲也低下了頭，不再吭聲，高緲緲更是不停地寫著筆記，也不知道在記錄些什麼。

路天峰用力地嚥了嚥口水，不知道為什麼，他總覺得正因為自己在場，陳諾蘭才會說出這樣的話來。

駱滕風打了個清脆的響指，說道：「看來這個議題可以結束了。諾蘭，你先回研發部做一下準備工作，職位變動的事情，我會讓人事部盡快處理和公布。」

「明白了，謝謝各位的信任。」陳諾蘭略一躬身，退出了會議室。

「很好，下一個議題……你還需要繼續旁聽嗎？」後面的那半句話，駱滕風是壓低了音量對路天峰說的，帶著幾分揶揄。

關於你女朋友的話題結束了，你能放心了嗎？

路天峰面不改色地回答：「需要。」

耳機裡倒是傳來了余勇生的聲音：「老大，其實會議室的情況我們正監聽著呢，你可以去看看嫂子啊。」

路天峰又好氣又好笑地透過手機打字回覆：「少貧嘴了，有空就聯繫童瑤，瞭解一下樊敏恩那邊的最新情況。」

「收到。」余勇生乾淨俐落地說。

在風騰基因的股東會議結束後，趁著駱滕風他們都回各自辦公室工作的空檔，路天峰等人也召開了一個簡短的會議。

首先是由余勇生轉述童瑤竊聽樊敏恩今早跟鄭遠志見面密談的詳情。這一次是鄭遠志主動約樊敏恩的，兩人討論的是關於風騰基因準備進行下一輪融資的內幕消息。

鄭遠志表示，風騰基因的新投資人據稱來自國外，實力雄厚，並且跟他所在的D-Bank存在商業競爭關係，一旦投資談妥，D-Bank將很可能失去風騰基因這個大客戶，那麼身為專屬客戶經理的他業績必定受到嚴重影響；但如果他有辦法留住這位貴客，未來的晉升之路就會一帆風順。

要阻止這一輪融資，最好的辦法是找到一個出價更高的投資人，而鄭遠志所能想到的，也只有樊敏恩的父親樊應熊了。但這種數億金額的投資，對任何公司而言絕非兒戲，樊敏恩會為了前男友的飯碗去勸說自己的父親嗎？

讓人驚訝的是，樊敏恩猶豫再三，最終還是答應了鄭遠志的請求，鄭遠志甚至跟樊敏恩說，如果自己能夠晉升到副行長的位置，樊敏恩就「不用再受那個男人的氣」了。雖然沒有明說，但誰都能聽懂那個男人就是駱滕風。

對於這一句極其出格的「挑逗」，樊敏恩竟然也沒有一口回絕，而是含糊其詞地應付了幾句，看來在上一次迴圈中駱滕風的猜測不無根據，樊敏恩和鄭遠志就算沒有實質性的男女私情，兩人的關係也非常微妙。

「老大，這兩人算是出軌了吧？至少是精神出軌。」余勇生問。

「他們倆出不出軌我並不感興趣，我只想知道他們會不會合謀殺人。」路天峰轉頭問黃萱萱，「萱萱，你覺得呢？」

「我？我覺得樊敏恩不像是那種人啊……當然，我沒有任何憑據，單純是直覺。」

「我倒有不同的看法。」余勇生急急插話道，「一個正常的已婚女人會為了前男友的工作，把父親和丈夫的事業都置之度外嗎？既然她會這樣做，足以證明她的思維異於常人，我們不可以用常理去揣度她。」

「等等，她只是口頭答應了鄭遠志，又不是真的去做，更何況她到底能不能影響她老爸的決策還是未知數呢。」

「能夠口頭答應這種匪夷所思的請求，已經很極品了好不好？」

路天峰微笑著，任由兩名下屬針鋒相對地激烈爭論起來，其實他挺喜歡這種氛圍，每個人都能獨立思考的團隊，才能夠迎接更大的挑戰。

余勇生和黃萱萱唇槍舌劍了好幾分鐘，終於注意到他們的老大一直沒說話，於是不約而同地把目光投向路天峰，等他來裁定。

「別看著我，我也看不透樊敏恩這個人。」路天峰自嘲地笑了笑，「我承認，她給人的第一印象就是個虛有其表的花瓶，外貌漂亮得有點不真實，頭腦卻簡單得可怕。但仔細想想，她能夠跟駱滕風這樣的男人結為夫妻，而駱滕風是怎麼樣的一個人呢？相信這幾天接觸下來，你們都有非常直觀的感受了，他是那種會被笨女人打動的男人嗎？」

余勇生和黃萱萱都沉默不語。

路天峰繼續分析道：「很多人以為駱滕風純粹是為了吸引投資而迎娶樊敏恩的，但我覺得不太可能，要知道風騰基因擁有全球獨此一家的RAN專利技術，是投資者眼中的搶手貨，根本不需要駱滕風押上自己的婚姻作為交易籌碼。」

「而駱滕風看上去也不像那種貪圖美色的人。」余勇生說。

黃萱萱白了他一眼：「哪有男人不好色的？」

「呃……」

「呵呵，先別忙著鬥嘴，我發現圍繞在駱滕風身邊的人都很有故事。除了樊敏恩之外，張文哲和高緲緲的情況你們也說說吧。」

余勇生打了個呵欠，說道：「張文哲這傢伙似乎精力無限，今天凌晨負責盯梢的同事說，他兩點多才從酒吧叫車回到家裡，我六點多去接班的時候，他已經起床了，而且起床後做了一件出乎我意料的事情……你們猜是什麼？」

余勇生故意賣了個關子，路天峰笑笑，說道：「這不難猜，吃喝玩樂唄。」

「老大厲害！沒錯，那傢伙起床之後連早餐都還沒吃，穿著睡衣就坐在電腦前玩遊戲了，這一玩就是一個多小時……」

「等等，他在玩什麼遊戲？」路天峰突然問。

「一個賽車遊戲，怎麼啦？」余勇生愕然。

「我需要知道準確的遊戲名字，如果是網路遊戲的話，他可以在遊戲裡跟其他人溝通交流，這是我們監聽的盲點，明白了嗎？」路天峰隱隱約約覺得，張文哲一大早就玩遊戲可能還有更深層的意義，說不定他實際上是要透過遊戲與某人聯絡。

「那如果真的是網遊的話……」

「讓程隊想想辦法，聯繫網警，查出他在遊戲裡與什麼人說過什麼話，立即去辦。」

「知道！」余勇生連忙開始撥打電話。

「萱萱，再說一下你對高緲緲的觀察。」路天峰轉而問黃萱萱。

「高緲緲的生活，我總覺得有點奇怪，但又說不出是哪裡有問題。」黃萱萱歪著腦袋想了想，「她勤勉、刻苦、努力、作風樸素，這一切都應該是優點，卻給我一種說不出的怪異感。」

「一個人怎麼可能渾身上下都是優點，而沒有缺點呢？這就是她讓你覺得怪異的原因。」

「沒錯，她給我的感覺就像一個演員，在一絲不苟地飾演著『好孩子』的角色。」

「那麼真正的她到底是怎麼樣的呢……」路天峰突然想起了逆風會，想起了徐朗和譚家強。其實我們每個人都是演員，只是有演技高低的區別而已。

「好了，大家繼續各自的監視任務吧。記住，不能錯失任何一個細節。」

路天峰深信，只要透過每次迴圈裡的細節對比，就能發現X的馬腳，因為X在每次迴圈中的舉動應該是有明顯差異的。事實上這場較量的關鍵點就在於，到底是路天峰首先發現X，還是X搶先注意到路天峰的存在。

路天峰的優勢就在於他可以調配更多的人手來收集資訊，X最大的優勢，則是他一直隱藏在黑暗之中。

「我一定會把你揪出來。」路天峰在心裡暗暗地說。

5

四月十五日，第二次迴圈，下午一點半。駱滕風的專車正在駛往D城大學，他一言不發地坐在後座，低頭看著文件。

車窗外，天色開始變得陰沉起來。持續一下午的雨，將會如期而至。

「路隊，下午的活動不需要增派警力嗎？那可是人來人往的大學校園。」駱滕風突然發問。

路天峰愣了愣，他注意到駱滕風連頭都沒抬起來，目光依然停留在手中的文件上面。

「駱總請放心，我已經申請了增援人手。」

「你這樣一說，我就更好奇了。」駱滕風終於放下了文件，「為什麼今天早上在ROOST的時候不需要額外警備，而等會兒在D城大學就需要呢？」

「這涉及警察系統的內部運作機密，很抱歉不能告訴你。」

「但也涉及我個人的生命安全，我覺得我有權知情。」

路天峰心想，一直迴避駱滕風的質問並不是最好的辦法，倒不如先把逆風會拋出來當靶子。於是他說道：「因為警方調查後發現，在D城大學內部有個名為『逆風會』的激進組織，專門針對RAN技術，他們聲稱要除掉你，拯救人類文明。」

「哈哈哈——」駱滕風放聲大笑起來，「那麼傻的言論，警方也會當真嗎？」

「人命關天，我們絕對不敢大意。」

駱滕風的嘴角露出一絲冷笑：「其實我聽說過這幫傢伙，甚至在論壇上用小號跟他們吵過一架。」

「哦？」這倒是一個出乎路天峰意料的訊息。

「烏合之眾而已，不足為患。」

路天峰決定挫挫駱滕風的銳氣：「但歷史上也有許多大人物，最後是被毫不起眼的小角色所殺。」

駱滕風聞言不禁皺起了眉頭：「路隊這話說得，真不吉利啊！」

「良藥苦口，忠言逆耳。」路天峰也不多說了，點到即止。

駱滕風沉吟片刻，半開玩笑地問：「如果我現在讓車子掉頭返回公司的話，你覺得是否是個明智的決定？」

路天峰也愣了愣。

「是否明智不好說，但肯定是個理性的選擇。」

不知道為什麼，駱滕風再次笑了起來。

「路隊，告訴你一個祕密吧。」駱滕風有點故弄玄虛地說，「如果我是個足夠理性的人，這個世界上就不會有RAN技術了。」

路天峰很想追問這句話到底是什麼意思，但此時車子已經停在D城大學的禮堂門口，他暫時沒機會發問了。

命運因彈簧效應而重回正軌，駱滕風跟上一次迴圈一樣，意氣風發地走進禮堂，揮著手迎接學生們狂熱的歡呼和喝采。路天峰則先是泰然地坐在最前排的位置上，直到講座正式開始，全場的焦點都聚集在台上的時候，他才悄然起身，從側門離開禮堂。

路天峰提前來到生物系教學樓，一小時後，這條走廊上將會擠滿找駱滕風簽名的學生，而現在四周卻是安安靜靜的，一名匆匆趕往教室的女學生發出的腳步聲，已經是路天峰此時能夠聽見的最大聲響。

路天峰在教學樓裡慢慢轉著，沒多久就發現了坐在某間自習室最後一排，正在低頭看書的徐朗。

路天峰注意到徐朗手裡拿著的是一本厚厚的英文書，而封面上的英文單詞他一個都不認識，大概是生物學方面的專業教材。

光看徐朗白皙瘦削的臉龐，很容易以為他就是個弱不禁風的書呆子，但路天峰注意到徐朗手臂上的肌肉線條，那是長期鍛鍊的成果。

「同學，很認真嘛！」路天峰不動聲色地坐在徐朗旁邊的座位上。

徐朗抬起頭來，一下子愣住了，因為課室裡面還有不少空的座位，他搞不懂這個看起來根本不像學生的男人，為什麼非要坐在自己旁邊不可。

「請問……我認識你嗎？」

「你不認識我，但我認識你，徐朗同學。」

徐朗驚訝地看著路天峰，不禁縮了縮身子，右手也下意識地握成拳。

「你是什麼人？」

路天峰沒有回答，假裝不經意地壓低聲音說道：「我很佩服你對學習的熱情啊，明明等會兒就要襲擊傷人了，現在還有心思坐在這裡看書。」

徐朗畢竟還只是個大學生，被路天峰這樣接二連三的語言攻勢弄得方寸大亂，差點就想站起來奪路而逃了。

但路天峰搶先一步按住了徐朗的肩膀。

「別慌，小夥子，乖乖回答我幾個問題。」路天峰看上去沒怎麼使勁，卻把徐朗死死地按在了座位上。

「你問吧。」徐朗知道遇到行家了，垂頭喪氣地說道。

路天峰依然沒鬆手，問道：「你是逆風會的成員嗎？」

「是又怎麼樣……」

「你認識譚家強老師嗎？」

「他是我的導師。」

「是他讓你來這裡伏擊駱滕風的嗎？」路天峰接二連三地拋出問題，不給徐朗喘息和思考的時間。

「我只是……負責嚇唬嚇唬他。」徐朗根本摸不清路天峰的底細，也不敢隨便撒謊，只好老老實實地回答。

「你知道譚家強今天準備要下毒殺死駱滕風嗎？」

「殺人？」徐朗的臉色一下子就白了，看起來不像是裝的，「怎麼可能，怎麼會這樣……」

路天峰看了一眼徐朗手中的英文教材：「如果駱滕風被譚家強殺死，你知道你會背上什麼樣的罪名嗎？」

「我……我……」徐朗的嘴唇顫抖著，一句話也說不出來。

路天峰把手伸到徐朗座位的抽屜裡，拿出擺在裡面的資料夾，徐朗的嘴角斜了斜，但沒說什麼。

「這東西我沒收了，至於裡面到底有什麼，我就當從來沒見過。」說罷，路天峰把資料夾放在腋下，徑直離開了教室。

徐朗的問題已經解決，接下來輪到譚家強了。

路天峰隨手將資料夾扔進樓梯間的垃圾桶，然後往頂樓的辦公室走去。

由於系主任非常重視駱滕風的到訪，大部分教職員都被分配了不同的接待任務，四處奔波忙碌，辦公室裡頭反而顯得異常安靜。牆上掛鐘指針擺動的滴答聲清晰可聞，還有熱水沸騰的聲音，並時不時傳來杯子輕輕碰撞的清脆聲響。

「什麼人？」辦公室的最裡面傳來一聲有氣無力的詢問，路天峰認出是譚家強的聲音。

「我是來找譚老師的。」

「我就是，請問有什麼事情？」譚家強疑惑地看著來者，一臉茫然。

路天峰改變戰術，開門見山地出示了警察證，「對不起，有一起案件需要麻煩你協助調查。」

「警察？」譚家強瞪大眼睛看了看，有點難以置信。

「我想問一下，你聽說過逆風會嗎？」

譚家強聳聳肩道：「怎麼又是這樁事情啊？我早跟你們說過了，逆風會是我組建的，但在網路上發表各種過激言論的人不是我，你們來找我也沒用！」

原來譚家強沒仔細看警察證，誤以為路天峰是網警，臉上的神色也頓時輕鬆了不少。

路天峰故意板起臉，冷冰冰地說：「對不起，我是刑警，我需要調查的是一起謀殺案。」

「謀殺案？」譚家強一頭霧水地看著路天峰，「你一定是搞錯了吧？」

「方便讓我參觀一下嗎？」路天峰略帶強硬地走上前，伸手想去檢查桌上那套雪白的陶瓷茶具。

就在他的手指觸碰到茶杯的瞬間，他意識到自己犯下了一個嚴重錯誤——

在上一次迴圈中，只有譚家強遞給駱滕風的那杯茶有毒，因此現在茶壺裡頭並沒有毒藥，他應該要等到駱滕風走進這間辦公室才動手。

所以在這個時間點檢查茶具沒有任何意義。

「怎麼了，警官？」譚家強的語氣裡帶著一絲揶揄，「難道你懷疑我在茶裡頭下了毒？」

路天峰倒也沉得住氣，他拿起茶壺，慢慢替自己斟滿一杯茶，放在嘴邊，輕輕呷了一口。

「上等的茶葉，恰好的水溫，用來殺人不會太浪費了嗎？」路天峰就這麼不慌不忙地喝著茶，反而讓譚家強摸不清他的底細。

「我不知道你在說什麼……」

「但你一點都不生氣。」路天峰放下茶杯，杯子已經空了，「要是換成我，遇到一個莫名其妙的陌生人衝進我的辦公室，指著鼻子說我是殺人犯的話，我可是會很生氣的。」

譚家強的臉上一陣紅一陣白，動了動嘴唇，卻沒說什麼。

「要不，我們來聊聊你的學生徐朗？」路天峰步步進逼道。

「徐朗……他怎麼了？」

「他已經被警方控制，全部招供了。」路天峰也不擔心譚家強事後會識破這個謊言，反正一切都會因為後面的時間迴圈而重置。

沒想到譚家強聽了這話，反而笑了起來，這可不是假裝出來的那種勉強苦笑，而是發自內心的笑意。

「警官，我真的完全不知道你在說些什麼。徐朗確實是我的學生，但他到底做了些什麼事情呢？」

路天峰暗暗叫苦，他注意到譚家強的表情已經完全放鬆了，根本沒有絲毫受到壓迫的跡象。到底是什麼地方搞錯了，莫非譚家強和徐朗之間並沒有聯手？

不可能啊，上一次迴圈發生的事情，足以證明他們是聯手設局對付駱滕風的，如果是這樣的話，譚家強聽到徐朗落網的消息，怎麼會那麼淡定？

除非他確信這消息是假的。

路天峰瞄了一眼擺在譚家強辦公桌上的手機，看來唯一合理的解釋，就是徐朗在被識破之後第一時間聯繫了譚家強。這樣繼續倒推回去可知，剛才譚家強「誤以為」路天峰是網警的種種表現，全都是他在演戲。

真沒想到這位看上去普普通通的中年男人，城府居然那麼深。

「介意我搜查一下嗎？」路天峰決定快刀斬亂麻，直接上前搜身。

譚家強雙手高舉過頭，自嘲道：「就算我介意也沒辦法吧？」

「你可以去投訴我……但請問這個是什麼？」路天峰在譚家強的褲袋裡掏出一個小小的玻璃瓶，瓶口不但有木塞，還用一層透明薄膜包裹著，保護得異常小心。

「這是植物毒素，請你小心點，一滴足以致命。」

「你承認這是毒藥？」

「為什麼不承認？我是一個生物學家，這是我正在研究的毒素樣本。」

「劇毒的研究樣本就這樣隨身攜帶？這不會違反貴校的規定嗎？」路天峰咄咄逼人地追問。

「好吧，確實是有點不合規矩，如果被系主任發現了，我可能要受處分。」譚家強的臉上掛著奇異的笑容，「真沒想到，刑警還有時間精力管我們學校實驗室的工作安全守則啊！」

路天峰的心底泛起一陣挫敗感，現在他明白譚家強也是一塊難啃的硬骨頭，可能會在接下來的幾次迴圈當中成為一股強大的阻力，看來必須特別安排警力來對付他才行。

「這瓶東西，我需要帶回警局分析調查。」

「沒問題，麻煩警官給我開個證明之類的。」譚家強依然是滿臉笑容，「我可是要靠這東西來提報研究的，請好好保管，拜託了。」

6

四月十五日，第二次迴圈，下午五點半，駱滕風的專車上。

天色依然灰暗，雲層壓得很低，雨勢時大時小，因此路上的交通狀況也顯得比平日更擁擠。

「彈簧效應」再次顯示規律了，駱滕風讓司機先行離去，跟上一次迴圈一樣，安排路天峰開車。

對駱滕風而言，今天的D城大學之行圓滿結束了，他既在講座上出盡了鋒頭，也在參觀教學活動的過程中盡顯友善的形象。

因此駱滕風現在可謂滿面春風，與沉著臉開車的路天峰形成了鮮明對比。

「路隊，怎麼一副心事重重的樣子啊？今天下午的行程不是挺順利的嗎？」

你覺得順利，只是因為沒看見那些不順利的地方——路天峰當然不可能這樣說話，他只是淡淡笑道：「背後的辛酸一言難盡啊！」

「這麼說來，X就是逆風會的成員？」駱滕風的眼睛一亮。

「並不是，我們還沒找到他。」路天峰老老實實地回答。

「所以說你今天上午的警告依然生效？」

「是的，今晚的宴會同樣需要萬分小心。」

駱滕風不禁皺眉：「這場宴會有上千人參加，我想X也不敢隨便亂來吧？」

「我們這些當警察的，永遠不敢低估犯罪者的瘋狂。」

其實讓路天峰煩心的還不僅僅是譚家強，正在監控的幾名嫌疑人也都不是省油的燈。

根據童瑤的彙報，樊敏恩今天中午去了SPA和理髮店，花了三個多小時，然後乘車前往城中著名的高檔夜店「巴黎俱樂部」，沒想到在俱樂部的門外遇上了負責監視張文哲的余勇生。原來張文哲也是這家夜店的股東之一，樊敏恩在這裡就是為了和他見面，這兩人到底有什麼關聯？

會特意選擇在這種地方「談生意」的人，大多數遊走在法律邊緣的灰色地帶，因此巴黎俱樂部在包廂裡安裝了訊號阻斷器，導致童瑤的竊聽器無法運作。

如果是在營業時間內，余勇生還能想辦法假扮客人或者服務生混進去打探消息，但像這樣的大白天，兩個人關起門來聊天，還真讓他束手無策。

結果樊敏恩和張文哲密談了將近兩小時，童瑤和余勇生卻只能守在門外乾瞪眼。大概四點半，樊敏恩首先離去，張文哲在十分鐘後也離開了俱樂部，兩人都是面無表情，完全推測不出他們在俱樂部內到底談了些什麼。

另外一名監控對象高緲緲的行動線倒是很簡單，她一直坐在辦公室裡幹活，哪兒都沒去，不過黃萱萱透過網警的援助，獲取了高緲緲的網頁瀏覽資料，發現她竟然整個下午都在搜索關於陳諾蘭的個人資料。

臨下班之前，高緲緲還登錄了某個專業的生物醫學資料庫網站，接連查閱了好幾篇專業領域的論文，其中有一篇關於實驗室毒物洩漏事故的文章，讓人難免產生各種聯想。

看完下屬的彙報，路天峰覺得自己的腦袋都大了一圈。

在上一次迴圈當中，白家婚宴的過程波瀾不驚，但深入調查才發現，其實每個人都有著自己的小算盤。

路天峰又想起了當時陳諾蘭和樊敏恩之間爆發的那場小衝突，之前幾乎沒有交集的兩個人，為什麼會在婚宴過程中產生矛盾呢？

看來是今天下午張文哲跟樊敏恩見面的時候向她說了些什麼，才導致她對陳諾蘭產生了敵意。

路天峰決定在下一次迴圈中，派人提前潛入巴黎俱樂部的包廂安裝錄音設備，以填補這近兩小時的空白資訊。

而另外一個不穩定因素就是高緲緲，這個看似善良單純的女生，對陳諾蘭的敵意隱藏得更深，甚至到目前為止，也完全無法指責她做錯了些什麼，但這種不動聲色的敵人才更可怕。再想深一層，高緲緲如果對駱滕風懷有恨意，是否同樣能隱藏得不露痕跡？

但如果高緲緲是X的話，她為什麼要弒父？

車窗外傳來了一聲悶雷，路天峰突然想到了一點：高緲緲並不是高俊傑的親生女兒，只是養女。會不會有某件事情讓這對父女反目成仇了？

不行了，路天峰只覺得自己越想越混亂。

一陣莫名其妙的冷風吹著路天峰的後背，這時候他才注意到駱滕風把後座車窗的玻璃降了下來，外面零零星星的雨點也隨風飄入車內。

「吹吹風，精神爽利一些。」駱滕風就像看穿一切般說道，「開車嘛，還是得注意安全，不要分神想其他東西了。」

「都是些關乎駱總生命安全的事情，我不得不去想。」

駱滕風沉默了一小會兒，然後開口道：「其實在我心中，有一個人的嫌疑非常大……」

路天峰瞄了一眼後視鏡。

「這個人就是你的太太樊敏恩。」

駱滕風稍微愣了愣，並沒有表現得特別驚訝：「你是怎麼看出來的？」

「因為你特意安排司機迴避了，如果你想對我說的是張文哲、高緲緲等人的話，根本沒必要這樣做。」

「厲害，佩服！」駱滕風輕輕拍了兩下手掌，「那麼路隊能夠猜到，我為什麼對你說這番話嗎？」

「協助警方盡快抓住想要傷害你的罪犯，難道還需要有其他理由嗎？」

駱滕風歎了口氣，說道：「不過我希望你們調查的時候能夠盡量低調，畢竟這種事情……實在太丟人了。」

「是否介意我多問一句，你為什麼懷疑你太太？」雖然已經知道了理由，但路天峰還是想再次確認。

不出所料，駱滕風跟上一次迴圈時一樣，用平靜的語氣回答道：「我懷疑她出軌了。」

「出軌對象是誰？」

「我並不知道……」

「那你為什麼會覺得她出軌了？」

駱滕風撇了撇嘴，沒有回答。

這種問題本來就不需要回答，一對朝夕相處的普通情侶，也可以在沒有任何實質性證據的情況下，準確地判斷對方是否已經變心。

更何況駱滕風這種智商和手段遠超常人的角色，要是連老婆出軌都感覺不到，那就真的是見鬼了。

「明白了，我們會好好追查這條線索。」

雨勢又變大了，駱滕風關上車窗，車內一下子顯得特別安靜。

7

四月十五日，第二次迴圈，傍晚七點，天楓星華酒店。

宴會廳內和附近的走廊上都布置得一派喜氣，背景音樂一直在播放著〈今天你要嫁給我〉，因為循環的次數實在是太多了，聽久了難免讓人有點厭煩。

路天峰發現自己有點心浮氣躁，他一直引以為傲的耐性，今天不知道跑哪裡去了。

因為計畫更改，路天峰不再安排人手監控整個會場的狀況，而是讓每個人貼身跟蹤監視各自分配的目標，記錄他們的一舉一動，就連上洗手間都不能放過。

路天峰自然是寸步不離地跟隨駱滕風，就連上次迴圈裡面那次簡短的工作會議都取消了。只是他沒有預料到，這一小小的變動竟然引發了連鎖反應。

所有變故的源頭，就發生在駱滕風步入宴會廳的那一刻。

作為城中鼎鼎有名的富商，白卓強的為人處世之道自然是八面玲瓏，眼見同樣是本地風雲人物的駱滕風到來，立即迎上前去。兩人熱情地握手擁抱，好好寒暄了一番。

白卓強注意到駱滕風身後站著一個男人，雖然一下子沒認出對方是誰，但他知道能夠在這種社交場合緊隨駱滕風的人，很可能大有來頭，於是上前一步，也向路天峰伸出右手。

路天峰這才意識到自己不該離駱滕風太近，但已經來不及退後了，只好禮貌性地與白卓強握手。兩手相握的瞬間，白卓強終於認出了這位僅有一面之緣、但救過自己一命的男人。

「是你。」白卓強臉上閃過一絲愕然，但很快就恢復了微笑。

「白總，恭喜恭喜！」路天峰只是客套了一句，假裝成兩人素未謀面的樣子。

白卓強看起來一切如常，熱情地招呼駱滕風一行入席，但路天峰注意到他轉頭就喊來了兩個身穿黑衣、應該是負責現場維安的工作人員，在他們耳邊低聲吩咐著什麼。

路天峰立即聯繫余勇生：「勇生，注意一下，剛才白卓強認出了我，很可能也認出了你們。」

「啊？那又怎麼樣？」余勇生一時沒反應過來。

「換了是你，發現自家的婚宴上到處是便衣，會怎麼想？」

「我想……我一定是遇上什麼大麻煩了吧？」

「沒錯，白卓強也是這樣想的。」路天峰觀察著宴會廳的四周，只見不斷有戴著耳機的黑衣人從外面進來，其中不少人手中拿著可攜式的金屬探測器，正在逐一對賓客進行掃描檢查。

「老大，這樣恐怕會打草驚蛇。」

路天峰不禁懊惱地跺了跺腳，就算X真的藏身於宴會廳當中，看到這種陣勢可能也不敢輕舉妄動了。不過話說回來，這一輪意料之外的安檢措施，說不定也能打亂X的布置，那就走著瞧吧。

今天畢竟是白家舉辦婚禮的大喜日子，加上在場人士大部分是有頭有臉的社會名流，負責安檢的黑衣人也不敢過於唐突，只能彬彬有禮地逐一檢查。

駱滕風也留意到氣氛不對了，他輕輕碰了碰路天峰的手肘，問道：「路隊，這些人是你安排的？」

「不，他們應該是白家聘請的保全人員。」

路天峰感覺不太對勁，白卓強為這場婚宴提前配備的保全人員數量也有點太多了。到底是因為他上次差點被綁架導致杯弓蛇影，還是另有隱情？

每個進入現場的黑衣人，實際上都可以看成是一個新的變數，而一下子加入數十個變數，估計已經超出了彈簧效應的極限值，從而徹底改變了命運的走勢。

彈簧效應終於轉化為蝴蝶效應。

「老大，怎麼辦？」黃萱萱的聲音從耳機中傳來。

「按兵不動，注意盯緊各自的監視對象。」

「這位先生，借一步說話？」路天峰回過頭來，才發現白卓強已經站在自己身後。

路天峰望向駱滕風，而駱滕風自然不能不給主人家面子，輕輕點了點頭。於是白卓強領著路天峰，穿過宴會廳的舞台，一路來到為新人準備的休息室。

「你是警察吧？」確認休息室內沒有其他人，並且關上門後，白卓強直奔主題。

「是的。」路天峰知道瞞不過去，直接承認。

「謝謝你上次救了我們全家。」白卓強向路天峰主動伸出右手，這次明顯比之前的禮貌性握手更加熱情有力。

「不客氣，這是警方應該做的。」

「不過有件事我一直沒想明白，警方當晚為什麼能夠提前得知歹徒的行動呢？」白卓強雖然嘴上說得非常客氣，但路天峰聽起來總覺得有那麼一丁點兒質問的意味。

「很抱歉，這個我們不方便……」

沒料到白卓強突然插話，打斷道：「那麼我想問清楚，今天晚上的事情警方又是怎麼知道的呢？」

路天峰還真是愣住了，今天晚上的事情指的到底是什麼？

白卓強那一貫冷靜的表情，竟然也有點動搖起來：「無論是上週我去榕華飯店吃飯，還是今天上午才收到的那封信，我家裡能夠接觸到這些消息的人不超過五個，警方怎麼可能會知道？」

路天峰總算聽出點端倪來了，看來是白家今天突然收到了一封恐嚇信，大概是說要破壞婚禮之類的，所以白卓強才會極度緊張，在宴會廳外布置了大量人手，一旦有什麼風吹草動就立刻行動。

「這個嘛……」路天峰還真有點騎虎難下，駱滕風遭受生命威脅的事情，是萬萬不能對白卓強說的，但他又該如何解釋呢？

就在路天峰猶豫不決時，只聽見白卓強重重歎了一口氣：「既然警方已經插手這件事，那麼我希望你們無論如何都要保證我女兒的安全……」

「那封信……能給我看一下嗎？」路天峰表現得像是早就知道來龍去脈似的，淡淡地問道。

「信撕掉了，不過信的內容我拍了下來。」白卓強掏出手機，遞給路天峰，「唉，真是流年不利……」

一張普通的Ａ４白紙上，用紅色墨水筆歪歪扭扭地寫著：你竟然敢嫁給別人？我要你死無全屍！全家陪葬！

原來這封信直接威脅的對象是白卓強的寶貝女兒白詩羽，表面看上去很可能是感情糾葛。

真是一波未平，一波又起，駱滕風的事情還沒解決，現在哪有精力顧及白詩羽這邊？不過讓路天峰可以稍微放心一點的是，在上一次迴圈當中，這場婚宴可是平安無事地結束，所以他覺得這封恐嚇信很可能只是為了嚇唬嚇唬白家的人。

「請不要擔心，婚禮不會有問題。我建議您可以讓大部分的保全人員撤出宴會廳，有時候人越多就越容易出亂子。」

白卓強沉思片刻，終於開口說：「好的，我相信你……對了，請問警官貴姓？」

「我姓路，路天峰。」

「好，路警官，那我現在就讓他們退出去。」白卓強拿起電話，急促地吩咐著什麼，然而話才說到一半，他的臉突然唰的一下白了。

「怎麼了？」

白卓強扔下電話，瘋了似的往宴會廳方向跑去，路天峰暗叫大事不妙，也拔腳往回跑。

同時，耳機裡傳來余勇生的聲音。

「老大，這裡出事了……」

8

原本一片喜慶的宴會廳內亂糟糟的，滿地都是花瓣和氣球，原本整齊的桌椅變得七零八落，現場就像被颱風肆虐過一樣混亂，不少賓客都爭先恐後地往門外跑。而在宴會廳中央，有一條以鮮花裝飾兩邊，用紅地毯鋪出來的「幸福之路」，但如今站在地毯上的三個人，卻都神色可怖。

那個穿黑色西服的男子，本來是今天晚上最幸福的新郎，如今卻戰戰兢兢地半跪在地上，一副欲哭的表情。

「你放開她，你放開她……」新郎口中不住地重複著這四個字。

距離新郎幾公尺開外，身穿一襲雪白婚紗的白詩羽，正被一個身材高大的年輕男子用手臂箍住了脖子，同時有一把類似匕首的東西對著她的喉頭。

白詩羽淚流滿面，把臉上的妝都弄花了，眼中帶著不解和恐懼。而劫持她的男子也是五官扭曲，一臉怒容。

路天峰迅速地環視四周，只見大部分賓客都選擇盡量遠離事發現場，而余勇生和黃萱萱現在所站的位置，雖然離劫持者並不算太遠，但也不敢輕舉妄動。

白卓強本來還想走上前勸說兩句，被劫持者狠狠瞪了一眼之後，只得呆呆站在原地。

「不要……傷害我女兒……」

路天峰相信酒店和賓客已經報警，很快就會有警力支援。而他沒有忘記自己的首要任務，在混亂的人群中努力搜索著駱滕風的身影。

「童瑤，你的位置？」

「我在跟著樊敏恩呢，她跑到露台這邊來了。」童瑤那邊的聲音非常嘈雜，有點聽不清楚。

「駱滕風呢？」

「他不在這裡。」

「勇生、萱萱，去盯著你們各自的目標，這裡交給我。」路天峰目不轉睛地看著劫持者，那把匕首已經劃破白詩羽脖子上細嫩潔白的肌膚，一道淺淺的紅色流淌出來。

極度的恐懼讓白詩羽連哭都哭不出來，她的身子在不停地顫抖，雙腿發軟，一副隨時要癱倒的樣子。

新郎更是跪倒在地，向劫持者高呼著：「求求你，放開她，求你了……」

即使明知道今天將會重置，明知道在前四次迴圈裡死去的人肯定能夠「復活」，路天峰還是不願意目睹他們死亡的場景。

他小心翼翼地，一步一步靠近劫持者。

「你是什麼人！退下去！」劫持者注意到路天峰的舉動，大喝一聲。

路天峰張開雙手，高舉過頭，以示手中沒有武器：「我是來幫你的。」

「滾，我不需要人幫忙！」

「你只需要她，對嗎？」路天峰一步一步地慢慢靠近。

「對！」劫持者瘋狂的眼神中流露出喜悅之情，「我需要她，她也說過愛我一輩子，但她居然要嫁給別人！」

路天峰竟然也笑了起來：「所以她無法兌現自己的諾言了，除非她的一輩子就到今天為止。」

「哎喲，沒想到你還是我的知音！」劫持者咧開嘴大笑起來。

路天峰和劫持者的這番對話，不但讓白卓強和新郎兩人都驚掉了下巴，更把白詩羽駭得面無血色，嘴唇發白。

「你很聰明嘛，還會用鋁箔紙和木頭做武器。」路天峰看清楚了劫持者手裡拿的「匕首」並不是金屬製品，很快就想明白了，「只有這樣才能瞞過金屬探測儀的檢測，把東西帶進來。」

「不要再走近了，再向前一步，我就殺了她！」劫持者終於注意到路天峰離自己越來越近，警覺起來。

可憐的白詩羽已經支撐不住，暈了過去，身子軟綿綿地倒在劫持者懷中。

路天峰站在原地，說道：「可惜你現在用的殺人方法不對。鋁箔紙和木頭經過多次打磨，確實能做成足夠尖銳的武器，但這種武器有個缺點，就是刃口非常容易損耗，能夠造成的傷口面積很小。」

劫持者一手攬住白詩羽的腰部，另外一隻握著自製匕首的手則不停地顫抖著。

「什麼……什麼意思？」

路天峰比畫了一個割喉的手勢：「用真正的匕首割喉，傷口足夠深足夠大，才能造成無法搶救的大出血，而用你這把匕首割喉的話，雖然能割破肌膚，她也會流血，但只要包紮一下，就不會有事了。」

劫持者的手顫動得更厲害了。

「你幹嘛跟我說這些！」

「因為你要殺人，就應該用匕首刺穿她的心臟，心臟和氣管不一樣，再小的傷口都很難搶救。殺人也要講究專業性，懂嗎？」

「你到底是什麼人！滾開！滾！」劫持者的情緒已經到了崩潰的邊緣，他的匕首也下意識地離開了白詩羽的咽喉，改為指向她的胸前。

路天峰退後了兩步，然後突然一個箭步衝上前，劫持者大叫一聲，匕首狠狠地往下一插，圍觀群眾紛紛別過臉去，不忍目睹這血濺當場的慘劇。

「嘭」的一聲悶響，只見路天峰一記勾拳，已經將劫持者打倒在地，接著反剪了劫持者的雙手，死死地控制住他。

「快來幫忙！」路天峰大喝一聲，幾個年輕力壯的男士連忙圍上前，七手八腳地將劫持者五花大綁起來。

白卓強第一時間撲上前抱住自己的女兒，雖然她臉色蒼白，昏迷不醒，但胸前的婚紗依然是一片雪白，並沒有任何血跡。

那把匕首竟然沒有刺傷她，莫非是奇蹟？

「到底怎麼回事……」白卓強抱著失去意識的女兒，戰戰兢兢地問。

路天峰整理了一下身上的衣服，說道：「沒什麼，他只是上了我的當而已。」

因為鋁箔紙和木頭製成的武器，能夠借助鋒利的刃口完成「切割」動作，卻很難像真正的金屬刀刃一樣用於「刺入」。就像日常生活中，一張邊緣鋒利的普通影印紙可以輕而易舉地割傷人的手指，但無論如何也不可能像刀子一樣刺入身體。

所以路天峰所做的一切，都是為了阻止劫持者使用「切割」的動作，並誘使他手中的匕首離開白詩羽的咽喉要害。只要做到這一點，白詩羽就幾乎不可能受傷，再加上她身上的那套婚紗胸前的花紋繁複，起碼有好幾層布料，哪有那麼容易刺穿？

當然路天峰來不及向白卓強解釋這些了，當務之急是找到駱滕風。

「各位，報告位置。」

「我在露台，樊敏恩在這裡。」童瑤說。

余勇生和黃萱萱也彙報了各自監控對象的情況，張文哲在酒店的吸菸區抽菸，高緲緲則在大廳呆坐著，不知所措。

「駱滕風呢？誰見到他了？」

沒有回答。

「還有陳諾蘭，有人看到陳諾蘭了嗎？」

還是沒有回答。

「該死的！」

路天峰踢了踢旁邊的椅子，惡狠狠地罵了自己一句，然後開始撥打駱滕風的手機。

9

幸好手機一下就接通了。

「駱總，你在哪？」

「我？在工作人員的休息室裡。」駱滕風的語氣倒是平靜得很，「別擔心，你的女朋友也在這裡。」

路天峰又好氣又好笑地說：「你們怎麼會跑到那種地方去？」

「外面的騷亂結束了？那我們現在回去吧。」駱滕風還是一副不以為然的語氣。

幾分鐘後，駱滕風和陳諾蘭返回宴會廳，不慌不忙地將詳細情況娓娓道來。原來是剛才白詩羽被劫持的時候，不少賓客驚惶失措，爭先恐後地擠出門去，一片混亂當中，有個穿酒店制服的男子主動指點駱滕風可以走員工通道，進入工作人員專屬的休息室。

「那名指路的員工是什麼人？戴著胸牌嗎？」路天峰依然滿臉狐疑地問。

「胸牌？」駱滕風和陳諾蘭交換了一下眼神，「好像沒看到。」

「這種級別酒店的員工，怎麼可能不戴胸牌？當時他是怎麼跟你打招呼的？」

駱滕風撓了撓頭：「他好像說，『駱總，請跟我來這邊，這條路沒人』，差不多是這樣子吧。」

「你確定他稱你為『駱總』，這就意味著他認得你是誰。」

「是吧……」駱滕風也有點不確定了，把詢問的目光投向了陳諾蘭。

陳諾蘭輕聲說：「如果我沒記錯，他確實喊了一聲『駱總』。」

「這人怎麼會認得你？」路天峰的臉色越發嚴肅。

「不奇怪啊，我這人時不時就出現在新聞報導裡頭。再說，現在我不是平安無事嘛，為什麼要那麼緊張？」

路天峰搖搖頭，他無法向駱滕風詳細解釋，只好反問一句：「如果剛才那個人要出手害你，你有機會向其他人求救嗎？」

駱滕風一時之間無言以對。

「形容一下那個人的相貌吧。」

「中等身材，三十歲不到的樣子，頭上戴著一頂禮帽，看不清他的面目……」

「禮帽？什麼禮帽？」路天峰愕然。

陳諾蘭從旁補充了一句：「就是酒店門童戴著的那種。」

「這樣回想起來，確實很奇怪。」駱滕風也意識到其中的詭異之處，「那人身上穿的是服務生的制服，卻戴了一頂門童的帽子。」

「可是他什麼都沒做啊！」陳諾蘭仍然滿臉困惑。在她眼中，既然對方沒做出任何攻擊性行為，那麼就沒必要揪著一點小問題不放了。

路天峰卻有完全不一樣的想法。

如果那個男人真的是X的話，這樣做就是為了測試他的殺人計畫。這次他能夠順利把駱滕風引到工作人員休息室，下一次可能就是測試殺人工具了。

再想深一層，路天峰有個更可怕的猜測，剛才宴會廳裡面的劫持事件，很可能也是由那個男人引起的，否則很難解釋為什麼會打破彈簧效應，發生這樣一起與上一次迴圈大相徑庭的嚴重事件。

看來X對時間迴圈規則的理解和運用，比路天峰要更勝一籌，但他也絕不會輕易認輸。

「各位，請說一下最新情況。」

「樊敏恩一直在露台，現在準備離開。」

「婚禮取消了，客人們正蜂擁離開酒店，場面混亂，張文哲現在在地下停車場。」

「高緲緲目前在酒店門外，排隊等計程車。」

聽完下屬的彙報後，路天峰問：「今天晚上有誰跟酒店的工作人員私下接觸過嗎？」

「沒有。」三人先後給出了否定的答案。

路天峰沉思片刻，說道：「今天的監控任務暫時到這裡，因為疑似X的人物已經出現。童瑤、萱萱，你們先去調閱今晚宴會廳內的所有監控錄影，對每一個身穿工作人員制服的人都做一次面孔識別篩檢；勇生，你聯繫酒店方面，我需要今晚參加宴會的所有工作人員的名單和資料，必須附帶證件照，盡快著手。」

「明白！」

「駱總，我希望你能認出剛才的男人。」路天峰意味深長地看了陳諾蘭一眼，又補充道，「當然，諾蘭也可以幫忙認一下人。」

「我……沒看仔細……」陳諾蘭有點不好意思地說。

余勇生很快就拿來了酒店員工的資料，但駱滕風和陳諾蘭都無法從中辨認出剛才為他們指路的男子。路天峰再把相關資料交給童瑤和黃萱萱，讓她們倆幫忙比對監控錄影，結果一輪篩檢之後，終於發現了一個身穿工作制服、卻沒有列入員工名單的男人。

「就是這個人！」駱滕風指著螢幕說。

只可惜這人戴著一頂帽子，遮住了大半張臉，雖然在好幾個角度的監控裡頭拍到了他的身影，但沒有一個角度能看清面孔。

「這傢伙還是很小心的啊！」童瑤嘗試了無數次，依然無法識別嫌疑人的面孔，「帽子遮擋的角度太微妙了。」

「帽子再怎麼遮擋，也掩飾不了他的習慣。注意看這裡——」路天峰指著其中一個監控畫面，「你看，他的肩膀無意識地聳了一下，幅度還挺明顯的。」

「沒錯……」童瑤又仔細看了另外幾段影片重播，「這人確實是有這習慣，但想要找到他依然是大海撈針啊！」

「有線索總比沒有好，他到底是誰呢？」路天峰喃喃自語著。

「老大，還有一點很奇怪，我們也對比分析了宴會廳外面的監控影片，包括走廊通道和酒店大廳的影片，都沒再發現這個穿制服的神祕人。」黃萱萱說。

「所以這人要不就是從其他通道離開了，要不就是換了衣服……」然而宴會上數千人，加上劫持事件所造成的混亂，神祕人到底是如何離開現場的，真是無從查起。

「老大，我們申請增援，徹底分析一次所有的監控錄影吧？畢竟像他這樣習慣性聳肩的人並不多，只要花時間就一定能找出來。」余勇生的提議是正常的調查思路，然而他不知道今天只剩下幾小時，之後就會跳入下一次迴圈，重新過一次「今天」，所以這種投入人力和時間分析的戰術是毫無意義的。

「不，來不及了……」路天峰的腦袋飛快地運轉著，X也不可能無懈可擊，他一定要找到X的漏洞。

對了！如果剛才的劫持者是因為X的干涉才做出了與上一次迴圈不同的舉動，那麼只要分析劫持者的行蹤，就有可能找到X與他接觸的證據！

「剛才劫持白詩羽的那個男人怎麼樣了？」

「被帶走了，得問問才知道送到哪家警局……」

「立即去聯繫，我要親自審訊他。」路天峰看了一眼時間，「童瑤，你負責安排和聯繫，我希望能在一小時內審訊疑犯。勇生、萱萱，你們兩人負責送駱總回家，讓總部派人增援，接班盯緊幾位嫌疑人。」

「老大，那你呢？」余勇生問道，語氣裡有一絲揶揄。

「我要去跟程隊彙報一下……」話說了一半，路天峰才意識到余勇生那奇怪的語氣是什麼意思，現場的幾個人全部安排妥當了，只有陳諾蘭一直被晾在一邊，他竟然忽視了這點。

「諾蘭，你……」

「我自己叫車回宿舍就好。」陳諾蘭淡淡地說，也許只有路天峰會注意到她說的是「宿舍」而不是「家」。

「路上小心……」因為今天已經發生的事情將會在幾小時後重置，消失得無影無蹤，路天峰絕對不能錯過這唯一的調查機會。

他望向陳諾蘭，用眼神祈求她能夠理解自己，但她早早轉過頭，並沒有看他。

當然，這一個小小的矛盾也只能持續到今晚零點，不會對兩人的未來關係造成任何影響，但不知道為什麼，路天峰還是覺得莫名的難受。

「路隊，聯繫上了，襲擊和劫持白詩羽的疑犯叫秦達之，目前被拘留在浪花路派出所，正準備審訊呢。」童瑤辦事果然乾淨俐落。

「好的，我馬上過去。」

路天峰又看了陳諾蘭一眼，可她卻一直看著別的地方。或者她並不是想看什麼，只是不想看他。

10

四月十五日，第二次迴圈，晚上九點半，浪花路派出所。

審訊室內除了四面灰牆之外，就只有一扇木門、一張簡易的方桌和兩張木製圓凳。秦達之坐在其中一張凳子上，雙手被手銬銬著，規規矩矩地擱在桌面上，他的衣衫有點凌亂，雙眼布滿血絲，眼神空洞無物。

門打開了，路天峰一個人走進審訊室。

「你居然是警察？」秦達之游離不定的目光終於找到了焦點，直直地盯著路天峰。

「是的。」

「我還以為你能理解我的心情……」

「我理解你，並不代表你可以犯法。」路天峰聳聳肩，將秦達之的個人檔案拋在桌上，「我看你家境優渥，國外名牌大學畢業，事業也小有成就，何必走到這一步呢？」

「我……我愛她……」秦達之的語氣開始激動起來，「她欺騙了我，她拋棄了我……」

「其實，我覺得你應該是另外一種人——你愛白詩羽，也恨她，甚至提前準備了凶器，但在婚宴當晚，你猶豫再三，還是不願意親手破壞自己心愛女人的幸福時刻……」路天峰所說的，其實正是第一次迴圈發生的事，「這才是秦達之的正常表現吧？」

秦達之惶恐地瞪大了雙眼，他根本想不明白這個和自己只有一面之緣的警察，怎麼能夠如此精準地說出他的心路歷程。

「你……我……」

「但到底是什麼地方出了問題呢？你為什麼會突然對白詩羽發難呢？」路天峰將一張列印出來的

照片推到秦達之面前，「是不是因為他？」

模糊的照片上，是那個穿著服務生制服、卻戴著門童帽子的神祕男子。

「這人是誰？」秦達之一臉茫然。

「你沒見過他？」

「沒留意。」他連連搖頭。

路天峰眉頭一皺，又問：「那麼你記得你憤怒地向白詩羽出手之前，發生了什麼事情嗎？是什麼讓你如此衝動？」

「我……我想想……」秦達之按住了自己的太陽穴，滿臉痛苦，「對了，是宴會廳內突然多了一群奇怪的黑衣人，他們好像在搜查些什麼……」

路天峰並沒有打斷秦達之，讓他一個人慢慢回憶。

「不少人在議論到底發生了什麼事，這時候站在我身邊的服務生說了一句話……他說賓客中混進了對新娘有不良企圖的傢伙，現在一定要把那個渾蛋找出來……」

秦達之的身體不受控制地顫抖起來。

「於是大家七嘴八舌地討論起來，有人還說了一些挺難聽的話，我本來就有點緊張，這下子更有一種自己已經暴露了的錯覺……」

「所以你乾脆一不做二不休，直接衝上去劫持白詩羽？」

「我……我當時真是昏了頭，自己到底做了些什麼都有點記不清楚了……回過神來的時候，我已經把刀架在詩羽的脖子上了……」

秦達之雙手捂住臉，垂下腦袋，掩飾不住內心的懊惱。

路天峰終於問出了最關鍵的問題：「那個突然插話的服務生，你有沒有看見他的臉？」

「啊？」秦達之愣了愣，「當時我扭頭看了他一眼，沒什麼特別的印象。」

「但你還是看見他的臉了。」

「是的。」完全不知道路天峰用意的秦達之，語氣有點畏縮。

「努力回憶一下，這很重要。」路天峰頓了頓，又安撫了他一句，「根據警方情報顯示，這個人很可能是白家的仇人，他在宴會上煽風點火，就是想要破壞婚宴。如果你能幫我們找到他，就等於是戴罪立功，可以減輕刑罰，明白了嗎？」

反正不會造成任何影響，路天峰也不在意信口開河糊弄秦達之了，能夠找到那個男人才是關鍵。

秦達之一聽到可能減刑，眼睛立刻亮了起來，搗蒜般連連點頭：「放心，我記得他，我只要看過一眼的人都會記得！他眼睛不大，鼻梁很高……」

「別急，我讓同事替你做個嫌疑人的拼圖畫像。」路天峰心想，光憑文字描述不可靠，還是有圖為證比較好。只要能夠記住那人的大概模樣，那麼就算在這一次的迴圈裡來不及去調查他，在下一次迴圈時，還有整整二十四小時可以利用。

路天峰突然覺得信心倍增，彷彿勝利的曙光就在眼前。

現在的時間剛剛到晚上十點，這一次迴圈還有兩小時結束。

「十一點之前一定要把做出來的畫像發送給我，現在我還有點急事要去處理。」路天峰與同事簡單交接過後，又立即奔赴駱家。

路天峰現在覺得，樊敏恩這個女人身上有太多謎團，也跟太多人和事有關了。

在上一次迴圈當中，樊敏恩和陳諾蘭之間那場短暫但莫名其妙的衝突，仍然讓路天峰耿耿於懷，然而在這次迴圈裡面，由於白家婚宴連生變故，那場衝突也沒再發生，路天峰失去了一次瞭解真相的機會。

樊敏恩和鄭遠志的關係可以說是剪不斷理還亂，而她和張文哲之間，兩個看上去根本不會有太多交集的人，竟然在這節骨眼上私會密談，也實在有點匪夷所思。

另外很有意思的一點是，在兩次迴圈裡頭，駱滕風都向路天峰提及過他已經開始懷疑樊敏恩出軌，但兩次都沒有說出具體是什麼地方令他起了疑心。

路天峰決定試一下當面質問樊敏恩，雖然很可能會引發一些不愉快的衝突，但由於今天正處於時間迴圈當中，他並不需要顧慮後果——因為不會有任何真正的「後果」。

然而當路天峰來到駱家別墅時，卻只見童瑤獨自坐在客廳裡整理資料，屋子裡安安靜靜，駱滕風和樊敏恩兩個人都不見蹤影。

「他們倆呢？」路天峰好奇地問，駱滕風夫婦都是典型的夜貓子，幾天接觸下來，根本沒見過他們在凌晨一點之前去休息。

「樊敏恩說自己在酒店裡受到了驚嚇，一回家就吃了半顆安眠藥，所以駱滕風也陪著她睡了。」

路天峰沒說話，用手指了指耳朵，表示詢問竊聽是否還在繼續。

童瑤輕輕搖了搖頭，這也是一個很自然的選擇，畢竟路天峰這次下達任務並沒有經過正規手續，還想要求童瑤去監聽人家夫妻同床共枕就有點太強人所難了。

路天峰苦笑了一下，一整天下來，樊敏恩留下了太多謎團，看來在下一次迴圈裡面，需要派更多人手去調查她。

就在這時候，浪花路派出所也發來了剛剛做好的嫌疑人畫像，路天峰一看，不禁皺起眉頭。畫像上的人鼻梁較高，眉毛濃密，還留著絡腮鬍子，這都屬於比較容易辨認的特徵，但也只有鼻子不好偽裝，眉毛和鬍子很可能是假的。這樣一來，畫像的參考價值就不大了。

童瑤也好奇地問：「這是那個神祕男子的畫像？」

「嗯，還有一點時間，盡快對比一下酒店的監控錄影，看能否找到這傢伙的清晰正面圖像吧。」

「啊？」童瑤有點驚訝，「路隊，我還能撐得住，請放心。」

路天峰自知失言，因為他的潛意識很清楚，能夠留給童瑤調查的時間其實只有一個多小時了，但是在童瑤看來，她會覺得就算加班也沒問題，熬一個通宵總能找出嫌疑人。

「沒什麼，加把勁。」路天峰岔開了話題，眼看快到十一點了，他必須回家整理一下今天獲得的資訊和資料。

俗話說，好記性不如爛筆頭，可是在時間迴圈中，路天峰卻只能憑著自己的腦袋去記下所有重要的線索，然後在下一次迴圈開始時奮筆疾書，將線索盡可能完整地默寫出來。

所以現在他需要一些獨處的時間和空間。

11

路天峰「又一次」推開了家門，同樣的黑暗，同樣的冰冷，同樣的孤獨。這間小小的屋子，彷彿就是他的整個世界。

端坐在書桌前的他，習慣性地深吸一口氣，但今天的思緒似乎特別混亂，心總是靜不下來。面對筆記本上空白的一頁，他竟然產生了把本子撕掉的莫名衝動。

「我到底是怎麼了？」

路天峰咬了咬牙，低頭振筆直書，終於趕在零點到來之前，完成了他對第二次迴圈的思路整理。

今天的最大突破，無疑是一明一暗兩個關鍵人物，明的就是一直被列為嫌疑人之一、卻沒有受到太多關注的樊敏恩；暗的就是那個身分完全是個謎，卻在白家婚宴上悄然改變了命運步伐的神祕男子。

路天峰還有一個更大膽的猜想，神祕男子未必就是X本人，他也有可能只是受X操控而已，但無論如何，透過他應該能夠摸清X的真實身分。

所以接下來第三次迴圈的調查重點，就是和這兩個人相關的內容：

樊敏恩和鄭遠志真正的關係；

駱滕風為何懷疑樊敏恩出軌；

樊敏恩為什麼會與張文哲見面；

在第一次迴圈發生過，第二次迴圈卻沒有發生的樊敏恩與陳諾蘭衝突的原因；

樊敏恩與神祕男子是否有交集；

關於神祕男子一切更詳細的資料。

隨後路天峰還列出了其他幾個同樣需要特別關注的點：

鄭遠志工作的具體情況；

張文哲和樊敏恩之間的關係；

高緲緲是否對陳諾蘭懷有敵意；

高緲緲與養父高俊傑之間的關係。

寫完以上幾條之後，路天峰猶豫了很久，才不得不加上一行：

陳諾蘭與這一系列事件到底有何關係。

駱滕風選擇今天提拔陳諾蘭，真的純屬巧合嗎？很多時候，我們並沒有辦法一眼就看穿事情的「因」和「果」，搞不好陳諾蘭的升職才是引發連鎖反應的源頭。

跟以往的經歷完全不一樣，路天峰在整理完今天發生的事件後，並沒有覺得思路變得清晰，反而像是在一團迷霧中越走越深。

如果說在第一次迴圈當中，路天峰看見了獵人布下的危險陷阱，那麼在這次迴圈裡面，他設法避開了陷阱，卻一腳踩進了泥淖當中。更可怕的是，他發現自己正處於沼澤的正中央，身邊全是一個接一個的無底洞，一旦掉進去就根本不可能爬出來。

現在他最不願意看到的情況發生了，陳諾蘭同樣陷入了沼澤之中，她的身體正以肉眼可見的速度往下沉沒，泥水已經淹沒了她的膝蓋，她拚命叫喊，路天峰將右手伸得直直的，想把她拉回來，但無論他怎麼努力，總是搆不著她的手，因為他自己也同樣被困在黏糊糊的軟泥裡……

手機突然響起，路天峰一個激靈，終於跳出了沼澤，回過神來。現在離零點還剩下不到五分鐘，他一邊暗暗感激來電者，一邊接通電話，卻聽到了意料之外的好消息。

「你好，是路隊嗎？」

「我是，請問是哪位？」

「我是浪花路派出所的小余。你剛才交代我們做的嫌疑人畫像已經透過系統發布出去了，沒想到馬上就收到了回應。」

「哦？找到嫌疑人了？」

「在資料庫內找到了匹配度極高的嫌疑人，我馬上發給你他的資料。」

「謝謝，辛苦了！」這份驚喜有點從天而降的感覺，路天峰還一直覺得神祕男子沒那麼容易被找出來呢。

不過路天峰很快就冷靜下來，既然警方能夠那麼迅速地找到這個人，那麼他是X的機率就更低了，X不可能會那麼輕易暴露的。

小余轉眼就把資料發送過來，嫌疑人名叫莫睿，登記的職業是演員、燈光師、道具師，實際上就是個影視圈的邊緣人，全靠接劇組裡面的各種髒活累活為生，上個月因為攜帶易燃易爆物品乘坐地鐵，被安檢人員發現並報警，最後好不容易才向警方解釋清楚那是某電視劇爆破組所需的道具，交了罰款了事。雖然沒有留下正式案底，卻依然被全城聯網的犯罪資料庫記錄了下來。

看了這份資料，路天峰更加確信這個混在社會底層、生性衝動的傢伙應該不會是X，但他為什麼會身穿酒店服務生的制服，出現在白家婚宴的現場？

由於已經來不及做詳細調查了，路天峰只好記下「莫睿」兩個字，留待下一次迴圈再議。

「真是柳暗花明又一村啊！」路天峰看了看時間，在「今天」還剩下最後一分鐘的時候，終於迎來了一次難得的突破。

然而就在還差幾秒鐘到零點時，路天峰的手機再次響起，來電顯示是「諾蘭」。

陳諾蘭的作息很有規律，只要沒有特殊情況，每晚十一點必定上床睡覺，今天怎麼會在零點突然打電話給他？而且兩人之間早就習慣了透過簡訊或者聊天軟體的文字交流，沒有急事是不會打電話的。

但這個時間還能有什麼急事呢？

路天峰的手指剛剛想滑動螢幕，接通電話，眼前卻頓時一花，一眨眼的工夫，他又回到了這一天最開始的那一秒，電話也不在手中了。他呆坐著，先是張開空空如也的右手，然後慢慢握緊成拳，似乎想抓緊什麼東西，卻一無所獲。

路天峰只覺得心裡面空蕩蕩的，最新嫌疑人莫睿所帶來的喜悅和滿足感，被這一通錯過的電話完全毀掉了，更讓他難受的是，他可能永遠都無法知道陳諾蘭到底為什麼找他了。

即使不知道自己失去了什麼，但失去的感覺依然很難受。

為了不再錯失別的東西，路天峰連忙撲到書桌前，開始在白紙上快速地默寫出一條又一條線索……

第四章　X的反殺

1

四月十五日，第三次迴圈，凌晨一點。

駱滕風家中，幾乎和第二次迴圈一模一樣的緊急會議，每個人都如同電影重播一般，做出了跟第二次迴圈完全相同的反應——面對略顯奇怪的任務要求，大家摩拳擦掌，情緒高漲，反而是路天峰還沒能完全從上一次迴圈最後一刻錯失陳諾蘭來電的遺憾中恢復過來，稍微有點魂不守舍。

「另外我要求你們全程進行監聽……」

「老大，監聽這事，你剛才說過一次了啊！」余勇生舉手提問。

「啊，抱歉，我的意思是需要在樊敏恩身上額外安裝微型錄音設備，防止訊號被阻斷……」

「訊號阻斷？」童瑤目瞪口呆地看著路天峰，「只針對樊敏恩一個人嗎？」

「是的。」路天峰自知一言難盡，乾脆不管童瑤的困惑，轉而向余勇生說，「勇生，我接到線報，今天下午樊敏恩可能會跟張文哲見面，這段時間只需要由童瑤和其他同事負責監視即可，你至少有兩小時的閒置時間，去執行一個特殊任務。」

余勇生也聽得一愣一愣的，不明白路天峰為什麼能說出如此精確的安排，但早已唯路天峰馬首是瞻的他，仍然毫不猶豫地應道：「明白！」

路天峰隨手撕下一張便利貼，寫下「莫睿」兩個字：「這傢伙是個不入流的演員，你隨便找個理由把他帶回警局，等我來盤問。」

「知道！」

余勇生倒是答應得爽快，一旁的童瑤卻皺起了眉頭，路天峰今天連續下達了好幾道莫名其妙的命令，不禁讓她心生疑竇。

「路隊……」

「我知道你想說什麼，但請你相信我。」路天峰先是用無比誠懇的目光望向童瑤，然後又逐一掃過在場的其他人，「僅限今天，我希望你們每個人都能無條件地信任我，執行我分配的任務，即使有部分任務內容顯得不可理喻。明白了嗎？」

說到最後幾個字時，路天峰突然提高了音量，使用了更為嚴肅的命令語氣，另外三人馬上下意識地正襟危坐，齊聲道：「明白！」

黃萱萱又補充了一句：「老大，我這邊有什麼特別安排嗎？」

「暫時沒有。」

「哦……」不知道為什麼，黃萱萱看起來似乎有點失望。

路天峰心裡暗暗苦笑起來，他知道隨著迴圈次數的增加，自己下達的指令只會越來越奇怪，希望自己能夠控制好眼前這幾名年輕人的情緒。

「好了，大家早點休息吧，接下來又是艱苦的一天。」

不出所料，與上一次迴圈一樣，余勇生和黃萱萱離開了房間，童瑤卻一聲不吭地留在這裡，她欲言又止地看著路天峰，好像想等路天峰主動開口。

路天峰故意不說話，童瑤終於忍不住打破沉默。

「路隊，你能夠確定X跟這三個人有聯繫嗎？萬一……」

路天峰笑了，他笑的原因是童瑤這句話跟上一次迴圈時一字不差，但童瑤似乎誤以為他在嘲笑她的不成熟，俏麗的臉上浮現了一片紅暈。

「早點休息吧，不用太擔心。」路天峰自信滿滿地說，「我有預感，案情將會在今天出現重大突破。」

童瑤若有所思地點點頭，然後說：「路隊，我相信你，請你也相信我。」

「嗯？」路天峰有點愣住了。

「我總覺得有些東西，你一直都自己扛著……對不起，我多嘴了。」大概是察覺到路天峰的表情變得僵硬，童瑤連忙收住了話題。

路天峰露出既欣慰又苦澀的笑容：「謝謝你。」

童瑤好奇地眨了眨眼，嘴唇動了動，沒再說什麼便離開了。

路天峰慢慢轉過身子，面向窗外無邊無際的黑夜，重重地歎了一口氣。

2

四月十五日，第三次迴圈，清晨六點。

路天峰已經穿戴整齊，精神抖擻地站在別墅的玄關處，等候駱滕風現身。天空是灰藍色的，別有一番韻味，而看著漸漸亮起來的天色，令他情不自禁地想起陳諾蘭打過來的那通電話。

她到底想說什麼？等會兒在 ROOST 與她見面的時候，是否應該試探一下？但他要怎麼樣去試探呢？

「路隊，早安。」一個嬌滴滴的女聲將路天峰拉回現實，他扭頭一看，出現在眼前的竟然是身穿睡裙、一臉迷糊的樊敏恩，而不是駱滕風。

這條睡裙也太過暴露了，白色的薄紗近乎透明，路天峰趕緊把目光移開。

「駱太太，早安。」

下意識說出這句話的同時，路天峰心中疑竇連連。駱滕風一向對晨練有種莫名的執著，在前兩次迴圈當中也沒出現任何意外，為什麼在這次發生了變化？

樊敏恩半瞇著眼，打了個呵欠，繼續解釋道：「很抱歉，滕風臨時有緊急工作，處理完上床睡覺都已經是凌晨四點多了，所以他想再多睡一會兒，讓我來通知你一聲。」

「什麼？」大概是因為路天峰的反應有點誇張，樊敏恩的臉上浮現出困惑的表情來。

「呃……有什麼問題嗎？」樊敏恩畢竟是習慣了晚睡晚起的夜貓子，一副隨時就要再次睡著的模樣，用力揉了揉眼睛。

「沒什麼，我明白了。」路天峰連忙低下頭，順帶掩飾住自己的慌張。

樊敏恩呵欠連連，沒再說什麼就轉身離去，路天峰則呆站在原地，心潮起伏不定。

這一次的迴圈才剛剛開始，路天峰幾乎沒做任何嘗試改變命運進程的事情，但駱滕風的行動軌跡竟然出現了翻天覆地的變化，這可是他在之前那麼多次時間迴圈體驗當中從未遇到過的現象。

不對，不僅是駱滕風的行動軌跡改變了，樊敏恩的言行舉止也大相徑庭，至少路天峰從未見過這位富家小姐一大早起床，穿著性感睡裙在家裡晃蕩。

「到底是怎麼回事……」路天峰長歎一聲，五分鐘前還躊躇滿志地準備迎接所有挑戰的他，竟然被這突如其來的變化弄得情緒極其低落。

唯一合理的解釋，就是X做出了某些行為，改變了「今天」的事態發展，但X到底做了些什麼？為什麼路天峰幾乎感覺不到彈簧效應的存在？

恐懼，緊張，期待。

三種情緒相互交錯，在路天峰的心底蔓延，他覺得自己一直都太低估X了，直到這一刻，他才真正意識到，自己其實對時間迴圈的深層原理一無所知。

但X的實力，遠勝於他。

「路隊？」另外一個女聲將路天峰從沉思中喚醒，這次是童瑤。

「早，情況如何？」

「樊敏恩返回臥室之後，沒幾分鐘就睡著了。」

「駱滕風呢？」

「我沒有聽見他的聲音，應該還在睡覺吧。」童瑤好奇地看著路天峰，顯然不理解他為什麼對這些雞毛蒜皮的小事那麼關心。

路天峰猶豫了一下，說：「今天的任務可能特別艱鉅，要分外留神。」

童瑤雖然不明白路天峰為什麼會這樣說，但仍然認真而堅定地回答：「明白，請路隊放心！」

路天峰彷彿又看到了凌晨時分，那個一本正經地對自己說「請信任我」的童瑤。他點了點頭，又順口問了一句：「駱滕風今天的行程表還沒出來嗎？」

「嗯？出來了啊，凌晨三點多發的郵件。」

路天峰這才發現自己漏看了手機上的新郵件提示訊息，於是馬上打開行程表，第一眼就發現了不妥之處。

今天駱滕風的第一項行程安排，是參加上午十點在風騰基因召開的內部股東會議，並沒有安排在上兩次迴圈中都出現過的早餐會。

所以路天峰和陳諾蘭今天上午也不會在ROOST餐廳見面。

「又一個人的行動軌跡完全改變了……」路天峰喃喃自語著，掏出了懷裡的筆記本。提前做好的作戰計畫，在短短幾分鐘內幾乎完全報廢了。

「路隊，這個行程表有什麼問題嗎？」也許是注意到路天峰魂不守舍地看著筆記本，童瑤關切地問了一句。

路天峰心念一動，乾脆趁著這個機會，借助童瑤的觀點和視角去分析形勢，試圖發現自己的思維盲點。

於是路天峰問道：「你覺得呢？」

「我覺得……」童瑤猶豫了一下，還是說出了她自己的看法，「下午在D城大學的活動和晚上的婚宴，都是人來人往的場所，安全隱患很大。」

這是一個中規中矩的觀點，並沒有帶給路天峰任何驚喜和意外。

「那麼如果只能二選一的話，你覺得哪場活動更危險？」

童瑤默默地思考了好一會兒，才說：「應該是D城大學吧。」

「為什麼？」其實這個答案有點出乎路天峰的意料，因為按照常理推斷，白家婚宴上聚集了更多嫌疑人，那應該是一個形勢更加錯綜複雜的場合。

「因為駱滕風和D城大學有千絲萬縷的關聯，那裡是他的母校，RAN技術的原型也是在D城大學的實驗室裡研發出來的。他如今擁有的人脈網絡和社會關係，很多都可以追溯到大學時代。」

童瑤眼看路天峰一副陷入沉思的模樣，又補充了一句：「其實在外人眼中，駱滕風是D城大學的寵兒，是這所學校最成功的代表人物之一，但我一直認為，愛和恨就是一枚硬幣的兩面，駱滕風能夠吸引多少人的愛戴，就同樣會引來多少人的仇恨和妒忌。」

路天峰感慨道：「這句話不錯，聽起來還真有點道理。」

童瑤被路天峰這樣一說，反而有點不好意思起來。

「童瑤，有件事情想拜託你去調查一下。」

「路隊請說。」童瑤意識到路天峰突如其來的客氣一定有原因。

「你提醒了我一點，我們一直忽略了駱滕風和D城大學之間的關聯。我想讓你查一下目前在D城大學的教職員工裡面，有哪些人曾經和駱滕風關係密切，也許是好友，也許是死對頭，他們當中可能隱藏著某些不為人知的殺機。」

「明白了，沒問題。」

「對樊敏恩的監控也不能放鬆，如果有必要，我再多申請兩個人過來幫忙，可以嗎？」

童瑤用力地點了點頭：「放心吧路隊，一切交給我。」

「很好。」路天峰輕輕拍了拍她的肩膀。

童瑤似乎身子僵直了一下，但臉上很快露出了鬆弛的笑意。這就是她想要的信任嗎？

路天峰心裡非常清楚，想要戰勝X，必須倚靠眼前這支團隊的力量，絕不能單打獨鬥。

3

四月十五日，第三次迴圈，上午十點。

風騰基因的會議室內，正在進行股東會議。

剛才路天峰趁著會議開始之前的一丁點兒空檔，把早上到現在的各方動態快速整理回顧了一遍。

駱滕風一直睡到八點過後才起床，繼而開始準備上班，而在這段時間內，路天峰一直密切關注著其他嫌疑人的最新動態。

讓路天峰稍感安心的是，張文哲和高緲緲的行動路線和上一次迴圈基本相同，沒有出現太大的偏差。

張文哲一大早就開始上網玩賽車遊戲，樂此不疲，完全不像一家大公司的高層管理人員，更像沉迷遊戲的網癮少年。余勇生也按照路天峰的特別指示，調查了張文哲的遊戲資料，發現他只是單純地打發時間而已，完全沒有在遊戲中與其他人有過交流。

高緲緲則依然是那個勤儉樸素的女生形象，起床後簡單梳洗一下，就開始做家務、煮早餐，出門上班的路上還不忘讀書學習。她還真是個典型的「隔壁家的好孩子」，光看外表很難想像她能對陳諾蘭懷有那麼深的戒備。

不過說不定在這次迴圈裡頭，高緲緲不會那麼關注陳諾蘭了，因為早餐會取消了，陳諾蘭應該也沒被駱滕風提拔為研發部首席助理。

這一次迴圈的進程頗為詭異，首先是大清早就有接二連三的變化，讓路天峰陷入了深深的無力感，他已經做好了迎接一個又一個艱鉅挑戰的心理準備。然而沒想到的是，在接下來的幾個小時中，事態的發展卻平靜得有點沉悶，路天峰心裡憋了一股子勁，卻是有力無處使。

包括現在，駱滕風坐在會議室中，與張文哲、高緲緲等人開會的時候，議題也同樣是波瀾不驚，平淡乏味，張文哲甚至一而再再而三地打著呵欠，毫不掩飾他的疲態。

會議進行過半的時候，駱滕風突然插了一句：「對了，我身邊有個最新的人事變動，現在知會各位。」

張文哲和高緲緲頓時提起了精神，一直在旁聽的路天峰更加納悶，難道駱滕風會在沒跟陳諾蘭溝通的情況下直接提拔她？

「我想新增一位總裁助理，也已經找到了適合人選。」

「新助理？」張文哲陰陽怪氣地笑著說，「Tina不是做得挺不錯的嘛！」

「Tina的專長是行政事務，而我還需要一位在科研技術方面能夠協助我的助理。」

此話一出，會議室裡的三個人眼睛同時發亮，原因卻各不相同。

路天峰的眼神中主要是關切和擔憂，沒想到事情兜兜轉轉，又引到自己女朋友身上了，而且這次居然換了個名頭，不知道後續發展如何。

張文哲的眼裡卻充滿了戒備，他意識到駱滕風不會無緣無故提拔一名貼身助理，更何況現在研發部門的首席科學家之位空缺，這個從天而降的助理很可能是駱滕風為了「曲線救國」，掌握研發部門的實際權力而設。

高緲緲的臉上則是帶著希冀和盼望，大概在她的心目中，自己會是這一技術助理的最佳人選。她當然很明白自己的能力和聲望都無法勝任公司的管理層職位，所以才一再堅持由普通員工做起，但如果能當上駱滕風的貼身助理，那就另當別論了，這可是一個看似低微、實質上非常接近權力中心的職位。

駱滕風好像根本沒有注意到大家的表情變化，繼續不慌不忙地說道：「我心目中的最佳人選，就是研發部的陳諾蘭。」

另外三人臉上掠過微妙而複雜的情緒，尤其是高緲緲，她的臉色先是發白，然後轉紅，嘴唇微微顫抖著，最後一言不發地垂下了腦袋。

「哦……」張文哲拖長尾音，托著下巴，好像在思考著什麼。

路天峰的心情最為複雜，但他只能裝作局外人，冷冷地旁觀事態發展。不過他心裡還有一個疑惑，陳諾蘭為什麼沒有出席這次會議？

「沒意見的話，就進入下一個議題……」

「請稍等，陳諾蘭她人在哪裡？」張文哲果然提出了這個問題。

「我並沒有安排她參加這次會議。」駱滕風微笑著回答。

「這種時刻，本人還是應該出現一下吧。」

「今天她有另外的重要任務，更何況我們並不需要討論這件事，我只是藉此機會通知大家一聲而已。」

張文哲不禁問：「剛提拔就有重要任務？」

「她身上本來就擔負著很多重要任務。」

駱滕風和張文哲針鋒相對，一來一回，語速極快，會議室內的氣氛也變得劍拔弩張。

張文哲聽了駱滕風這句立場強硬的話後，不怒反笑，說道：「駱總應該也聽聞過，最近有些關於你和女下屬之間的風言風語，影響不太好。」

駱滕風神色如常地回答：「張總明知道那是風言風語，就不要浪費我們股東會議的寶貴時間了。」

「傳言也許是假的，但負面影響卻是真實存在的。為了公司利益，駱總怎麼說也應該適當避嫌，而不是把緋聞女主角提拔為自己的貼身助理。」

駱滕風臉色一變，直直地盯著張文哲。張文哲則依然是笑咪咪的樣子，好像一點都沒意識到自己的話已經過火了。

路天峰表面上看起來沒什麼，內心早就莫名焦躁，他沒料到這次陳諾蘭不在場，反而導致了更為激烈的言語衝突。他再偷偷瞄了高緲緲一眼，只見她看似漫不經心地坐著，實際上卻用手指不停地來回蹭著會議桌，難掩心中的緊張。

「張總的意思是覺得我公私不分，任人唯親嗎？」駱滕風冷冰冰的語氣裡帶著顯而易見的攻擊性。

「駱總為人光明磊落，我自然是知道的。」張文哲還真是沉得住氣，這時候依然笑容滿面，「我只是擔心別人誤會嘛。」

「不知道張總有何高見？」

「駱總如果覺得有必要新增技術助理一職，我倒是有個很好的人選，保證不會讓別人嚼舌根。」張文哲一邊說，一邊把目光投向高緲緲。

高緲緲的臉上一陣紅一陣白，神色變得更加難看。張文哲的暗示已經十分明顯了，她肯定不能再繼續裝傻，但她實在不知道眼下該如何應對。

幸好駱滕風沒有讓高緲緲難堪太久，他主動接過了話題：「我需要一個專業性更強的人擔當我的助理，緲緲雖然是專業出身，但畢竟研究所還沒畢業，而陳諾蘭是留洋的博士，更被譽為本領域的天才少女，兩人之間的實力差距還是十分明顯的。你同意嗎？」

最後這個問題，是直接拋給高緲緲的，她的回答脫口而出：「我同意……」

「很好，看來張總一時之間也找不到能夠頂替陳諾蘭的人選了吧？」重新占據上風的駱滕風，臉上又綻放起笑意來。

「既然如此，我就不多說了。」張文哲拿得起也放得下，竟然真的就此打住，不再糾纏這個話題。

會議室內一下子陷入異樣的沉默當中，每個人都各懷心事，卻沒人願意先開口打破僵局。

這時候，駱滕風放在桌子上的手機突然振動起來，他低頭看了一眼來電顯示，竟然露出了燦爛的笑容。而接通電話的時候，駱滕風使用的是一口流利的英語，語速極快，以路天峰並不高明的英語水準，幾乎沒聽懂他說了些什麼。

電話很快就掛斷了，駱滕風笑著對大家說道：「各位，有個好消息，公司最近的現金流壓力到底有多大，我們都心知肚明，而就在剛才，國際知名創投機構 Volly 向我們拋出了橄欖枝，他們對我們公司興趣非常大。」

這對風騰基因而言絕對是天大的喜訊，因此無論張文哲和高緲緲有什麼小情緒，也頓時一掃而空，面露笑意。反倒是路天峰又聽到了一個在前兩次迴圈中聞所未聞的新消息，不禁皺起了眉頭。

「這次能聯繫上 Volly，可是全靠陳諾蘭從中牽線搭橋。」駱滕風只是那麼簡簡單單地說了一句，就重新確立了陳諾蘭在股東心目中的地位，現在每個人都知道她不僅有美貌與學識，還有優秀的人脈關係網。

「我們需要做些什麼準備工作嗎？」畢竟是要面對投資界的標竿企業，連一向張狂的張文哲也變得小心謹慎起來。

「具體的事情，等我今天跟他們初步接觸後再決定吧。」

「今天？」

「那麼快？」

眾人大吃一驚，張文哲和高緲緲沒想到 Volly 會搞突然襲擊，而路天峰就更加驚訝了，這一次的迴圈裡頭居然多了一個這麼重要的事件。

「駱總，今天的行程表裡面沒有這項安排啊？」路天峰以保鏢的身分輕聲詢問道。

「因為這是三分鐘才決定的事情，走，我們現在立即出發，前往機場。」

「機場？」

「是的，Volly 的一位副總裁今天在 D 城機場轉機前往國外，他只能留給我們十一點到十二點之間這一小時的時間。」駱滕風看了一眼手錶，「你知道我們的機場高速公路，一旦堵起車來可不是開玩笑的。」

息。

路天峰正在低頭默默操作手機，把駱滕風的最新行程發給同事們，這時候他看見了童瑤發來的訊息。

樊敏恩今天一直躲在臥室裡面埋頭睡懶覺，剛剛起床梳洗，不像要準備出門的樣子，看上去這個上午她是不會跟鄭遠志見面了。

所有的事情都亂套了。

路天峰用力揉著自己的太陽穴，那地方正在隱隱作痛。如果說在上一次迴圈當中，他感覺自己陷入了沼澤的話，眼下這第三次迴圈所發生的事情則告訴他，原來整個世界都是沼澤，根本沒有一寸可以讓人安然立足的土地。

4

四月十五日，第三次迴圈，上午十一點，機場高速公路上。

路天峰認為，飛機是人類文明史上最有趣也最矛盾的交通工具。

一方面，精確的科學資料統計顯示，無論是以事故率、死亡率和死亡人數等各種方式計算，飛機都是人類歷史上最為安全的交通工具，並且安全性遠超其他出行工具。

另外一方面，普通民眾卻總是無法消除「飛機很危險」的刻板印象，認為飛機比火車、汽車、輪船等交通工具要「危險得多」。

機場同樣是一個充滿矛盾的地方。

對警方而言，機場可以說是比較安全的，畢竟進出候機室都有嚴格的安檢措施，機場內部也有不少訓練有素的保全人員協助應對各種突發情況。

但實際上，機場的危險之處大部分在於那些肉眼不可見的暗湧。越是大型機場，出入口就越多，比如Ｄ城機場算上工作人員通道，起碼有一百多個出入口，無論多嚴格的安檢措施都會有漏洞。更何況會選定機場作為犯案現場的罪犯，通常都是熟悉機場運作體系的內部人員，那些安檢措施對他們而言更是形同虛設。

在趕來的路上，路天峰不停地調兵遣將，先是把余勇生和黃萱萱調到機場支援，並安排童瑤全權負責監控其他嫌疑人的任務。當然，路天峰一直低著頭操作手機的另外一個原因，就是陳諾蘭和駱滕風正並排坐在後座上聊天，他想分散一下注意力，好讓自己聽不清他們倆的對話。

然而斷斷續續的詞句依然頑強地飄入路天峰的耳內，什麼對賭協議、資本回報率、溢價收購、股權激勵之類的，路天峰聽得一頭霧水。令路天峰最為沮喪的事情是，他直到這一刻才知道陳諾蘭對資本市場運作如此熟悉，這根本就不是他印象中那個不問世事、潛心研究的學霸型女友。

這時候，余勇生的電話打破了路天峰的沉思。

「老大，我已經到了。」

「很好，提前檢查一遍機場安檢區裡頭的幾家咖啡館，看看有沒有可疑人物出現。」轉機的乘客不會離開安檢區域，這也有一個好處，就是安檢區域裡的人會比較少。

「收到！對了，還有另外一件事情想跟你彙報……」余勇生的語氣突然變得結結巴巴。

「怎麼了？」

「你讓我調查的那個莫睿，我們已經找到了，但是……好像人不對啊！」

「人不對是什麼意思？」接二連三發生意外狀況，路天峰差點忘記了這人。

「那傢伙雖然號稱導演兼編劇、演員，但實際上就是個不入流的十八線小演員，跟風騰基因的案件是風馬牛不相及。更何況最近幾天他都跟著一個劇組，在D城郊外的影視基地裡頭拍戲，完全沒有離開過。」

「是嗎？那他今天的安排呢？」路天峰的眉頭已經擰成一團了。

「我收到了劇組傳真過來的通告，今天晚上莫睿難得有幾場可以露面的戲，他肯定是不願意錯過的。」

「這人難道只是個幌子……」

「啊？什麼？」沒有上一次迴圈記憶的余勇生自然聽不懂路天峰的話。

「莫睿的事情下午再處理吧，現在你先去替我們選一家人比較少的咖啡館，注意周邊環境。」

「收到！」

「我們馬上就到。」路天峰已經能夠看到遠方若隱若現的機場建築。

D城機場，轉機航站。

余勇生提前選定的咖啡館名為「Super Coffee」，位於轉機航站不起眼的角落，平日的客流量就不算多，如今更是因為配合警方執行任務，把店員替換為黃萱萱了，而她當然不會去主動招攬客人，所以顯得更為冷清。

「就這裡？」看到空無一人的咖啡館，駱滕風不禁有點納悶，「他們開門營業了嗎？」

「在營業啊，看，那不是服務生嗎？」

駱滕風經歷了警方好幾天的貼身保護，自然也已經認得黃萱萱，他無奈地苦笑道：「連機場你們也不放心啊！」

「機場又怎麼樣，我們還不是沒買票就進了安檢區域？」路天峰說。

「黃警官沖調咖啡的手勢像模像樣啊！」駱滕風不由得多看了黃萱萱兩眼。

「那當然，她可是專業的。」路天峰一直覺得黃萱萱扮演服務生之類的角色氣質特別吻合，根本看不出破綻。

駱滕風步入咖啡店，挑選了一個靠櫃台的位置坐下，陳諾蘭坐在他身旁，兩人沒有浪費一丁點兒時間，立即拿出資料開始低聲討論，為即將到來的見面洽談做準備。

此情此景讓路天峰覺得自己有點多餘，就信步走到門外，想觀察一下周邊環境。他注意到扮成保全的余勇生已經占據了附近唯一一個制高點，不由得表揚了一句。

「選的位置不錯嘛！」

「哈哈，老大過獎了。咦？」余勇生發出一聲充滿疑惑的驚歎。

「怎麼回事？」

「有兩個奇怪的男人正往這邊走來，他們戴著棒球帽、墨鏡和口罩，看不清楚樣子。」

「在室內戴墨鏡？」路天峰頓時警覺起來。

沒多久，路天峰就看到余勇生所說的那兩個人了，他們都穿著嘻哈風格的運動服，一個大紅色，一個水藍色，全身上下包裹得嚴嚴實實。兩人臉上戴著黑色口罩，頭頂的棒球帽帽簷刻意壓得很低，加上大號的墨鏡，真是完全無法分辨面目。

兩個怪人左顧右盼，似乎在尋找什麼，終於，紅衣人指著Super Coffee的方向，湊在藍衣人耳邊悄悄說了些什麼，然後兩個人就一起往咖啡館方向走過來。

「老大，怎麼辦？」假扮店員的黃萱萱有點緊張地問。

「穩住，既然開門營業了，總不能不讓人家進去買咖啡啊！」路天峰一直盯著那兩個男人的背影，只見他們徑直走進了咖啡館，藍衣人找了個離櫃台最遠的位置坐下，紅衣人則走向黃萱萱，準備點咖啡。

「老大，他們只是恰巧路過嗎？」余勇生不斷往咖啡館這邊張望。

「哪有那麼巧的事情，他們顯然是故意找過來的。按兵不動，別自亂陣腳，萱萱，替客人正常服務。」

「很抱歉，本店目前只能提供美式咖啡……」耳機內傳來黃萱萱和紅衣人的對話，其實每種咖啡的做法大同小異，黃萱萱這樣說只是在變相趕客而已。

紅衣人倒是滿不在乎地直接點了兩杯美式咖啡，黃萱萱也只好若無其事地埋頭準備，不過她趁著紅衣人站在一旁等候的機會，偷偷把藏在員工胸牌背後的隱藏式攝影機對準了紅衣人的臉部。

即使黃萱萱一言不發，在幕後掌控大局的路天峰也立即明白了她的意圖。

「童瑤，你在線上嗎？」路天峰問。

「在呢，萱萱的影像資料我這邊收到了，正在分析中……但臉部有效資訊太少了，基本上只能看到眉毛。」童瑤同樣是反應奇快，根本沒有耽擱時間就開始著手分析了。

「放心吧，難道他們還能戴著口罩喝咖啡嗎？」路天峰倒是慢慢沉下心來，因為透過觀察，他判斷這兩個男人雖然形跡可疑，但似乎只是想來這裡喝一杯咖啡而已，兩人的座位也離駱滕風有好一段距離，應該構成不了什麼威脅。

「又有人走過來了，會不會是 Volly 的投資人？但他可是個中國人哦。」

路天峰又好氣又好笑：「國外的公司就不能聘請中國人了嗎？」

「當然不是，只是我聽老大說，駱滕風是用英文跟對方溝通交流的，就誤以為對方是外國人了。」

路天峰怔了怔，說：「說不定人家是個 ABC。」

「啥？」

「American Born Chinese，就是在美國出生、在美國長大的華裔，他們很多人都不會說中文。」耳機裡飄來童瑤淡淡的聲音。

「行了，別閒聊了，他們碰面了。」

來者果然是Volly的副總裁Steve，路天峰看著他們熱情地握手、交換名片，然後雙方就座，很快就進入了討論的狀態。

另一邊，那兩名奇怪的男子卻是自顧自地喝著咖啡，他們已經褪下了一半口罩，把口罩的帶子掛在耳朵上，一副隨時準備重新戴上的樣子。

「老大，那兩個人的舉動，有點像逃避狗仔隊的明星啊。」余勇生說。

「是嗎？哪位明星？」

「我哪認得那麼多，讓萱萱去看一下，她熟悉這些。」

其實在余勇生說出這句話之前，黃萱萱已經找了個藉口走近那兩人，就算她認不出對方是誰，至少也能拍到更清晰的圖像。

「兩位還需要點什麼嗎？」黃萱萱輕聲問道。

「不需要了，謝謝。」紅衣人的聲音有點沙啞，而藍衣人甚至第一時間放下了咖啡杯，重新戴上口罩，生怕被人看見容貌似的。

黃萱萱的目光在紅衣人臉上停留了幾秒鐘，她確實沒認出對方是誰，只覺得有點眼熟。

「童瑤，這次可以看清臉部了嗎？」路天峰注意到駱滕風和Steve之間的交談很順利，因此把更多的精力放在那兩個神祕男子身上，他認為這兩個人才是現場最大的變數。

「稍等……有結果了，紅衣服的是著名男子組合Power Up的經紀人蘇雷，所以藍色衣服那位，根據有限的臉部特徵推斷，應該是Power Up的成員陳航飛。」

「誰？沒聽過啊……」余勇生依然糊里糊塗的。

「你當然不知道，但人家現在可是當紅的偶像明星呢。」聽黃萱萱的語氣，她顯然是知道這個組合的。

路天峰問：「所以說這兩個人是怕被粉絲認出來，才特意找了個僻靜的地方喝咖啡？」

「嗯，應該是這樣。」黃萱萱答道。

然而路天峰的心中仍有疑惑，他不相信世界上會有如此巧合，更何況這一次迴圈裡頭出現的意外情況已經夠多了。

「萱萱，你說這個 Power Up 組合，有機會在今天晚上的電視新聞裡出現嗎？」路天峰突然想到了一種可能性。

「哎喲，以他們組合的火熱程度，上娛樂新聞那是一點也不奇怪，萬一被他們的瘋狂粉絲發現，再弄出點什麼岔子來，搞不好還能上頭條呢！」

對了，就是這麼回事！

路天峰自己甚少關注娛樂新聞，尤其最近一段時間忙於工作，更加沒留意這些八卦。但 X 卻有可能是一個關注這方面新聞的人，如果在上一次迴圈當中，X 注意到 Power Up 出現在本地機場的相關新聞，然後在這一次迴圈裡面加以利用的話——

路天峰不由得打了個冷戰，如果今天發生的一切變故都是由 X 主導和控制的話，那麼這個 X 實在是太可怕了，可怕得讓人心生絕望。

而這也是路天峰第一次體會到時間迴圈給自己所帶來的障礙，如果這件事發生在「昨天」，那麼無論是多麼隱蔽的事情，警方都可以派人去調查，但所有發生在上一次迴圈的事件，過去了就是過去了，即使路天峰真有通天本領，也無從查起。

這是一場資訊完全不對稱的戰爭，X應該非常清楚今天Power Up組合會在機場遭遇些什麼，並且利用這一點布下了陷阱，而路天峰等人則是毫無頭緒，只能見招拆招。

所以路天峰決定兵行險著，打亂X的計畫。

「我們換個地方吧。」

「換地方？駱滕風現在正在聊好幾億的生意，他願意換地方？」余勇生愕然。

「快，萱萱負責帶走他們，勇生去找另外一家咖啡館，或者沒有顧客的速食店也可以。」路天峰已經顧不得那麼多了，直接揚手讓兩人立刻行動。

余勇生和黃萱萱雖然不明就裡，但依然按照路天峰的指示準備行動。只不過兩人剛剛有所動作，正在喝咖啡的蘇雷和陳航飛就突然雙雙放下了杯子。

大概二十個身穿同款但不同顏色運動服的人，不知道由什麼地方鑽出來，一下子就圍在了咖啡館門前。這些人大部分是年輕人，有男有女，領頭的是一名高大的男生，他的手裡拿著一塊塑膠板，上面寫著碩大的英文「Power Up」。

「他們是要鬧事嗎？」余勇生已經不由自主地停下了腳步，遠遠地觀望著。

路天峰也是愁眉苦臉，現在把駱滕風他們帶走吧，不是不行，但二十多個人在圍觀，搞不好更容易出亂子，倒不如靜觀其變。

「萱萱，注意保護好駱滕風。」

「明白。」黃萱萱挪動腳步，不動聲色地靠近駱滕風的座位，然後才說，「老大，你也不用太擔心，我看他們似乎是後援會的粉絲。」

「那又如何？」路天峰還真不太懂現在年輕人追星的事情。

「後援會比較循規蹈矩，屬於有組織有紀律的粉絲團體，不會做什麼出格的事情，因為他們都很愛惜偶像和自己的名聲。」

路天峰一看，還真是那樣子，雖然突然冒出來的這群人看起來有點詭異，但他們只是靜靜地站在十公尺開外，舉著牌子，看著自己的偶像喝咖啡，連上前索要簽名的人都沒有。

「這又是什麼情況？」余勇生有點目瞪口呆，「我還以為追星就是一股腦兒衝上去合照拿簽名呢。」

「你的印象還停留在十年前吧？」黃萱萱笑道：「現在後援會的粉絲很講究分寸的，他們看見偶像在工作或者休息，就會遠遠觀望，不去打擾，除非偶像主動招呼他們靠近。」

「哈？換了我是明星，才沒空理睬他們呢。」余勇生又說。

「所以你就當不了明星囉。」黃萱萱哼了一聲。

「兩位，麻煩保持安靜。」童瑤終於受不了這兩人的鬥嘴了，只好出言提醒。

路天峰聽余勇生和黃萱萱討論的同時，目光卻緊緊鎖定在駱滕風身上，只要沒有可疑人物靠近駱滕風，他才不管什麼粉絲不粉絲的呢。

蘇雷和陳航飛當然也看到了這些粉絲，他們稍微商量了兩句之後，陳航飛就摘下了帽子和墨鏡，向粉絲團的方向招手示意。粉絲們立刻爆出一陣熱烈的歡呼，但並沒有吵鬧太久，而是很自覺地排成一隊，一個接一個走進咖啡館，與陳航飛握手，還有一些人拿著早就準備好的CD，請陳航飛簽名。

這陣仗吸引了不少過往旅客的目光，有些路人注意到原來是Power Up的陳航飛出現在咖啡館裡，也立即加入了追星的行列當中。人群越聚越多的同時，蘇雷在不停地打著電話，大概是要安排人手來接應。

「老大，越來越多人了，怎麼辦？」

「按兵不動，保護好駱滕風。」

駱滕風、陳諾蘭和 Steve 也已經站起身來，看來是嘈雜混亂的環境讓他們無法專心談判，三人準備離開這裡，另尋地方繼續了。

然而駱滕風還沒來得及走出咖啡館，現場又生變數。四名看似保鏢的彪悍男子急急忙忙地趕到現場，隨即開始疏散人群，留出一條通道好讓陳航飛離去。

這下子，隊伍最前方有好幾個湊熱鬧加入的路人義憤填膺地叫罵起來，而被罵的人竟然是後援會的領隊。路天峰聽到斷斷續續傳來的幾句爭吵，原來路人認為是後援會的粉絲阻撓了他們接近偶像，後援會的人則指責那幾個路人想插隊，擾亂秩序。

其中一名打扮時髦的年輕女子，吵鬧得最起勁，她用手指著後援會領隊的鼻尖，正在破口大罵。那名身高超過一百八的大男生站在原地，憋得滿臉通紅，看來是女子罵得很難聽。

陳航飛在保鏢的護送下匆匆離開現場，而一部分鐵粉亦步亦趨地跟隨偶像離去，更多的人則留在原處圍觀，還有三三兩兩趁機起鬨的，看熱鬧不嫌事大。

眼見這一幕，路天峰心中浮現出不祥的預感來。X 應該是在上一次迴圈當中看到這條發生在機場的新聞了吧？如果只是普通的粉絲追星新聞，相信根本不會太起眼，不容易被 X 留意到，難道真的如黃萱萱隨口戲謔的那樣，這是一條足以上頭條的新聞？

「勇生，過來幫忙，萱萱看好了，別讓人靠近駱滕風。」路天峰一邊說，一邊跑向矛盾衝突的中心，準備勸架。

「老大請放心，他們只會追隨偶像的腳步離去。」黃萱萱雖然嘴上說得輕鬆，精神上卻完全不敢怠慢，警惕地盯著人群。

眼見陳航飛的背影已經消失，年輕女子更加暴躁不安，也許是覺得領頭的男生罵不還口，懦弱可欺，她乾脆用手指狠狠地戳對方的臉，指甲頓時在上面劃出一道鮮紅的痕跡。

男生終於忍無可忍，情緒失控了，他反手就是一個耳光，搧在年輕女子的臉上。女子根本沒料到對方會反擊，加上男生的力氣並不小，她腳步不穩，一下子就被搧倒在地。

「嗚哇——」女子坐在地上，哭號起來。

圍觀人群中突然衝出一個身材魁梧的壯漢，大喝道：「媽的，連老子的女人也敢打？」話音未落，碩大的拳頭就向後援會領隊的腦袋上招呼過來。

一聲悶響後，那記重拳正中領隊的面門，竟一下子就把他打倒在地，整個人昏死過去。壯漢邁開步子，高舉拳頭，還想追擊，沒料到一隻強有力的手緊緊地抓住了他。

路天峰嚴肅地說：「警察，住手！還想打死人嗎？」

「這傢伙動老子的女人啊！」壯漢還是一副氣憤的模樣。

「有什麼跟我回警局再說。」

此言一出，身材高大的壯漢頓時好像矮了幾公分，換上了一張笑臉，「有話好說，大哥，我們還要趕飛機呢……」

「你們還知道這裡是機場啊？」路天峰板著臉，提高了音量，對四周的圍觀群眾說道：「看熱鬧的就散了吧，要不就帶回警局錄個口供，協助調查。」

一聽可能會惹麻煩上身，四周的好事者立即一哄而散，只有幾個後援會的粉絲還瑟瑟發抖地留在原地，想查看他們同伴的情況。

路天峰鬆開制住壯漢的手，走上前一看，那個帶隊的男生仰面朝天，一動不動地躺在地上，口鼻處正不停地滲出血來。

「糟糕！」路天峰跪下身子，摸了摸男生的鼻息，竟是冰涼冰涼的，幾乎沒有一絲熱氣。

機場候機室內鬧出人命……難道X在上一次迴圈中，看到的就是這條新聞嗎？

「快封鎖現場，叫救護車！另外派人把這傢伙押回去。」路天峰冷靜下來，透過通訊頻道下令。剛剛還氣焰囂張的壯漢和大吵大鬧的女子都嚇得臉色煞白，神色慌張，兩人相互攙扶著，連站都站不穩。

「警察大哥……我就……就打了他一下……」

「有什麼事情留到審訊室裡慢慢說吧。」路天峰回頭看了一眼駱滕風等人，只見他們依舊靜靜地站在咖啡館的角落，黃萱萱則盡責地守在一旁，看來並沒有受到太多影響。

余勇生也跑了過來，幫忙疏散人群，機場保全和醫療人員隨即趕到，將昏迷不醒、生死未卜的傷者送走，動手打人的壯漢和吵吵嚷嚷的女子則一同被帶回了警局……

看著眼前這忙亂的一切，路天峰有點恍惚。

這就是X刻意安排的事件嗎？製造這樣一場混亂對X而言有什麼好處呢？

路天峰一時半會兒還想不明白，但他堅信X的舉動絕對有充分理由，這種看不穿的陰謀詭計才更為可怕。

「老大，我們可以收隊了嗎？」余勇生問。

原來在另一邊，駱滕風和Steve的初次會晤已經結束，雖然被突發事件干擾，導致有點草草收場，但看駱滕風臉上的笑容和陳諾蘭充滿自信的表情，可以推測這次的會談還算成功。

「好，收隊。勇生，下午你記得去找莫睿，把他看好。萱萱，你跟我一起去D城大學一趟。」

「明白，那監視任務還是由童瑤負責？」

路天峰心想，現在監視任務已經意義不大了，每個人的行動軌跡都完全偏離了上一次迴圈，即使獲得他們今天的行動路線圖也無法比對分析。

但他當然不能這樣說，只好吩咐童瑤：「是的，童瑤，你繼續監視幾名嫌疑人。順帶問一句，樊敏恩有出門嗎？」

「明白了！另外報告路隊，樊敏恩一整天都在家沒有出門，剛剛吃了一整盒雪糕，草莓味的。」

路天峰苦笑，他對樊敏恩吃了什麼口味的雪糕毫無興趣，但仔細一想，這好像是他布置監視任務時半開玩笑對大家說出的要求，看來童瑤這人認真得有點過頭了。

「下午可千萬要小心一點。」

「好的，不過老大……」黃萱萱不無擔憂地說，「我們到底要防備什麼？」

「我也不知道。」路天峰無奈地說出了心裡話。

5

四月十五日，第三次迴圈，下午兩點四十分，D城大學禮堂。

由於從D城機場返回市區的路上遇到了塞車，駱滕風一行比原定計畫晚了一些才抵達，但他的風度和氣派依然讓在場的大學生為之折服。再加上這位霸道總裁剛登台的第一句話，就是為自己的遲到而道歉，瞬間挽回了不少好感度。

駱滕風說的第二句話，就是向大家鄭重介紹一位「顏值極高的編外學姐」，並邀請陳諾蘭上台講話。表面上看來，是因為路上堵車浪費了不少時間，來不及繞路把陳諾蘭送回風騰基因了，駱滕風才臨時改變安排，帶著她一起出席D城大學的活動。但實際上只要細想一下就明白，駱滕風如果不是心裡想讓陳諾蘭多在公眾面前曝光的話，大可讓她半途下車，自行返回公司，又或者將她帶到現場，但不做任何高調宣傳。

可是駱滕風卻選擇了以這樣一種方式，來回應近期滿大街流傳的緋聞，實在有點出乎路天峰的意料。

陳諾蘭邁著自信的步伐上台，又微笑著向大家揮手致意，而路天峰總覺得她的目光在有意無意地避開自己。

「我很羨慕在座的各位，能夠成為D城大學的一份子，這也是我童年以來的夢想。」陳諾蘭的開場白也讓學生們對她的好感度大增，這次講座的現場氣氛比起第一次迴圈時更加融洽。

那麼「編外學姐」的稱謂是怎麼回事呢？連路天峰也是直到這一刻才知道，原來陳諾蘭還是高中生的時候，就曾經好幾次跑來D城大學旁聽生物系的課，只不過最後她並未在國內讀大學，而是選擇了出國讀書。

陳諾蘭簡單地講述了自己在風騰基因內部工作的感受，以員工的身分闡述這家公司的優點，但又並非一味盲目地吹捧和討好，顯得特別真誠。路天峰在台下聽著就覺得，這樣一來對風騰基因的正面宣傳效果要比駱滕風的獨腳戲好上一大截。

所以當駱滕風再次登台時，現場的熱烈氛圍達到了另一個高潮，甚至讓人有種置身明星演唱會現場的錯覺。

現場越是熱鬧，路天峰的心裡就越是苦澀，他心神不寧地掏出手機，給黃萱萱發了一條訊息：「門外有什麼動靜嗎？」

「沒有，一切正常。」隔了幾十秒，黃萱萱又發來一條訊息：「老大，你在擔心什麼嗎？」

路天峰有點為難，一時之間不知道該怎麼回覆。黃萱萱跟第一次迴圈的時候一樣，坐在禮堂的最後一排，離出口位置很近，不過這次她並沒有聽見外面傳來的抗議聲。

也就是說，在這次迴圈裡，逆風會成員的行動軌跡也發生了變化。

想到這裡，路天峰根本就沒有心思再聽駱滕風的高談闊論了，譚家強和徐朗兩張臉在他的腦海裡來回閃現，揮之不去。

最後，他還是決定讓黃萱萱先發制人。

「你現在去一趟生物系教學樓，到系辦公室找一位叫譚家強的老師。」

「好的，然後呢？」

路天峰想了想，還真沒什麼太好的辦法。

「你只需要拖住他，別讓他有機會接觸駱滕風。」

「明白。」雖然這個命令有點莫名其妙，但黃萱萱還是乾淨俐落地答應了。

路天峰回頭目送黃萱萱離開禮堂，這時候現場也進入了聽眾提問的部分，前面的第一個問題他沒聽清楚，但依稀覺得是跟第一次迴圈一模一樣的內容。

然而接下來那名學生的提問，卻讓路天峰有種五雷轟頂的感覺。

「請問駱總，據我所知，RAN技術誕生不足十年，以醫學界的標準而言，它還沒有經過夠長的時間考驗，那麼我們如何確信RAN技術的安全性呢？」

讓路天峰震驚不已的，並非這個問題本身，而是那個身材瘦削、拿著麥克風發問的男生，竟然是徐朗！他為什麼沒有埋伏在教學樓準備襲擊駱滕風？既然徐朗出現在這裡，那麼譚家強是否也改變了原定計畫？

路天峰下意識地握緊了拳頭，全神戒備，警惕地打量著四周的聽眾。

遇到這樣充滿敵意的問題，在台下負責替提問者傳遞麥克風的主持人神色非常尷尬，反而是站在台上的駱滕風依然面帶笑意，若無其事。

「這個問題非常有深度，不愧是我的學弟。」駱滕風竟然先給了徐朗一頂高帽，然後話鋒一轉，

「但療效和副作用的矛盾，是醫學界數百年來研究不止、爭論不休的話題，RAN是否有安全隱患也不是三言兩語就能說清楚。我只能向大家保證，我和我的團隊已經使用了一切最先進的技術，和最嚴苛的檢驗標準，來論證RAN技術的安全性，迄今為止也並未發現任何安全問題。」

站在觀眾席上的主持人臉上一直帶著僵硬的微笑，等駱滕風話音剛落，就想奪回徐朗手中的麥克風，可徐朗又大聲說道：「雖然風騰基因沒有檢測出安全隱患，但最近兩年來，先後有好幾位專家學者都指出了RAN技術的缺陷，可這些言論全部被輿論封殺了。這難道不是風騰基因的公關手段嗎？」

駱滕風的臉色一沉，這名學生的提問，已經遠遠超出一般學生能夠掌握的資訊了，但他還是一副鎮定的樣子，不慌不忙地答道：「其實你說的這些言論，我們內部技術人員都非常認真地研究過，不過目前依然無法印證這些所謂專家學者的空想。」

「說白了就是RAN技術至今還沒害死人，所以它就是安全的，對吧？」徐朗詭異地笑了笑，「革命果然還是需要流血的啊！」

此言一出，全場譁然，徐朗的提問已經有點無理取鬧了，而駱滕風的神情也變得很不自然。路天峰緊繃的神經更是到了極限，他的手探入懷裡，隨時準備掏槍應對突發情況。

「這位同學，我希望你能去好好瞭解一下相關知識再來跟我討論……」

「但RAN技術已經害死人了，不是嗎？你們公司的主管張翰林和高俊傑，他們為什麼被殺，駱總難道心裡沒數嗎？」徐朗幾乎是聲嘶力竭地說道。

這下子不僅駱滕風的臉色變得更難看，連路天峰也大吃一驚，為什麼徐朗會知道這些警方嚴密封鎖的內部消息？

禮堂一片譁然，大家議論紛紛，現場瞬間變成了嘈雜的菜市場。兩名保全衝上前去，想要按住徐朗。

徐朗跳到後排座位上，試圖逃跑，邊跑邊喊道：「還會有新的犧牲者出現，大家等著瞧吧！」

「安靜，請大家安靜……」主持人試圖維持秩序的聲音顯得微小而無助。

「萱萱，立即返回禮堂！」路天峰緊急呼叫救援。

「收到。」黃萱萱的語氣充滿困惑，但路天峰來不及跟她解釋了。

路天峰怕事態進一步失控，連忙一個箭步衝上講台，用身體護著駱滕風和陳諾蘭，準備帶他們由側後方的安全門離去。

沒想到人群之中又發出一聲高喊：「駱滕風，新的犧牲者就在這裡！」

人群當中發出一聲淒厲的尖叫，路天峰循聲望去，原來譚家強也潛伏在會場之中！不僅如此，他手裡還拿著一把明晃晃的匕首，並且粗暴地用手臂勒住了坐在他旁邊的女生的脖子。

路天峰認得被劫持的那個女生，她在第一次迴圈時曾經羞答答地上台向駱滕風獻花。

「我是警察，放下武器！」在群眾生死面前，路天峰也顧不得掩飾身分了，直接拔槍瞄準了譚家強。

「警察？警察有什麼用，任由風騰基因橫行霸道，你們還要替他保駕護航。」譚家強不僅毫無懼色，反而狂笑起來，匕首的鋒刃貼上了女生的脖子。被劫持的女生嚇得花容失色，眼淚不停地往下掉，身子搖搖晃晃，像是隨時都會倒下。

「你劫持一個無辜的女生，又有什麼用？放開她吧，有話慢慢說。」意識到這位老師已經失去了理智，路天峰緩緩將槍口對準了譚家強。

「警官，你一定沒聽說過，只有用無辜者的鮮血才能喚醒麻木的圍觀群眾。」譚家強眼中散發出瘋狂的光芒，匕首幾乎要插入女生的頸部了。

「最後警告一次，放下武器……」

路天峰的手有點微微發抖，這並不是因為他面臨著生死抉擇，而是因為眼前這一幕太像上一次迴圈中，白詩羽在婚宴現場被劫持的情景了。

簡直就是同一齣劇本，只是換了時間、地點和角色而已。

為什麼會這樣？

「太遲了！」譚家強詭異地一笑，手中的匕首用力一劃，女孩雪白的脖子上頓時多了一道細細的血痕。

「砰！」幾乎在同一秒鐘，一顆子彈正中譚家強的眉心，他幾乎沒有什麼掙扎，直挺挺地後仰倒地。

學生們尖叫著，哭喊著，爭先恐後地往出口方向逃跑，有人摔倒在地，發出淒慘的叫聲，繼而有什麼東西被撞翻了、打碎了……各種可怕的聲音此起彼伏，現場宛如人間煉獄，混亂不堪。

路天峰衝上前，攙扶著那名受傷的女孩，只見她雙手死死捂著自己的脖子，鮮血不停地由她的指間滲出，把她的衣服染成了深紅色。

「冷靜，別慌張。」路天峰想替她包紮，但實在無從下手。

女孩的臉色變得越來越蒼白，她的嘴唇顫動著，卻說不出一個字來。沒過多久，女孩終於垂下了捂著脖子的手，她的身體變得軟綿綿的，沒有一絲力氣，靠在路天峰的胸膛上。路天峰脫下身上的衣服，替她按壓住脖子處的傷口，可血還是不停地湧出來，讓這舉動顯得徒勞無功。

「老大，怎麼回事？」黃萱萱終於返回現場，她好不容易才逆著人潮衝進禮堂，第一眼就看見了如此慘烈的一幕。

「快叫救護車！」明知已經回天乏術，也知道女孩可以在下一次迴圈當中「復活」，路天峰的心情依然非常沉重。

他不忍親眼看著這樣一條年輕而鮮活的生命，在自己的懷中慢慢凋零。

「堅持住，別閉眼，你會沒事的。」他不斷鼓勵女孩，而女孩的目光卻漸漸變得呆滯，失去了焦點。

黃萱萱也伸出手來，幫忙按壓女孩的傷口，看起來血好像漸漸止住了，當然也有可能是因為再也沒多少血能流了。

女孩動了動紫青色的嘴唇，好像說了聲什麼，但沒人能聽得清，然後她就慢慢合上了眼睛。

「老大……她不行了……」

路天峰一言不發地將女孩的屍體平放在地上，再轉頭看向譚家強，眉心中槍的他，倒是死得痛快。

這時候，他才注意到蜷縮在角落裡的陳諾蘭，她嚇得臉色蒼白，雙腳發軟，一副連站都站不穩的樣子，全靠駱滕風的攙扶才沒倒下。

駱滕風如同戴著人皮面具一樣，看不出他的情緒變化，但路天峰注意到他的肩膀在不停地顫抖，看來這一幕同樣給他帶來了極大的衝擊。

路天峰站起身來，出於本能想走過去安慰陳諾蘭，卻突然意識到自己的雙手和身上全是血，剛邁開的步子又停住了。

黃萱萱敏銳地察覺到了什麼，她擦了擦手上的血，走到陳諾蘭身邊，說：「駱總、陳小姐，我先帶你們離開這裡吧。」

「等一下。」路天峰深深吸了一口氣，強迫自己鎮定下來，「萱萱，你帶人搜索校園，一定要找到一個叫徐朗的男生，他與這次事件有著密切關聯。」

「知道了……」黃萱萱的語氣中出現了少見的猶豫，畢竟剛才路天峰一個莫名其妙的指令就把她調離了現場，一轉眼的工夫禮堂裡卻死了兩個人，很難說這兩者之間有沒有因果關係。

路天峰有意忽略了她的猶豫，只是催促一句：「快去吧，這裡交給我。」

黃萱萱離開後，路天峰也走到了駱滕風和陳諾蘭身邊，駱滕風依然紳士地用手攙扶著陳諾蘭，而陳諾蘭似乎還沒從震驚之中恢復過來。

「我們走吧。」路天峰從嘴裡擠出這四個字來。

「去哪裡？」駱滕風還能平靜地發問，陳諾蘭則是一直死死盯住兩具屍體，緊咬嘴唇。

「回警局，有些問題我需要搞清楚。」

「警局？」駱滕風皺了皺眉頭。

「今天在駱總身邊已經接連死了三個人，我覺得你還是跟我到警局會更安全。」

「哪三個人？」駱滕風問。

「除了眼前這兩人，還有今天中午在機場被打倒在地的那名年輕男子，他被送到醫院後搶救了兩個多小時，最終還是沒救回來。」

駱滕風沉默了好一陣子，才說：「他們的死應該跟我沒有直接關係吧？」

「我不知道。」路天峰直直地看著駱滕風，駱滕風也毫不畏懼地迎上了他的目光。

「那我們走吧。」

6

四月十五日，第三次迴圈，下午四點。

路天峰靜靜坐在警局審訊室內，雙手托腮，隔著單向玻璃牆觀察分別坐在兩間審訊室內的駱滕風和陳諾蘭。

在這次迴圈裡，X至少布下了機場和D城大學禮堂兩處死亡陷阱，路天峰暫時還想不通X是如何做到這一點的，但他堅信在警局裡面，X再也沒有搞小動作的機會了，駱滕風和陳諾蘭相對會安全一些。

路天峰也正好趁此機會喘一口氣，回憶和整理一下今天所發生的種種事情。

「老大，你在這裡啊。」余勇生躡手躡腳地走了進來，生怕打擾到路天峰似的。

「莫睿帶回來了？」

「是的，不過他一再宣稱什麼都不知道……我看他還真不像是在說謊。」余勇生說話也有點吞吞吐吐，可能他的內心也在懷疑路天峰到底在搞什麼。

「那我先去見一下莫睿，駱滕風那邊交給你了。」

「我……我該問他些什麼？」余勇生還真有點糊塗。

「詢問他關於逆風會和D城大學的事情。我剛剛發現，駱滕風和陳諾蘭兩人都跟D城大學有交集，所以植根於D城大學的逆風會，也許跟這件事還有更深層次的關係。」

「連嫂子也牽涉在內？」

「在工作中，她就是陳諾蘭，不是什麼嫂子。」路天峰正色道。

「明白明白。」余勇生連聲應道。

在另外一間審訊室內，路天峰見到了莫睿。這個男人的長相毫無特點，很容易被忽視。如果不是有著每隔半分鐘就要聳一下肩膀的習慣，那他真是一個做間諜或者臥底的最佳人選。

「莫先生，你好。」

莫睿的目光游移不定，似乎心事重重，他用乾澀的聲音道：「警官，我一向奉公守法……」

「別扯這些有的沒的，我只想問你一件事。」路天峰看準了莫睿的性格，直截了當地問道：「今天晚上，你是不是接了一件特別的活兒？」

「沒有啊，這些天我一直在劇組裡頭，今晚有我的戲……」他的肩膀又聳了一下。

「沒有其他人來找過你，讓你去別的地方嗎？」路天峰盯著莫睿的臉，希望找到對方撒謊的蛛絲馬跡。

「啊？你說什麼？」莫睿完全就是一臉茫然，看起來不像在說假話。

路天峰想了想，換了一個提問的方式：「你平時都是怎麼接到劇組工作的呢？」

「我們混影視圈的人，自然有自己的門路啊，比如經紀公司之類的……」

「在警局裡頭最好實話實說，你哪來的經紀公司？唯一一家掛的經紀公司就是你自己開的，只有你一個正式員工。」

路天峰把資料擺在桌上，莫睿吐了吐舌頭，苦笑起來。

「大哥，你都查清楚了還問我幹嘛……」

「別在這裡嬉皮笑臉的，難道你忘了上次攜帶危險物品乘坐地鐵的事情？要是你不好好配合，我倒想看看哪個劇組會錄用有案底的十八線演員。」

莫睿好像被嚇了一跳，整個人身子往後縮了縮。

「我……我很配合啊……我的工作一般都是圈內朋友介紹的，畢竟我懂的東西比較多嘛，除了當替身演員之外，我還可以做場務、道具、爆破，什麼髒活累活我都幹，所以在圈內的人緣還不錯，經常有人替我介紹工作的。」莫睿一口氣說了一大通。

「最近幾天有誰聯繫過你，向你介紹新工作嗎？」

「沒有，真的沒有……大哥，我上星期就進劇組了，根本沒空接別的活啊！」

路天峰心裡納悶得很，如果是這樣，為什麼在上一次迴圈中，莫睿會出現在白家婚宴現場，並引發了一系列的事件？

唯一的可能性是，X直到上一次迴圈的白天才緊急聯繫上莫睿，並以重金為餌，安排他前往天楓星華酒店。但上一次迴圈所發生的事情，如今已經無從查起——

真的沒辦法了嗎？

這時，路天峰的眼睛一亮，拿出一台平板電腦，調出了這起案件的相關人物相冊。

X不太可能臨時抱佛腳去找一個不入流的演員來執行計畫，更大的可能性是莫睿和X以前在其他場合見過面，兩人是有過交集的。

「你看看這裡有沒有你認識的人。」

「這人我認識啊！」沒想到只是第一張照片，莫睿就說認識了，「駱滕風嘛，有誰不認識他啊！」

「我說的認識，指的是你在現實生活中打過交道的那種。」路天峰覺得又好氣又好笑。

「那就不認識了。」莫睿聳聳肩。

下一張圖片是樊敏恩，莫睿笑道：「這個人我也知道，樊敏恩，駱滕風的老婆。當然了，我還是不認識她。」

「你倒是見多識廣啊！」

「幹我們這行的，什麼新聞都要關注一下。」

然而接下來的張文哲、高緲緲，還有陳諾蘭、鄭遠志等人，莫睿就完全不認得了。

「這些人你從來沒見過？」

「沒有，如果見過，我一定有印象。」

那麼到底是因為X不在其中，還是說X真的只是用了一個上午的時間，就臨時找到了莫睿去白家婚宴上搞小動作？

「對了，你認得這些人嗎？」路天峰靈機一動，又調出了剛剛收到的譚家強和徐朗的檔案證件照。

「這個小夥子不認識，這個……好像是D城大學的老師吧？叫什麼名字忘了。」

「譚家強。」

「哦，對，譚老師，我上過他開設的選修課，不過忘記課程名稱叫啥了。」莫睿摸了摸腦袋。

「你是D城大學畢業的？」路天峰沒想到自己一試，還真試出來一些意外資訊。

「看起來不像對吧？」莫睿自嘲道：「其實無論是哪所重點大學的畢業生，都有混得不好的。」

又是D城大學，這似乎是所有人命運的交會點。

「你也是生物系的？讀書時認識駱滕風嗎？」

「不，我讀社會系，當年選譚老師的課純粹是為了混學分，駱滕風跟我好像不是同一屆的吧。剛才我也說過了，我不認識他。」

「你聽說過逆風會嗎？」

「什麼？不知道。」莫睿矢口否認。

為什麼會是D城大學？為什麼會是莫睿？

X選中這個人一定是有原因的，莫非X本身也是D城大學的學生或者老師？

路天峰陷入了沉思，眼前的線索如同一團弄亂的毛線，根本看不清線頭在哪裡。

「這位大哥……我可以回去了嗎？今晚這場動作戲非常重要呢，少了我這個武打替身可不行。」

莫睿皮笑肉不笑地問。

「再等一下。」路天峰拋下這句話，也沒理會莫睿有何反應，就直接離開了審訊室。現在他的腦海裡有一個模模糊糊尚未成形的想法，但他有預感這應該是個突破口。

所以現在他要再和駱滕風好好談一下。

在此之前，他想先跟陳諾蘭私下說幾句話。

「辛苦你了。」路天峰再三斟酌，最後選了這樣一句開場白。

坐在他對面的陳諾蘭抬起頭來，眼裡全是疲倦之色。

「我還好，你呢？」

「早就習慣了……」路天峰還是不太習慣在這樣的場合跟陳諾蘭對話，他歎了歎氣，有點生硬地說，「我這是在執行任務。」

「我知道。」陳諾蘭輕輕點了點頭，今天一整天，這對情侶就像陌生人一樣，幾乎毫無交流，正如當初路天峰對她所叮囑的那樣。

「那你知道我為什麼把你們帶回警局嗎？」

「我不知道，但你一定有你的理由。」她微微一笑，「所以我一點都不擔心。」

「我只能告訴你，現在駱滕風的生命遭到威脅，警方正在保護他。更詳細的情況，就不能再透露了。」

陳諾蘭眨了眨眼，並沒有顯得太過吃驚，似乎早已經猜到了。

「所以有什麼地方是我能幫忙的嗎？」

「我懷疑犯人和D城大學之間存在某種關聯，駱滕風當年也是D城大學的學生，這一切恩怨的起源，也許要追溯到他的大學時代。」路天峰輕輕敲了敲桌子，「你是駱滕風最信任的下屬，他曾經對你提及過自己的大學生活嗎？」

陳諾蘭想了想，搖頭道：「好像沒有。」

「從來沒有嗎？」路天峰托著下巴，沉吟道：「你不覺得奇怪嗎？駱滕風在學校裡是風雲人物，做畢業設計時研究出RAN技術的雛形，以本科生的身分獲得驚人的技術突破，這全是足夠他吹噓一輩子的榮耀啊！」

「也許他只是不愛出鋒頭？」陳諾蘭不太確定地問。

「你看他今天參加講座時有條不紊、侃侃而談的樣子，再加上隔三岔五地上報紙頭條，像是那種不愛出鋒頭的人嗎？」路天峰把桌子敲得更響了，「他只是不願意提及自己的大學時代而已。」

「為什麼呢？」

「這也正是我最想知道的問題。」而想要知道這個問題的答案，就只能找駱滕風了。

「終於輪到我了嗎？」駱滕風雖然看起來有點累，但精神好像還不錯。

「很抱歉，駱總，有些事情我必須向你確認一下。」路天峰翻開了面前的筆記本，「希望你配合。」

「我一向很配合。」

「那麼請問一下，你和逆風會之間到底是什麼關係？」

「逆風會嗎？」駱滕風的眉頭上挑，「他們就是一個沒事找事、處處跟我作對的民間組織，不足為患。」

「可以說實話嗎？」路天峰稍稍提高了音量。

「這就是實話。」

「然而譚家強為了抹黑風騰基因，竟然殺死了一個無辜的女生。」路天峰把身子向前傾，咄咄逼人地問，「你們之間到底有什麼深仇大恨？」

駱滕風的目光低垂，似乎想隱瞞些什麼。

「與你大學時代的經歷有關，對吧？其實即使你不說，我們也可以想辦法去查，只不過會浪費更多時間。」

駱滕風終於慢慢開口了：「這只是一場誤會……」

「誤會？」路天峰的眉頭擰成一團。

7

駱滕風說出了他大學時代的故事，至少是故事的其中一個版本。

當年的駱滕風雖然學習成績並不搶眼，但能說會道，擅長交際，先後參加過好幾個社團，而且在每個社團裡面都能做出耀眼的成績，久而久之，他就成了大家眼中的校園風雲人物。

當駱滕風進入大四，面臨畢業論文、就業前景等一系列現實問題時，他做出了一個讓人驚訝的決定——他毅然選擇了在生物系諸多老師之中，以極度嚴苛著稱，連續好幾年都沒有指導過本科生畢業論文的生物醫學界泰斗周煥盛作為自己的導師。

周煥盛對駱滕風的選擇表示難以理解，於是私下約見駱滕風，告訴他自己是個標準非常高的人，如果不是學校強制要求每位老師必須向學生開放挑選導師的權利，他根本不想攪和到本科生畢業論文這種「毫無技術含量」的事情裡頭。

周煥盛甚至直接勸說駱滕風更換導師，沒想到駱滕風也是倔強，堅決不肯，說自己覺得跟著周煥盛才是最有前途的。

無奈之下，周煥盛只能帶著這位資歷不足的學生參與自己的項目，並決定找一些不太重要的內容讓駱滕風嘗試跟進，想辦法替他弄一篇品質過關的畢業論文，就萬事大吉了。

然而駱滕風的表現卻超乎周煥盛的預期，雖然在最初階段駱滕風跟不上周煥盛實驗室裡那幾個碩士生和博士生的節奏，但沒過半個月，聰明伶俐的駱滕風就漸漸成為得力幹將，一個月之後，他已經熟練得不像一名本科生了。

周煥盛對駱滕風刮目相看，開始勸說駱滕風報考自己的研究所，並表示只要駱滕風考試過關，保證會將他招入門下。駱滕風並沒有立刻就答應，因為他自己也在工作就業和繼續攻讀更高學位之間搖擺不定，但能夠成為周煥盛的弟子，對有志投身生物醫學領域的年輕人而言，肯定是個極大的誘惑。

駱滕風猶豫了一個多星期，正當他準備答應周煥盛時，事態又發生了微妙變化。

當時周煥盛已經投入了多年的時間和精力研究基因療法，但總是卡在幾個技術瓶頸上，遲遲無法突破。駱滕風加入團隊後，曾經提出了很多異想天開的觀點，可惜周煥盛對這些想法總是一笑置之，勸說駱滕風潛心鑽研學術，不要老是想著走捷徑。

而隨著駱滕風在團隊內慢慢確立地位，他提出的一些「怪方法」也終於獲得了初步實踐的機會。當然，駱滕風的大部分「創新思路」最終都被證明無效，但他提出的某個看似「絕對行不通」的想法，卻陰差陽錯地解決了一直困擾著周煥盛的難題。

停滯多時的研究進度終於有了重大突破，駱滕風聽到消息後也是滿心歡喜，想藉此機會答應成為周煥盛的弟子，大展拳腳。

沒料到周煥盛與駱滕風再次見面後，竟然收回了之前招收他為研究生的承諾，並勸說駱滕風別再走科研這條路了。

駱滕風自然是驚愕萬分，並且有點憤怒，他不明白為什麼自己替導師攻克了一個棘手的難題之後，導師不但不嘉獎他，反而勸他退出學術領域。

按照周煥盛的說法，是他覺得駱滕風很聰明，甚至可以說有點太聰明了，而太聰明的人往往不願意踏踏實實做學問。周煥盛原本以為讓駱滕風嘗試一下他那些所謂的新方法，等他遭到挫折之後就會明白踏實研究的重要性，沒想到歪打正著，駱滕風還真的解決了一個以常規方法不能解決的問題。

「自此以後，你會更沉迷於尋找捷徑，而忽略了基礎。」

「但只要是能解決問題的方法，就是好方法，不是嗎？」

「總有一天，你會知道那樣是不對的。」周煥盛長歎一聲，這是師徒兩人最後一次平心靜氣的促膝長談。

那天過後，駱滕風申請更換導師，並專注於以他獨有的思路去研發基因療法，最終在本科畢業後研發出震驚世人的ＲＡＮ技術；而周煥盛則多次在公開場合表示對駱滕風的質疑，認為駱滕風的能力不足以主導技術研發工作。

師徒之間的矛盾激化程度，在駱滕風首次發表關於ＲＡＮ技術的論文時達到了巔峰，周煥盛認為論文的技術水準不過關，而且駱滕風還剽竊了自己的實驗資料，聲稱一定要把他告上法庭。

然而兩人還沒來得及對簿公堂，周煥盛就神祕地失蹤了，當時他在家中留下一張字條，說要出門散心，隨後就人間蒸發了。由於周煥盛平日就不常跟人來往，有時候會把自己關在家裡，接連幾天閉門不出，所以直到他出走之後的第五天，才有人注意到他的消失，並連忙報警。

警方翻查了好幾天的監控影片，都沒能確認周煥盛是什麼時間、透過什麼方式離開的，更無法尋找他的下落。就這樣大海撈針似的翻查了大半個月，周煥盛依然下落不明，只能列為失蹤人口處理。

由於當年RAN技術還未真正引起公眾關注，知道這段逸事的人並不多，只是在D城大學內部和專業圈子裡流傳著一些版本。後來駱滕風出名了，風騰基因漸漸坐大之後，也花了不少錢做輿論公關，把這一段容易引人遐想的往事從網路上抹得一乾二淨。

「而逆風會處處針對我，是因為他們一直以為當年是我害死了周煥盛。」駱滕風總算說完了這一大段話，長舒了一口氣。

路天峰反倒皺起了眉頭：「按你的說法，逆風會的真正目的是替周煥盛報仇？」

「我認為是這樣的。」

「那譚家強跟周煥盛到底是什麼關係？」

「誰？」駱滕風瞪大了雙眼，「我不認識什麼譚家強。」

「就是剛才在禮堂襲擊女學生的那個男人，他是生物系老師，也是逆風會的幕後組織者。」

「路隊，你們搞錯了吧？逆風會的創始人和組織者可是周煥盛的兒子啊！」

「什麼情況？」路天峰還真是被嚇了一跳，他一直以為譚家強就是逆風會的首腦，「你的消息來源可靠嗎？」

駱滕風說道：「逆風會針對風騰基因已經好幾年了，難道我就不會派人去起他們的老底嗎？」

「這樣說來，你早就知道這個組織了？」路天峰開始快速地回憶前面兩次迴圈當中，駱滕風聽到「逆風會」這三個字時的反應。

駱滕風曾經表示過不屑，也會冷笑著嘲諷他們，但真的好像從未表現過驚訝，而且他還說過自己在論壇上跟逆風會的人吵過架。

「是的，路隊是最近才開始調查他們吧？」

路天峰有點哭笑不得，他當然是接手了駱滕風的案件才會關注逆風會的消息，而且實際上他是在第一次迴圈時才聽聞這個組織。短短一天時間調查所得的資料，當然比不上駱滕風數年的積累。

「那麼周煥盛的兒子到底是什麼來頭呢？」

「周煥盛因沉迷工作忽略家庭，結婚沒幾年就離了。後來妻子帶著年幼的兒子周明樂移民美國，父子之間也主要是透過書信交流，多年來只見過兩次面而已。在周煥盛神祕失蹤後，周明樂就聯合他父親的幾位好友成立了逆風會，專門針對我。」

「難道周明樂現在人還在美國嗎？」

駱滕風攤開雙手：「那我就不知道了，畢竟我不是警察嘛。逆風會的大部分行動他都可以透過網路遠端操控，國內這些人都是他的傀儡而已。另外，周明樂現在應該不叫這個名字了，他的母親已經改嫁。他好像是改了個英文名，但我確實查不到更多關於他的資料了，國內的私家偵探也不怎麼可靠。」

「周明樂……」路天峰喃喃地重複著這個名字，又憑空冒出了一個新的嫌疑人，他的內心有點崩潰。下一步該去調查誰呢？

「路隊，我們這邊可以結束了嗎？」駱滕風看了看腕上的手錶，「今晚那場婚宴我可不能遲到呢。」

「再等一會兒，我跟你一起去酒店。」

8

離開警局之前，路天峰聽取了各方彙報，並在腦海裡快速整理了一遍。

樊敏恩的舉動還真是大出所料，她一直窩在家裡，直到下午三點多才出門做頭髮，買了兩件新裙子，然後就回家折騰她的化妝品，為晚上參加宴會做準備。這個在上一次迴圈中充滿謎團的女人，在本次迴圈中卻幾乎什麼都沒做，難道她不是關鍵人物？

張文哲和高緲緲則一直留在公司，兩人既沒有出門，彼此之間也沒有特別的交流，就像今天只是一個普普通通的工作日一樣。

莫睿在接受問話後，乘坐計程車返回了位於郊區的劇組，看來他在這次迴圈裡面真的不會跟白家婚宴產生任何關聯了，這進一步說明X很可能是在第二次迴圈的上午才接觸莫睿，並把他當作棋子使喚的。

中午時分在機場發生的衝突事件也已經有了初步調查結果，發生爭執的雙方並無積怨，可以說純屬偶然，動手打人者目前還在拘留當中，很可能會被起訴過失殺人。

而D城大學的血案性質更加惡劣，雖然各大主流媒體收到了封口令，只發了一篇簡短的通稿文章，但滿大街的自媒體紛紛爆料，眾說紛紜，更有好事者加油添醋，繪聲繪影地描述出一段不堪入目的故事，將遇害女生說成是譚家強和駱滕風共同的祕密情人，並把案件定性為情殺。

剛剛經歷了如此驚心動魄的場面，公司也處於輿論的風口浪尖，駱滕風竟然還有心思惦記著出席別人的婚禮，這個男人的心臟難道是鐵鑄的嗎？

陳諾蘭的表現就相對「正常」多了，她坐在審訊室裡面，臉色蒼白，一副心神不寧的樣子，路天峰看在眼裡，頗為心疼，於是走過去悄悄地問：「要不，先送你回家？」

「你有空嗎？」陳諾蘭的眼裡先是閃過一絲喜悅，然後很快就意識到應該是自己理解錯了，路天峰現在怎麼可能會有時間送她回家？

路天峰臉上的笑容也有點尷尬：「我還有點事，可以讓同事送你回去。」

「不用那麼麻煩了，我自己回去就好。」陳諾蘭有點冷漠地站起身來，「是不是現在就可以走了？」

「是的，但是……」

「我沒問題的，放心吧。」與路天峰擦肩而過的時候，陳諾蘭用不太自然的聲調說道：「你要注意安全啊。」

「對了，你今天晚上有什麼安排？」路天峰突然想起，陳諾蘭在前兩次迴圈裡都出席了白家的婚宴，難道這次她不去了嗎？

「原本是要陪老闆去應酬的，但現在有點頭暈，乾脆回家睡覺算了。」

「那你……回去好好休息吧……」路天峰有點發愣，心裡隱隱約約捕捉到某些東西，但又說不出來。

恍惚之間，陳諾蘭已經離開審訊室，而路天峰一個人呆呆地站了好一會兒，突然一拍腦袋，大喊一聲：「我明白了！」

他想通了關於莫睿的那條線索——

既然莫睿今天沒有出現在天楓星華酒店，而且再三盤問也顯示真的沒有人委託他前往白家婚宴現場，那麼可以推斷出X是在第二次迴圈的白天與莫睿見面。雖然已經無法調查第二次迴圈的具體情況，但X為什麼選擇這個時機約見莫睿呢？肯定是因為X知道婚禮上有秦達之這個人存在，甚至X看見了秦達之攜帶著那把自製的紙匕首，所以才想出利用秦達之製造混亂的計策。

順著這個思路推理，X只有在第一次迴圈當晚出現在婚禮現場，才有機會看見秦達之和他攜帶的武器，因此X一定是現場賓客中的一員！

路天峰有一種豁然開朗的感覺，他甚至好像一下子就看穿了X的整體戰術思路——X在每一次迴圈當中，都在尋找有可能引發連鎖反應，製造混亂場景的機會，然後以特定的戰術引發混亂，並在多次對比測試之後，在最後的第五次迴圈當中使用最穩妥的方案來行凶。

白家的婚宴、D 城大學的現場活動、機場的遊客鬥毆……回想這一系列的事件，都完全符合路天峰的推斷，他終於抓住這隻狡猾老狐狸的尾巴了。

在警方的重點嫌疑人列表中，樊敏恩、張文哲和高緲緲都出席了第一次迴圈的白家婚宴，路天峰基本可以鎖定 X 就是這三人之一。

路天峰越想越興奮，大腦飛速運作，為什麼今天的事態發展與前兩次迴圈大相徑庭呢？他想到一個非常合理、而且可能是唯一合理的解釋了。

駱滕風的晨跑計畫被改變了，證明 X 一定是在清晨六點之前就做了某些事情，從而影響了整個迴圈的進程，而且機率最高的可能性是 X 直接與駱滕風本人發生了互動。

能夠在凌晨時分跟駱滕風互動的人，不就只有樊敏恩嗎？

想到這裡，路天峰立即撥通了童瑤的電話。

「替我盯死樊敏恩，她現在的嫌疑很大！另外，替我查一下樊敏恩在今天凌晨零點到六點之間，有沒有跟什麼人聯繫過。她的通話記錄、網路通訊記錄，都徹查一遍。」

「明白了，順帶問一句，你那邊的事情還沒結束嗎？樊敏恩在不斷地抱怨，說她正等著駱滕風回家，跟她一起去參加婚宴呢。」

「別管她說些什麼，盯緊她的一舉一動，絕對不能鬆懈，我讓程隊多派兩個人給你。」路天峰心底湧起了莫名的緊張和激動。

樊敏恩，你會是 X 嗎？

天楓星華酒店，白家婚宴現場。

這一次既有人缺席，也有人意外出現。

路天峰萬萬沒想到，竟然會在酒店的臨時指揮中心裡見到程拓。

「頭兒，你怎麼過來了？」

程拓的臉上滿是憂色，說道：「今天的進展似乎很不順利啊！」

「是的，在機場和D城大學都涉及人員傷亡事件，雖然事件本身跟我們的保護行動並沒有任何關聯……」

「但不知底細的媒體和線民可不是這樣想的。」程拓搶過了話頭，語氣裡帶著一絲批評的意味。

路天峰當然知道自己身為警察，帶隊執行任務時連續碰上兩起命案，怎麼說都難辭其咎，程拓要問責也是合理，但也不至於那麼著急，特地跑到任務現場來追究責任，這完全不像程拓平日的作風。

「很抱歉，是我沒有做好緊急處置工作。」

程拓拍了拍路天峰的肩膀：「別誤會了，我只是想問你，是否需要增派人手？現在你下屬的壓力也很大吧？」

「暫時還能應付得來。」路天峰說。

「關於案件，有什麼最新的想法可以一起討論嗎？今天你可是把駱滕風都帶回警局了，引起輿論的諸多猜測。」

「呵呵，就讓他們瞎猜去吧。」路天峰深深吸了一口氣，才繼續說：「回到案件本身，我現在最懷疑的人是樊敏恩。」

「她？為什麼？」程拓對這個答案似乎不太滿意。

「這個……」路天峰一下子頓住了，他的推理過程顯然是不能告訴程拓的，那該怎麼說呢？

「因為她實際上是利益關係網的最核心，雖然張文哲和高緲緲都是因為父親的死才有機會進入風騰基因，但他們在公司內部很難獲得相應的地位，犯案動機過於間接了。反觀樊敏恩，她和駱滕風的關係最為密切，一旦駱滕風出了什麼意外，風騰基因幾乎肯定會落入她手中，動機最為直接。而且我發現樊敏恩可能和她的前男友有曖昧關係，這也加重了她的嫌疑。」路天峰急中生智，現編了一段好像還勉強說得過去的理由。

程拓沒說話，只是靜靜地看著路天峰，良久才開口說道：「我不知道這次你有沒有動用祕密線人，但我知道你的線人很厲害，而你在辦案時也非常看重他的情報。」

路天峰一時摸不清程拓的心思，乾脆緘默不語。

「然而我擔心的是你太過依賴線人提供的線索，從而忽略了一些顯而易見的東西。」程拓語重心長地說。

路天峰聞言心頭一震，難道自己真的是本末倒置，一心只想著利用時間迴圈的特性來破案，反而忽略了正常的偵查流程？

「頭兒，何出此言？」

「因為我覺得樊敏恩犯案的可能性是最低的。」

路天峰剛剛清理的思路，因程拓的這句話又變得混沌起來。

程拓繼續分析道：「你仔細想想，與風騰基因關係最為密切的三個人當中，只有樊敏恩是自小養尊處優、衣食無虞的，她這種人犯罪的可能性較小，而選擇使用極端暴力來殺人的機會甚至可以忽略不計。」

路天峰恍然大悟，真是一言驚醒夢中人，按照刑偵學理論，像樊敏恩這樣的人如果淪為罪犯，最大機率是經濟糾紛，而即使上升為謀殺案，也習慣使用毒藥之類相對「溫和」的殺人手法，安裝定時炸彈這種事情，實在不像出自她之手。

「反觀張文哲，在道上混了那麼多年，黑白通吃，做事心狠手辣一點可以理解。高緲緲看似是個內斂平和的女孩子，但她太內斂了，某些負面情緒長期深藏在心底，遇到變故時很容易激化和爆發，而且她是讀生物專業的，擁有理工科學生的思維。從犯罪心理角度去分析，這兩人的心理狀態都要比樊敏恩更像犯人。」

路天峰連連點頭，果然是當局者迷，旁觀者清，程拓的一席話指出了自己的思維盲點，眼下可不能光指望借助時間迴圈來破案，還需要踏踏實實地調查和分析。

「頭兒，依你所見，下一步該怎麼辦？」路天峰想聽聽程拓的建議，畢竟到了下一次迴圈，也許就沒這個機會了。

「實話實說吧，樊敏恩、張文哲和高緲緲三個人，已經被一支隊的同仁翻來覆去地調查了好多天，如果他們真有什麼問題，早就被查出來了。」

「你的意思是，X不在他們當中？」

程拓說道：「我的直覺是這樣，但我也很清楚，查案不能只憑直覺，他們三人肯定還是嫌疑最大的。」

路天峰突然想起了今天剛剛聽到的那個名字——周明樂。

「如果X是因為多年前的往事與駱滕風積怨，如今想一手毀掉風騰基因呢？」

「什麼意思？沒聽懂。」程拓皺起了眉頭。

於是路天峰把駱滕風大學畢業前後的那段往事簡單地複述了一遍。程拓越聽，眉頭皺得越緊。

「那麼周明樂現在人在哪裡呢？」

「還沒來得及去細查，按照駱滕風的說法，周明樂移民之後就音訊全無，此後只在網路上出現過，遠端遙控逆風會運作。」

「就算要動用國際刑警，也得把人找出來啊！」程拓匆匆忙忙地說：「這樣吧，這條線索由我去跟進，盡量在二十四小時內查出周明樂的下落。」

路天峰心裡暗暗叫苦，他們實際上只有幾小時，真正的調查可能得放在下一次迴圈裡了。

此時耳畔隱隱傳來婚禮進行曲，白家這場奢華的婚禮「第三次」開始了。

9

路天峰沒想到這次的婚宴全程歡天喜地，竟然沒出現任何意外狀況。端坐在人群中的秦達之似乎仍然帶著那把用紙片製成的奇特刀具，但他幾次把手伸進自己懷裡，卻始終沒有將紙製匕首拿出來。陳諾蘭沒有出席婚宴，她跟樊敏恩之間的那場衝突自然也沒發生。

而風騰基因前來參加婚宴的一行人，除了駱滕風之外，其餘幾位都有點心不在焉，畢竟現在網路上鋪天蓋地都是關於D城大學那起惡性殺人事件的新聞，也不知道會帶來多少負面影響，因此他們的心思早就飄遠了。

正因為氣氛尷尬，張文哲和高緲緲全程幾乎沒說上幾句話，駱滕風和樊敏恩之間也僅有最簡單的交流，負責監控的警察反倒樂得清閒。

婚宴進行到後半段，童瑤給路天峰打了個電話，原來她已經把凌晨時分樊敏恩的手機和網路通訊記錄徹查了一遍，但她並沒有打電話給任何人，網路瀏覽記錄也都是購物和美妝方面的，沒有可疑之處。

「另外我也順帶查了一下駱滕風的電腦使用記錄，發現他凌晨時分一直在加班，發了幾封工作郵件，沒有什麼可疑之處。」

「好的，辛苦你了……」大概是因為婚宴現場太無聊了吧，準備掛斷電話的路天峰隨口問了一句，「駱滕風的工作郵件，是他發出去的還是別人發給他的？」

「嗯，我看看……郵件很多啊……」

「你看一下今天零點之後的第一封郵件是什麼內容就可以了。」

「找到了，那是……陳諾蘭發給駱滕風的。」

「寄件者陳諾蘭，收件人駱滕風？」路天峰又確認了一次。

「是的。郵件的內容是，陳諾蘭說她經過再三考慮，認為可以嘗試一下新的挑戰，並感謝駱總的知遇之恩……好像也沒什麼不妥之處啊！」

路天峰心裡一驚，這可是大大的不妥。陳諾蘭這封郵件很可能是連鎖反應的開端，雖然目前還不知道這封郵件在上兩次迴圈當中有沒有出現，但由之前兩次原本在 ROOST 西餐廳的安排推測，陳諾蘭當時是還沒有接受駱滕風的提拔。

但在這次迴圈的凌晨時分，陳諾蘭卻主動發郵件給駱滕風，答應了他的請求，那麼駱滕風通宵加班肯定和這件事有關，而取消晨跑又跟加班有關。

路天峰猛地搖了搖頭，越往下想，就越覺得不對勁。ROOST 的早餐會取消顯然也和這封郵件有關，更何況在這次迴圈裡發生的兩起特別事件，竟然都跟陳諾蘭直接相關——在機場與 Volly 投資人的見面，是由陳諾蘭牽線搭橋的，而下午在 D 城大學的活動，陳諾蘭同樣打破了原定的命運進程，出現在講座現場。

「路隊，還有什麼指示嗎？」童瑤打斷了他的思緒，原來他還沒掛斷電話。

「暫時沒有了，辛苦你了。」路天峰草草收線，心中的疑惑有增無減。

今天下午，路天峰還想不大明白，X大費周章地在機場安排那麼一場戲到底意義何在，但如果陳諾蘭跟X是一夥的，甚至假設她就是X的話，那所有事情就都很好解釋了。

當時現場一片混亂，所有人的注意力都在發生爭執的那幾個人身上，沒有人會留意到陳諾蘭在做些什麼，就連貼身保護的黃萱萱，肯定也是面向衝突現場，隨時準備阻止閒雜人等靠近，而不會注意背後的陳諾蘭。

如果陳諾蘭想要下毒謀害駱滕風，那可是個很好的時機，尤其是事發後，她完全可以推說當時現場人太多了，自己根本不知道發生了什麼事。

而在D城大學禮堂的情況也差不多，可以說當時的現場更加混亂，尖叫聲此起彼伏，學生們只顧著四散逃竄，即使是路天峰也只能將注意力都集中在譚家強身上，無暇顧及駱滕風和陳諾蘭那邊到底發生了什麼。

想到這裡，路天峰甚至有一種立即派人去監視陳諾蘭的衝動，但是他怎麼想也想不明白，自己的女朋友哪來的動機去做這種事。

路天峰不敢說自己百分之百瞭解陳諾蘭，但在兩人相處的過程中，他能夠切實地感受到她的真誠和善良，這樣的女孩子會去殺人嗎？

路天峰再也坐不住了，他在通訊頻道裡呼叫：「勇生、萱萱，你們兩個人過來接我班，婚宴結束後護送駱滕風和樊敏恩回家。」

「明白。老大，你要去哪兒？」

「有一件非常重要的事情，我要立即去查證。」路天峰只是簡單解釋了一句，就準備離開。

沒想到駱滕風反而有點愕然，「路哥，你要去哪裡？」

路天峰轉念一想，自己的公開身分畢竟還是駱滕風的保鏢，這樣子離席確實有點不合常理，於是用謙卑的語氣回道：「駱總，我家裡有點急事要回去一趟，我的同事會負責保證你的安全。」

「原來如此，趕快去吧。」其實駱滕風只是需要在公開場合找個台階來下。

路天峰急匆匆離開宴會廳，剛走到停車場，就接到了程拓的電話。

「周明樂的下落有眉目了。」

「那麼快？」路天峰詫異萬分。

「一方面是找到局長，聯繫了他在美國的朋友幫忙，另外一方面可以說是純屬巧合，因為當年的周明樂，今天依然以另外一個身分出現在我們的視野範圍之內。」

「啊？他是誰？」路天峰走到了車子旁。

「就在幾小時前，你見過他一面。他就是 Volly 的副總裁 Steve。」

「什麼？」路天峰第一時間想到的，是駱滕風在會議上向股東們介紹，說這次全靠陳諾蘭搭線，他們才能順利聯繫上 Steve。

「陳諾蘭和周明樂是大學時代的校友，兩個人在美國就已經認識了。」

「知道了，我現在就去找她問清楚。」路天峰用最冷靜的語氣回答道，只是當他掛斷電話，坐到駕駛座上時，整個人彷彿僵硬了，手腳都不太聽使喚。

路天峰胸口憋著一股悶氣，狠狠地砸了一下方向盤，他也搞不懂自己為什麼生氣，生誰的氣，幾秒鐘之後又用力砸了一下。他突然覺得身心俱疲，只想趴在方向盤上睡一覺，天大的事都等睡醒了再說。

可他不能這樣做。

他是警察，他要保護駱滕風，要查出案件的真相。

即使這個真相會令自己遍體鱗傷。

路天峰抬起頭，咬咬牙，雙手拍打臉頰，讓自己清醒過來，然後用力把油門一踩到底。

10

細雨之中，車子以接近極限的速度一路狂奔，沒多久就來到了陳諾蘭的宿舍樓下。

其實路天峰不太喜歡來這裡，每次到訪他都有一種錯覺，覺得完全是這間宿舍導致了他和陳諾蘭的「兩地分居」。

但實際上他心裡非常清楚，兩人若即若離的真正原因，是他們對各自工作的熱愛和追求，如果彼此都不願意退讓和遷就，結果只會漸行漸遠。

路天峰來到門前，按下門鈴，但一直沒人來開門。他開始懷疑自己走錯房間，但仔細一看，並沒有搞錯，那麼陳諾蘭為什麼不應答呢？

門縫裡面看不到屋內有光線，那麼只有兩種可能：陳諾蘭沒有回來，或者她已經睡著了。當初陳諾蘭給了他一把備用鑰匙，只是他覺得幾乎沒機會用上，就把鑰匙扔在家裡了。

路天峰只好掏出撬鎖工具來開門，一邊埋頭開鎖一邊不禁苦笑，身為警察的男朋友想進女朋友的宿舍，使用的手段居然跟小偷沒兩樣。

「咔嗒——」門終於打開了，路天峰小心翼翼推門進去，屋內沒有任何人存在的氣息，溫度也好像比外面低了一兩度。

他輕輕打開燈，一眼就確認了陳諾蘭不在這裡。

她到哪裡去了？

路天峰掏出手機，猶豫了很久，還是撥通了陳諾蘭的電話。

嘟——嘟——嘟——

電話一直響著，直到快要斷線了才被接通，耳邊傳來陳諾蘭慵懶的聲音。

「喂，怎麼啦……」

「諾蘭，你在哪裡？」

「我在家睡覺呢，頭痛吃了點藥，沒什麼精神。」

「我這邊快下班了，要過去找你嗎？」路天峰只是想試探一下，看陳諾蘭會怎麼說。

「啊？我在家啊……你沒聽清楚嗎？」陳諾蘭驚訝地反問。

路天峰這才明白過來，陳諾蘭所說的「回家」，是回去他們兩人共同居住的房子，可見在她的心中，那邊才是真正的「家」。

他有點感動，也有點慚愧，只好說道：「那你等我回來吧。」

「但是人家好睏啊……等會兒你回家的時候要是發現我睡著了，可別吵醒我哦。」大概是睡意矇矓吧，陳諾蘭難得一見地使用了女孩子撒嬌的語氣來說話。

路天峰的內心非常矛盾，一方面他有一大堆問題，想當面向陳諾蘭問清楚，另外一方面，他又認為陳諾蘭的表現完全不像是犯人。

但如果陳諾蘭不是X，為什麼她的行為舉止會完全符合X的特徵呢？

路天峰閉上雙眼，陷入冥思，程拓的那句話一直迴盪在他耳邊：「我擔心的是你太過依賴線人提供的線索，從而忽略了一些顯而易見的東西。」

有什麼東西本來是顯而易見的，他卻一直沒看見呢？

路天峰猛地睜開眼，他幾乎漏了一個最重要的判斷依據。

X和他一樣，是一個能夠感知時間迴圈的人，那麼陳諾蘭有流露出這方面的跡象嗎？

這三次迴圈的點點滴滴，如同幻燈片一樣在路天峰的腦海裡快速掠過，每當有陳諾蘭出現時，他就會按下「暫停」，認真回憶陳諾蘭在那一幕裡的言行舉止。

然而一番思索過後，路天峰並沒有找到她的任何破綻。

所以下一次迴圈時的重點調查對象，將會是自己的女朋友陳諾蘭嗎？

路天峰暫時還不敢下這個結論，他一邊開車回家，一邊設想等會兒與陳諾蘭見面之後要說些什麼。與剛才趕去宿舍時的急急忙忙相反，現在他開得慢騰騰的，似乎希望這段路永遠沒有終點。

但再遠的路還是有盡頭。

路天峰站在自家樓下，抬頭就能看見客廳裡充盈著溫暖的橙色燈光，而他竟然有點不敢靠近。

「我回來了。」路天峰悄悄地打開門，用不高不低的音量朝屋內說。

沒有任何回應。

客廳裡開著燈，餐桌上有蘋果和香蕉，水壺裡還有溫水，這都是陳諾蘭為他準備的。

路天峰的心底湧起一股暖流，頓時回想起前兩次迴圈回到這屋子時，那種冷冽入骨的黑暗和孤獨，更襯托出眼下這一刻溫暖的珍貴。他躡手躡腳地走向臥室，房門虛掩著。房間裡頭只亮著一盞床頭燈，燈光調到了最暗，陳諾蘭早就抱著枕頭睡熟了，發出輕微的鼾聲。

路天峰倚著門框，看得出神，一個讓人感覺那麼溫暖的女生，怎麼可能是冷酷無情的 X 呢？

但警察的身分和責任感，又讓路天峰不得不懷疑她。最終他還是沒有進入房間，輕輕地歎了一聲，轉身退了出去。

十一點多了，現在他最需要的是冷靜下來，整理清楚這次迴圈裡面發生的種種事情。原定的比對分析計畫，因為這次迴圈中出現了翻天覆地的變化而擱淺，路天峰決定聽從程拓的建議，不要把所有賭注都押在「時間迴圈」上面。

如果按照正常的警察工作流程，應該怎樣去分析呢？

首先，這是兩個獨立的案件，第一起案件是機場遊客衝突打架鬥毆，導致一人死亡；第二起案件是在D城大學禮堂，老師殺害女學生。

而不管X是否參與了第一起案件的策畫，但路天峰可以肯定，第二起案件原本是不該發生的，所以X一定跟第二起案件的涉案人員有關。

根據目前所知的資訊，第二起案件的涉案人員確認有兩人：譚家強和徐朗，未完全確認但有很大嫌疑的，則是改名換姓的周明樂。

這三個人就是偵查工作的突破口，甚至其中一人有可能就是X。

「但是……不對啊……」路天峰連忙翻出白家婚宴的賓客名單，正如他記得的那樣，名單上面並沒有這三個人。

按照之前的推理，X在第一次迴圈中應該要出現在白家婚宴現場，才會觸發第二次迴圈秦達之劫持白詩羽的事件，那麼譚家強等人就不可能是X，他們只是跟X相識而已。

另外，路天峰認為第二次迴圈的時候，X同樣在白家婚宴現場，因為第三次迴圈裡譚家強殺害女學生的那一幕，與秦達之要脅傷害白詩羽的情景極為相似，X甚至有可能是目睹了婚宴上的事件，才想出如何誘導譚家強殺人的。

那麼X和譚家強的關係也很不簡單，案發時間是下午三點多，X充其量也只有一個上午的時間來誘導譚家強，讓這位原本計畫下毒謀害駱滕風的老師，改為使用充滿暴力的公開殺人，殺害的更是一名跟風騰基因完全無關的無辜女孩。這兩種行為之間的差異如此之大，可以說是 X 徹底改變了一個人的心理狀態和行為模式，為何 X 會有如此魔力？

路天峰把目前的線索歸結為兩條主線，一條主線是以 D 城大學為核心，周煥盛的失蹤為起點，涉及逆風會和駱滕風之間的恩怨情仇；另外一條主線，則是以風騰基因這家公司本身為核心，牽涉各位股東和他們背後的利益糾葛。

然而這樣一輪分析下來，唯一一個同時跟兩條主線都有關的人就是陳諾蘭了，不得不說從理性角度看來，她仍然是嫌疑最大的。

離零點越來越近了，路天峰真的很想把陳諾蘭叫醒，問她幾個問題。然而就算她醒來，他又能問些什麼呢？

路天峰第一次產生了後悔的念頭，或者自己真的不該參與這起案件的偵查，面對陳諾蘭，他無法做到一視同仁，公私分明。

也許到最後，他會辜負程拓和一眾同事對自己的信任。

「峰？你回來了嗎？」房間裡的陳諾蘭輕輕叫喚著。

「是的，我在。」他連忙走近床邊，只見陳諾蘭揉著眼睛，一臉睡意，但也帶著幾分喜悅。

「快點洗澡睡覺吧，桌上有我剛買的水果。」

「看到了，你的頭還痛嗎？」路天峰柔柔地輕撫著她那烏黑光滑的秀髮，連一句質疑的話都說不出來。

「睡了一會兒好多了，現在幾點啦？」

「馬上就到零點了。」一到零點，「今天」的一切將不復存在，如果陳諾蘭是能夠感知時間迴圈的人，她一定會對這個敏感的時間點有所反應吧？

她卻只是「哦」了一聲，又倒頭睡下了。

「我累了，你也早點休息……」

「嗯……明天還上班嗎？」路天峰也不知道自己怎麼會冒出這樣一個問題來。

「當然要上班，而且可能會很忙。」陳諾蘭的聲音漸漸小了下去。

路天峰回頭看著牆上的鐘，這一次迴圈只剩下最後兩分鐘了。他輕輕爬到床上，溫柔地從背後摟住陳諾蘭。她的體溫、氣味、呼吸、心跳……還有那溫暖的觸感，一切的一切都讓他的內心感受到久違的寧靜。

「諾蘭，你信任我嗎？」他輕聲細語地問。

「嗯？當然信任了。」她有點迷糊地應道。

「那麼……我能夠信任你嗎？」

「難道你會相信那些風言風語嗎？」陳諾蘭嬌笑著說，聲音裡帶有一絲戲謔的意味，她誤會了路天峰的意思。

路天峰沒有回答，只是把她摟得更緊了一些。

「唉，你還沒洗澡呢……臭死了……」陳諾蘭嬌嗔起來。

路天峰吻了吻陳諾蘭的頸脖。

「我永遠相信你。」男人一字一頓，斬釘截鐵地說。

大概是這句話的語氣太嚴肅了，陳諾蘭也察覺到其中包含的複雜意味，整個人一下子認真起來。

「峰，我覺得你今天怪怪的，可以告訴我為什麼嗎？」

他猶豫著說：「我……」

「好的，我懂了。」善解人意的陳諾蘭並沒有追問，而是主動攬著路天峰的身子，將嘴唇往前靠。

迷離的表情，灼熱的氣息，粉潤的嘴唇。

然而就在兩人即將接吻的那一刻，陳諾蘭充滿芬芳的溫暖身體消失了，路天峰重新回到自己的書桌前，回到一片黑暗與迷茫當中，但那股暖意仍然留在他的心頭，給予他無窮無盡的勇氣。

夜風吹亂了桌面上的紙張，路天峰乾脆把所有筆記全部塞入抽屜裡頭，不再看它們。

他只剩下最後一次試錯的機會，如果 X 能夠將命運改變得翻天覆地的話，那他也可以做到。

這一次，他將會使用完全不一樣的戰術。

第五章 所有線索歸零

1

四月十五日，第四次迴圈，凌晨一點。

在路天峰眼中，這場緊急會議是第三次召開了，但其他人毫不知情，他們依然帶著跟第二次迴圈時相同的興奮和困惑。

這一次，路天峰決定放棄撒網監控，改為集中精力專攻一點。

「剛剛收到的線報，有一個名為『逆風會』的極端組織準備襲擊駱滕風，時間很可能是今天——提醒一下各位，現在已經是四月十五日了。」

「逆風會？」

「極端組織？」眾人交頭接耳，一臉茫然。

路天峰乾咳一聲，繼續說道：「這個組織之前主要是在網路上活動，他們發表過幾篇質疑風騰基因和 RAN 技術的文章，並沒有引起太大迴響。然而最近，逆風會的負責人竟然在徵集殺人方案，聲稱要殺死駱滕風，拯救人類文明。」

余勇生咋舌道：「這種胡說八道的東西，不能當真吧？」

「要光是網路言論倒也罷了，但我的線人告訴我，逆風會的人確實已經策畫了好幾套完整而成熟的襲擊方案，他們是真的想要殺人。」路天峰嚴肅地說道。

路天峰的線人——這個並不存在的人物，在余勇生和黃萱萱的心目中卻無異於警界傳奇，即使臨時調配過來的童瑤並沒有那麼盲目崇拜路天峰，但也深知他的這位神祕線人可靠性極高。

眾人頓時變得緊張起來，路天峰接著說：「今天下午，駱滕風要前往D城大學參加一場活動，那將會成為逆風會成員動手的最好時機。」他一邊說，一邊把剛剛準備的簡易資料分發給大家。

「我們要優先盯緊的目標是這位，譚家強，D城大學生物系老師，他很可能是真正動手襲擊的那個人。我需要盡快查清他的一切資料，想辦法搜查他的家和辦公室，檢查他最近一個月來的網路通訊與電話記錄，一旦找到任何可疑的線索，立即將其拘捕。」

「另外一個目標是這位，徐朗，D城大學生物系學生，他可能是幫凶、同謀，但只是一個協助角色，因此優先順序比譚家強要低。以上這兩個人，由萱萱負責。」

「明白！」被點名的黃萱萱其實有點意外，她不太明白為什麼兩個看上去跟案件關聯最大的目標會分配給她一個人跟進。

「童瑤這邊，也需要調查兩個人，他們是父子關係——周煥盛，前D城大學生物系教授，八年前他曾經是駱滕風的導師，後來兩人因意見不合發生過衝突，緊接著周煥盛就離奇失蹤了，至今生死未卜；周明樂是周煥盛的獨子，因父母離異，從小便跟著母親在美國生活，改了個英文名字叫Steve Chou，如今是一家創投機構Volly的副總裁，我懷疑他是逆風會的幕後操縱者，譚家強和徐朗只是他手下的棋子。」

「路隊，你覺得逆風會要襲擊駱滕風，跟當年周煥盛的失蹤案有關？」童瑤有些疑惑地問道。

「是的，周明樂一直認為父親的失蹤和駱滕風有關，因此成立了這個組織，處處針對風騰基因。」

「好，我明白了……」

「老大，那我呢？」余勇生已經按捺不住地站了起來，主動請纓。

「你趕快去睡幾小時，清晨六點開始，負責貼身保護駱滕風，不容有失。」

「收到！那老大你呢？」

路天峰笑了笑：「我來擔當機動支援的角色。」

「機動支援？」余勇生一副覺得自己聽錯了的表情，在他心目中，自己的隊長不可能主動申請退出第一線。

「因為我還需要抓緊時間去調查一些東西。」路天峰言簡意賅地一筆帶過，不想要詳細解釋。

「路隊，我有個疑問。」童瑤總是這個小團隊當中最謹慎的人，「這些任務已經不再是單純的保護任務了，類似的調查工作為什麼不找一隊的同事幫忙呢？」

童瑤小心翼翼地斟酌著自己的措辭，路天峰心裡也清楚，自己派人去調查逆風會是本末倒置，將最重要的保護任務放在一旁了。

「可以找人協助調查，但所有資料必須由你負責匯總，第一時間發給我。」路天峰盡量以強硬的語氣下令，「事態緊急，無法完全按照規矩辦事了，大家多擔待。」

「知道了。」童瑤點了點頭。

「最後提醒一句，千萬不能掉以輕心，對方可是有極端暴力傾向的人。」說這話的時候，路天峰的目光主要停留在黃萱萱身上，看得黃萱萱有點臉紅，「好了，大家先解散，隨時保持聯繫。」

「明白！」三人異口同聲地應道。

2

四月十五日，第四次迴圈，清晨六點。

陳諾蘭的公寓樓下，有一家門面很小的早餐店，店主是一對中年夫婦，他們每天六點準時開店，賣的就是最普通的包子和豆漿，但因為價格公道，用料實在，在附近居民心中樹立了不錯的口碑，所以有時候在用餐高峰期甚至要排隊等候。

而這家小店今天的第一位顧客，正是路天峰。他買了兩個肉包子、一個素包子、兩杯豆漿，提著早餐直接上門找陳諾蘭去了。

按照原定計畫，陳諾蘭七點半左右會到達 ROOST 餐廳，那麼這個時間她肯定已經起床盥洗和化妝了。

這一次，路天峰沒有忘記帶備用鑰匙，但他仍然選擇了敲門。

「誰啊，那麼一大早的……」門打開了，陳諾蘭看見路天峰，整個人愣在原地。

「送外賣的。」路天峰盡量笑得自然，舉起手中的包子和豆漿。

「開什麼玩笑呢？」陳諾蘭驚愕萬分，男朋友這個舉動看似浪漫，但也太不符合他往日的作風了，更何況她還記得他說過最近一段時間要執行任務，暫時不能見面。

「不是開玩笑，吃早餐吧。」路天峰注意到陳諾蘭已經化好妝了。

「不行，今天我約了人。」陳諾蘭停頓了一下，補充道：「公事。」

路天峰自顧自地將包子和豆漿放在桌上，說：「我知道，你約了你的老闆駱滕風一起去高檔的西餐廳吃早餐。」

陳諾蘭皺起眉頭，「你怎麼會知道？」

「因為我最近在執行的任務，就是全天二十四小時貼身保護駱滕風。」

陳諾蘭更搞不懂了，路天峰從來不會向自己透露任務的情況，更別說像這樣主動跑上門來告訴她。

「是不是工作上遇到什麼困難了？」心如細髮的她立即醒悟過來，「你為什麼會把任務內容告訴我？」

路天峰盯著陳諾蘭的雙眼，想在她的目光中尋找撒謊或者演戲的痕跡。如果陳諾蘭是 X 的話，她一定會露出些許端倪。

但她的表現毫無破綻。

「一言難盡，我只想問一句，你可以不去見駱滕風嗎？或者說，今天請假一天，在家裡待著別出門，行嗎？」

「你得先告訴我為什麼。」陳諾蘭茫然地問：「給我一個理由可以嗎？峰，你的樣子讓我有點害怕。」

「我明天再向你解釋，但今天你得聽我的。」

「不，你現在就要跟我說清楚。」陳諾蘭連連搖頭，「因為你可是在拿我的職業前途開玩笑。」

路天峰苦笑：「職業前途有那麼重要嗎？」

「你應該知道，我從事這份工作不僅僅是為了賺錢。」陳諾蘭淡淡地說：「我想突破基因療法的瓶頸，RAN 技術就是人類未來的希望。」

「我理解你的遠大目標，但在拯救人類之前，先管好自己的事情吧。」

「什麼事？」陳諾蘭不解地反問。

「關於風騰基因的一系列案件，你已經列入了警方的嫌疑人名單，如果想洗脫嫌疑，就跟駱滕風保持一定距離吧。」

陳諾蘭瞪大了眼睛，她有點驚訝，但更明顯的表情是生氣：「你瘋了嗎？你是以警察的身分在和我說這種話嗎？」

「不，我是以男朋友的身分在和你說話。」

「那我以女朋友的身分拒絕你。」陳諾蘭不由分說地就往門外走，「對不起，請你讓一讓，我快要遲到了。」

「諾蘭！」路天峰幾乎是下意識地抓住了她的手，「我再問你一個問題。」

「說！」

「你認識周明樂嗎？英文名叫 Steve Chou。」

在這一瞬間，路天峰終於捕捉到陳諾蘭臉上閃過的那一絲慌亂和不安。

「不認識。」

陳諾蘭的眼神飄了飄，她在撒謊。

「真的嗎？」

「真的。」她的眼球不自然地轉動著，這還是一句謊言。

路天峰的心底一陣冰涼，他以為陳諾蘭會給自己一個解釋，說她跟周明樂只是泛泛之交，說她跟逆風會的事情完全無關。如果她這樣說，他會選擇相信的。

然而她撒了謊，甚至連能否騙過他都不在乎。

陳諾蘭走到了門外，路天峰冷冷地對著她的背影說道：「既然這樣，我只能將你列入監視名單了。」

陳諾蘭停下腳步，肩膀在微微顫抖著，過了好一會兒才說：「你們警方監視嫌疑人之前，需要跟對方打招呼嗎？」

「不需要。」

「那麼我們就公事公辦吧。」她拋下這句話後，便匆匆離去了。

路天峰依然站在原地，他並不急著去追她，反正他知道她會去哪裡。此刻他正在思考的問題是，陳諾蘭為什麼要撒謊？難道她真的和事件有關？

「萱萱、童瑤，你們在嗎？」路天峰在通訊頻道裡呼叫著。

「在。」她們立即回應。

「調查人際關係的時候，加上一個人，陳諾蘭。」他彷彿聽見了電話那頭傳來的吸氣聲，「我要知道她和其餘嫌疑人之間的關係，越詳細越好。」

「收到。」童瑤的答覆不帶一絲個人感情。

黃萱萱卻忍不住問了一句：「老大，發生什麼事情了？」

「我也不知道，所以要你們去查。」

黃萱萱也聽出了路天峰語氣裡的鬱悶，便不再多問。

這種時候也只有余勇生還能沒心沒肺地開口：「老大，駱滕風居然要帶我去高級西餐廳吃早餐，真是意外驚喜啊！」

「不錯嘛，等一下還有更意外的驚喜。」路天峰調侃了一句。

來到ROOST西餐廳時，余勇生就知道路天峰所說的「更意外的驚喜」是什麼了，他不僅看到了自己上司的女朋友，還在幾分鐘後看到上司親臨現場。

余勇生自然知道駱滕風和陳諾蘭的緋聞，要是這三個人坐在一起，真是只有「意外」，毫無「驚喜」可言。

沒想到路天峰還真的毫不避忌，直接坐到了駱滕風和陳諾蘭的身邊。

「路哥，怎麼回事？」駱滕風不解地問。

「這裡沒別的人，我們把話直接攤開來說吧，喊我路隊就好。」路天峰看了陳諾蘭一眼，再向駱滕風說道：「陳諾蘭是我的女朋友，她當然知道我的身分，所以沒必要隱瞞了。」

「很好，那請路隊有話直說吧。」

「駱總是準備提拔陳諾蘭，任命她為研發部首席助理，對吧？」路天峰直奔主題。

「你怎麼會知道……」駱滕風看了一眼陳諾蘭，陳諾蘭搖了搖頭，表示她並沒有說出去。

「我可以問一下，你為什麼會提拔她嗎？」

「我們公司內部運作的事情，不需要向警方解釋吧？」駱滕風充滿戒備地看著路天峰。

「讓我來猜一下，你器重陳諾蘭有兩個原因，第一是她能夠為你拉來 Volly 的創投，而你的公司很需要資金；第二是因為她的技術實力得到了你的認可，你覺得她能夠做好 RAN 技術的後續研究工作。」

駱滕風的臉色一沉，語氣也有點不高興了：「路隊，為什麼你會知道這些事情，難道警方查案時可以隨便翻看商業機密嗎？」

「駱總你多慮了，我並不知道你們公司的商業機密，但我知道陳諾蘭將會為你引見的投資人是誰。」

「誰？」駱滕風的語氣緩和了一點。

「一個你想查卻查不到的人，周明樂，現在的名字叫 Steve Chou。」

「你……」駱滕風已經不想再問路天峰，他為什麼能知道那麼多隱祕的資訊了。

「或者你應該問一下陳諾蘭，這到底是怎麼回事。」路天峰長舒一口氣，他終於控制住局面了。

駱滕風一臉茫然地看著陳諾蘭，而陳諾蘭也是懵懂的樣子，他們一下子根本消化不了那麼大的訊息量。

兩人幾乎同時開口：「Steve……」

於是兩人又同時噤聲，最後還是駱滕風先問道：「Steve 就是周明樂？」

「他以前好像是叫這個名字，有什麼問題嗎？」

「你不知道周明樂的事情？」駱滕風又問。

「不知道。我為什麼會知道？」陳諾蘭好奇地反問。

駱滕風不說話了，路天峰也沒有言語，兩個男人都在觀察著陳諾蘭，試圖從她臉上讀出一些訊息來。

「到底是怎麼回事？」陳諾蘭被看得有點侷促不安了。

「簡單總結一下，周明樂這個人視駱總為仇敵，他認為駱總害死了自己的父親，所以成立了一個叫『逆風會』的組織，在網上四處抹黑風騰基因。最近一段時間他們的手段越來越激進，甚至暗中策畫著要殺死駱總。」

「Steve 是這種人？我不信。」陳諾蘭難以置信地看著路天峰。

路天峰逼問了一句：「你不是他的同謀？」

「當然不是！」

「那你剛才為什麼對我撒謊，說你不認識周明樂？」

餐廳裡原本就充滿尷尬的空氣，在這一瞬間彷彿凝固了。

陳諾蘭的臉色一下子變得煞白，她緊咬著嘴唇，過了好一陣子才說：「我……不想回答這個問題……」

「為什麼……」

「夠了！」路天峰還想追問下去，卻被駱滕風的一聲大喝打斷了，「這裡不是警局的審訊室，而是我的早餐會現場。如果可以，我想跟陳諾蘭私下聊幾句。」

路天峰站了起來，說：「沒問題，我想說的話已經說完了。」他拋下這句話之後，轉身就走，臨走前向呆呆站在一旁的余勇生打了個手勢，意思是盯緊他們。

余勇生雖然有點被這場突如其來的變故搞糊塗了，但還是向路天峰比出一個「OK」的手勢。

在路天峰離開之前，駱滕風突然開口了：「路隊，剛才你所說的內容，有一點搞錯了。」

路天峰情不自禁地停下了腳步。

駱滕風笑著說：「我提拔陳諾蘭，只有一個真正的原因，就是她非常適合做RAN技術的科研負責人。其他東西都是次要的。」

路天峰沒說什麼，繼續大步流星地離開了ROOST，而他下一個要去的地方，應該是誰都預料不到的。

主動出擊令他一掃之前幾次迴圈當中的憋悶感，因此他決定堅持使用這個戰術，徹底打亂X原先的部署。

3

四月十五日，第四次迴圈，上午八點二十分。

「高小姐，你好。」

正在隨人流往地鐵站方向匆匆趕去的高緲緲愕然抬起頭，發現一名陌生男子攔住了自己的去路。

「你是……」她驚訝地問道。

「刑警隊，路天峰。」路天峰出示了警官證，並指了指停在路旁的車子，「正好順路，我送你上班吧。」

高緲緲眼裡的疑惑神色更濃了，她動了動嘴唇，好像是想拒絕，卻又不知道該怎麼說。

「早上尖峰時段的地鐵和免費專車接送，二選一，沒那麼困難吧？」路天峰笑了，他的笑容總能讓人放下防備。

汽車內部作為一個移動的密閉空間，總能激發人們緊張和不安的情緒，因此坐在副駕駛座上的高緲緲顯得很拘謹。其實自從高俊傑遇害以來，她已經接受過很多次警察的訊問了，但不知道為什麼，這次的感覺有點不一樣。

「警官……」她怯生生地開口，只說了半句話，又不知道該說什麼了。

「別那麼擔心，我還真是順路來送你一程而已。」路天峰扭頭看了看，見高緲緲臉上一副「你當我是傻子嗎」的表情，只好再補一句，「順帶跟你聊幾句唄。」

「嗯，是案情有新進展嗎？我怎麼以前沒見過你？」高緲緲還是很謹慎，路天峰雖然當了幾天駱滕風的貼身保鏢，但恰好沒在高緲緲面前出現過，所以她還認不得他。

「我是第七支隊的，剛剛加入增援，所以有些事情想向你瞭解一下。」

「隨便問吧。」高緲緲好像放鬆了一點。

「你以前和Ｄ城大學有任何關聯嗎？」

「什麼？」這是一個出乎意料的問題，高緲緲有點搞不懂路天峰的意思。

「我知道你的大學並不是在Ｄ城讀的，但我想問一下，你跟Ｄ城大學是否還有其他關聯，比如說曾經和他們做過專案合作，又或者你有什麼親戚朋友在那裡工作？」

「沒有，為什麼這樣問？」高緲緲完全一頭霧水。

「那麼，你的父親呢？」

「也許他會認識一些D城大學的老師吧，畢竟是本地頂級的大學，雙方有學術交流也不奇怪，但我不記得他在那裡有什麼關係特別好的朋友。」高緲緲歪著腦袋，好像在努力回想著。

「抱歉，我要糾正一下我的問題。我問的人並不是高俊傑，而是你的親生父親。」

高緲緲的臉突然漲得通紅，大概她想不到路天峰會那麼直接地拋出這種涉及個人隱私的問題來。

「我不知道我的親生父親是誰。」她挪開視線，冷冷地答道。

「真的嗎？」路天峰只說了這三個字，就沒再說下去。其實他心裡面一點把握都沒有，但是他只能透過這種方式去試探高緲緲。

以高緲緲這種事事較真、近乎偏執狂的性格，真的會不去尋找自己的生父嗎？

如果她的回答是親生父親早就死了，路天峰也許會相信，但她說不知道父親是誰，就很難讓人信服了。

車子的速度越來越慢，堵在尖峰的車流之中，幾乎停滯不前。高緲緲開始有點後悔了，雙手手指複雜地糾結在一起，如果再給她一次選擇機會，她一定會去擠地鐵。

路天峰還是沒有打破沉默，而他越是不說話，高緲緲就越是忍不住胡思亂想，最後，她終於開口問道：「為什麼會突然問我這樣的問題？」

「你只需要回答我的問題就可以。」路天峰的手敲打著方向盤的邊緣，「你知道你父親的身分，對吧？」

高緲緲低下頭，基本上相當於默認了。

「高俊傑終生未娶，就是因為他忙於工作，無暇顧及家庭，那他為什麼會收養你呢？肯定是因為你的父母和高俊傑有著非同尋常的深厚交情。」

高緲緲的眼中閃過一絲恨意，一字一頓地說道：「路警官，你非要深挖這件事嗎？」

「就看跟案件有沒有關係了。如果有關係，我一定會追查到底；如果沒關係，那麼就麻煩你跟我好好解釋清楚。」

高緲緲的臉上一陣紅一陣白，嘴唇也彷彿失去了血色，她在猶豫要不要把自己最大的祕密說出來。

「我仔細研究過高俊傑的檔案，其實他的知心好友並不多，逐一排查也花不了多少時間。只是我很好奇，你父母為什麼要將你託付給高俊傑呢?他們一定有什麼迫不得已的苦衷吧？」

高緲緲的臉色越來越蒼白，她的手也下意識地攥成了拳頭。

「我理解為人父母的苦心，要是還有別的辦法，他們絕對不會拋棄你。」

「但他們確實拋棄了我。」高緲緲終於冷冰冰地回應道，好像在說一件跟自己毫無關聯的事情，「路警官，你說得對，以我的性格，不查個水落石出是不會甘休的。我也跟你一樣，推斷出我養父和生父之間的關係一定很好——而且我敢肯定高俊傑認識的是我父親而不是母親，因為我跟著他那麼多年，就沒見過他有哪一次是懂女人心的。」

「然後呢？」

「和我一樣，我養父也是個偏執狂，脾氣非常硬，他當年答應過我的生父保守這個祕密，因此就算是面對我的軟磨硬泡，也都不肯鬆口。然而我畢竟跟他一起生活了那麼多年，我瞭解他的心思，所以改變了戰術，不再追問父母的身分，而是讓他告訴我一些父母當年的故事，這樣的要求他無法拒絕，於是我慢慢得知了更多的訊息，拼湊出真相……」

路天峰沒有插話，他知道高緲緲的話匣子已經打開了，不需要再去追問。

「在我高三畢業，準備離家上大學時，養父終於告訴我當初父母拋棄我的原因。原來我的母親是個農村來的姑娘，孤身在這座城市打零工為生，而我的父親……那傢伙已經結婚了，卻把我母親騙上床，搞大了她的肚子，於是有了我。父親為了隱瞞這段風流韻事，就安排母親在一家私人小診所裡分娩，原本說好母親生下我之後，會給她一筆錢帶我回鄉下過日子，沒料到母親在分娩時遇上難產，小診所沒有足夠的應急措施，導致她不幸身亡。」

高緲緲哽咽著，眼泛淚光。

「我父親是大學教授，已經有個幸福美滿的家庭，所以他不能養育我，只能委託他的至交好友，也就是我的養父來照顧我。本來這還算是不錯的藉口，但你知道，最諷刺的事情是什麼嗎？」

「最諷刺的是，你生父原來的家庭也根本算不上幸福美滿，沒過多久，他就離婚了，妻子和兒子都去了地球的另一端，對不對？」

高緲緲如同觸電一般，渾身顫抖，她無法想像自己苦苦追尋多年的真相，竟會被一個警察輕易說穿。

「你……你知道他是誰……」她的嘴唇不由自主地顫抖著。

「剛剛猜出來的。」路天峰不由得感歎，這個世界真是太小了，「當你推測出生父身分的時候，周煥盛已經失蹤了吧？」

「是的，我連見他一面的機會都沒有。」她咬咬牙。

「那麼你聯繫過你同父異母的哥哥嗎？」這才是問題的重點，路天峰之前只是猜測所有的人和事或許都與D城大學相關，萬萬沒想到高緲緲居然是周明樂的妹妹。

「沒有，毫無瓜葛的兩個人，幹嘛聯繫對方？」高緲緲隨口應了一句，看上去應該不像撒謊。

「你知道你哥哥現在在哪裡嗎？」

「不知道，也沒興趣知道。」高緲緲大概是從悲傷的情緒中走出來了，她突然反問：「這些事情和案件有關聯嗎？」

「也許有，也許沒有。你知道周煥盛的死可能跟駱滕風有關嗎？」

「看過類似的傳言。」她依然平靜地回答。

「你會因此向駱滕風報復嗎？」

高緲緲沉默了好一會兒，才說：「所謂報復之類的，沒有任何意義。」

不知不覺間，車子已經開到了風騰基因樓下。

「最後跟你說一件事，等會兒在你們的股東會議上，駱滕風將提拔陳諾蘭擔任研發部的首席助理，我想你應該知道這個位置意味著什麼。」

高緲緲的嘴角撇了撇：「這事跟我沒多大關係吧？」

「如果你只是個普通員工的話，確實跟你沒關係，但事實上你是風騰基因的第三大股東。」

「所以呢？」

「陳諾蘭如果進入了管理層，將會成為你的威脅。」

「哈？」高緲緲幾乎要笑出來了，「你想太多了吧。」

「你不擔心嗎？」路天峰淡淡地回應。

「我從來不擔心這種虛無縹緲的事情。」高緲緲下車前又回頭問了一句：「路天峰，你真的是警察嗎？」

「我是。」

「我根本沒見過像你這樣的警察，無論是在現實生活中，還是在電視劇裡。你真是個怪人。」

路天峰不置可否地聳了聳肩。

事實上，你也從未見過我，因為這次迴圈將是不存在的歷史。

路天峰這次與高緲緲的見面，事先並未告訴任何人，包括自己最信任的下屬余勇生。因為他心裡已經有了一個模模糊糊的猜想——X也許在警方內部安插了內鬼，對方能夠知道警方的戰術部署和一舉一動。若不是這樣，很難解釋X為什麼在上一次迴圈中故意搞出了一場天翻地覆的好戲，直接讓路天峰的既定戰術徹底報廢。

接下來，他還要暫時瞞著大部隊，去另外一個地方，見另外一個人。

4

四月十五日，第四次迴圈，上午十點二十分。

祥園，D城歷史悠久的老字號餐館，以精緻早茶點心遠近聞名，加上物美價廉，顧客長年絡繹不絕。

路天峰正坐在大廳角落的一張小桌子旁，手裡玩著手機，面前擺了兩籠點心，看上去跟其他食客沒什麼兩樣。

但實際上他正一邊透過無線耳機監聽著包廂內樊敏恩和鄭遠志的對話，一邊看著手機上黃萱萱最新發過來的調查資料，眼前的點心早就冷透了，他根本就沒動過筷子。

徐朗的資料最簡單，一目了然，跟第一次迴圈時獲知的差不多，他就是一個普通的大學生，學過武術，有點熱血單純，容易被人矇騙。路天峰還注意到徐朗在中學時曾經在街頭幫巡警追捕過犯人，因此獲得了「見義勇為好青年」稱號，或許正是這樣才被譚家強選中，成為襲擊計畫的一部分。

而譚家強的資料則比第一次迴圈時挖得更深、更細緻了，尤其是重點調查了他跟其他人之間的關係。原來譚家強是在周煥盛失蹤之後才來到Ｄ城大學的，從這一點上看兩人似乎沒有交集，但實際上譚家強和周煥盛早年曾經一起參加過學術討論會從而結識，周煥盛在研發當中遇到問題，也曾多次與譚家強進行溝通交流。

兩人真正產生密切關聯，是在周煥盛失蹤前的兩個多月，周煥盛主動聯繫譚家強，建議兩人聯手研發基因療法，以突破技術難關。譚家強當即表示興趣很大，並與周煥盛深入討論了一些細節問題，只是沒想到半路殺出一個駱滕風，一個異想天開的想法讓周煥盛的實驗突飛猛進，兩人之間的合作協定就擱置了。

如果當初兩人真的能夠順利聯手研發，ＲＡＮ技術未必會落入駱滕風手中。譚家強潛心學術多年，沒想到在即將看到曙光的時刻，被一個初出茅廬的年輕人奪走了勝利果實，心中的失落不難想像。

周煥盛失蹤後，譚家強滿懷熱血和希望來到Ｄ城大學，算是頂替了周煥盛的空缺，但他在Ｄ城大學混得並不如意，無論是人際關係還是學術研發都沒搞出什麼名堂來，於是性格變得越來越孤僻，徹底淪為學院裡的邊緣人物。

看完這些資料，路天峰終於明白周明樂為什麼會選中譚家強作為逆風會的傀儡，甚至可以說，就算沒有周明樂煽風點火，譚家強也會在心裡怨恨駱滕風，而周明樂只要略施小計，就可以引導譚家強去殺人了。

引導。

這兩個字突兀地浮現在路天峰的腦海之中，揮之不去。他仔細想了想，終於察覺到，關於案件的一切都有明顯的心理引導痕跡。

第一次迴圈時以徐朗為餌，由譚家強下殺手；第二次迴圈中誘導秦達之情緒失控劫持白詩羽；第三次迴圈的譚家強，以同樣的方式劫持並殺害了一名無辜女生……

這些手法簡直如出一轍，甚至可以大膽推測，在前兩起案件當中，張翰林之所以會去便利店買菸，高俊傑之所以會路過那輛裝有炸彈的汽車，既可以解釋為巧合，但同樣可以先透過時間迴圈獲知必要資訊，再加上適當的心理引導從而實現計畫。

X很可能學習過心理學方面的相關知識。

路天峰覺得自己離X又近了一步，雖然還是看不清、抓不住，但好歹更接近了。

耳機裡傳來一陣沙沙聲，路天峰知道應該是樊敏恩和鄭遠志準備結帳離開了，連忙將目光投向兩人所在的包廂。

果然，先是鄭遠志推門出來，兩分鐘後，樊敏恩也離開了包廂，兩人故意錯開時間，假裝成陌路人。

「駱太太，真巧啊！」路天峰放下手機，大大方方跟樊敏恩打招呼。

樊敏恩臉色一寒。她是個聰明人，自然馬上就知道路天峰是特意在這裡等她的。

「路隊，你怎麼在這裡？」

「來喝早茶的，坐一下？」路天峰比了個請坐的手勢。

樊敏恩倒也沉得住氣，神色自若地坐了下來。

「真想不到啊……」

「要是你能想得到，我就不會來了。」路天峰笑了笑。

「你找我有事嗎？」

「鄭遠志找你有事嗎？」

「沒什麼，閒聊而已。」樊敏恩不以為然地說道。

「閒聊的話，幹嘛要躲躲閃閃，不一起離開？」路天峰決定唬一下她，「說實話，是你丈夫讓我來監視你的。」

樊敏恩撥了撥頭髮，沒吭聲。

「他好像知道了什麼……」路天峰故意只說半句，就是為了觀察樊敏恩的反應。

樊敏恩眉頭打結，道：「你到底是什麼意思？」

路天峰身子微微前傾，壓低聲音說道：「駱太太，我們可以坦誠一點。簡而言之，你丈夫出了一個價錢，委託我調查你是否出軌。」

面對出軌的指責，樊敏恩並沒有過激的反應，只是冷冷地說道：「所以呢？我就不能跟別的男人一起喝早茶了嗎？」

「喝茶當然是沒問題。」路天峰一邊說，一邊替樊敏恩倒了一杯熱茶，「駱太太應該知道，警察要認真查點什麼的話，就一定能查到，這也是你丈夫委託我調查的重要原因。」

「但你幹嘛要告訴我呢？」樊敏恩蹙起眉頭，漂亮的女生蹙眉總會流露出一種楚楚可憐的氣質，人見猶憐，她自然很明白這一點。

「因為即使我告訴了你，我也依然能夠監視你。」路天峰不經意地伸出手，拎起樊敏恩的手提包，在包底摸了摸，然後他的手心裡就多了一個紐扣大小的黑色玩意兒。

「這是什麼……」

「竊聽器，剛才你和鄭遠志的對話我一直在旁聽。」路天峰笑著指了指耳機，「因此我知道的資訊已經足夠多了。」

樊敏恩眉頭舒展開來，她竟然開始笑了。

「既然你旁聽了我們之間的對話，那麼我也不需要浪費唇舌去解釋了，我跟鄭遠志之間根本就沒有男女私情。我約他出來見面，完全是為了風騰基因最近融資的事情。」

「談這種事情有必要遮遮掩掩嗎？更有意思的是，風騰基因的公司事務，原本不該由你去插手管理吧？」

「在國內，談生意就是談感情，路隊不會不知道這一點吧？」樊敏恩繼續輕描淡寫地避開正面回答。

「駱太太，你是不是在潛意識裡面已經把自己當作風騰基因的CEO了？」

樊敏恩臉色一沉，這句話的意思幾乎等同於直接指責她要謀害親夫了。

「無憑無據的事情，你可不能亂說啊！」

「那麼我把錄音拿給駱總聽一聽，你猜他聽過之後會怎麼想？」

樊敏恩的臉上一陣紅一陣青，似乎想發作，最後還是很勉強地以平靜的語氣道：「路隊是想拿這份錄音跟我做交易嗎？」

「算不上交易，我只是想知道你跟陳諾蘭的關係。」路天峰說出了一個讓對方萬分意外的名字。

樊敏恩的表情頓時變得複雜起來，良久，她才開口道：「我跟她不熟，只知道她是我丈夫的下屬。」

「繼續說吧，我可不是什麼都不知道的。」其實路天峰知道的資訊也極其有限，只是他一直很在意，在第一次迴圈的婚宴階段，樊敏恩和陳諾蘭之間發生過一段不太愉快的對話，但他始終沒機會去查證到底是怎麼一回事。

「她……跟駱滕風之間確實是有些桃色傳聞，但全都是捕風捉影的小道消息而已，身為駱滕風的妻子，我沒有發現她有任何異常。」

路天峰的眉頭一挑，他捕捉到兩個非常細微的資訊點：第一，樊敏恩直呼了駱滕風的姓名，而不再用丈夫作為代稱；第二，樊敏恩說的是沒有發現陳諾蘭的異常，並沒有說駱滕風是否有異常。

所以，問題出在駱滕風身上嗎？

「但你對陳諾蘭依然懷有敵意，這是為什麼呢？」

樊敏恩歎了一口氣：「因為我總覺得陳諾蘭就像小時候故事書裡的瘋狂科學家一樣，她對工作的熱情和投入的程度令人驚歎。雖說現在陳諾蘭跟駱滕風並無瓜葛，但誰知道未來的某一天，她會不會突然愛上他呢？」

「你沒有把你的顧慮告訴丈夫嗎？」

「旁敲側擊說過一兩次，他都選擇避而不答。」樊敏恩笑得有點辛酸，「當男人不想回答問題的時候，你再追問下去也沒有任何意義。」

「我明白了。但除了駱滕風這一層關係之外，你和陳諾蘭還有任何交集嗎？」

「沒有。」她斷然否認，「說實話，在網上看到那些緋聞之前，我甚至根本不知道有這個人存在。」

「如果某天，陳諾蘭成了風騰基因管理層的一員，你會有什麼想法？」

「肯定會很不爽，那個女人非常聰明，如果讓她進入了管理層，她一定能夠以火箭般的速度上位。」樊敏恩頓了頓，又補充道，「幸好她似乎潛心於科研，對權力鬥爭之類的事情不感興趣。」

「很遺憾，我所假設的事情今天就會發生。」

「你說什麼？」

這時候，樊敏恩擺在桌上的手機突然響起，她看了一眼螢幕上的來電顯示，是張文哲。

「抱歉，我先接個電話。」

「請便，張總帶來的可是一個重要消息。」按照時間推算，風騰基因的內部股東會議應該剛剛結束，所以這是張文哲約樊敏恩下午見面的那通電話。

然而，被路天峰這樣一說，樊敏恩反而不想接電話了，她更想聽聽眼前這位警察到底想說些什麼。

「你知道他幹嘛要找我？」

「駱滕風破格提拔了陳諾蘭。」

樊敏恩將信將疑地滑動螢幕，接通了電話，聽著話筒那頭所說的內容，她的臉色漸漸變得難看起來。

「你為什麼會知道這些……」樊敏恩狐疑地看著路天峰，身體微微顫抖著。

「最後我想跟你說，陳諾蘭是絕對不會跟駱滕風有私情的。」

「為什麼？」

「因為她是我女朋友。」

此言一出，樊敏恩的眼睛瞪得大大的，好像眼珠子都要掉下來了。

路天峰偷偷笑著，他又說了一些原本自己不可能說的話，做了一些自己不該做的事，這可是連他自己都未曾預料到的，更別說Ｘ了。

「我才不相信你有那麼大的神通！」他在心裡默默向Ｘ宣戰。

5

四月十五日，第四次迴圈，上午十一點。

路天峰的手機響起，他看了一眼來電顯示，露出滿意的笑容。其實他一直在等童瑤的這通電話，以她的辦事能力，到這個時間點，也差不多該查出周明樂的資料了。

「路隊，有最新情況，我剛剛查到周明樂，也就是現在的 Steve 的行程。他今天中午恰好在本地機場轉機，其間有三小時的候機時間。已經安排人手到機場找他問話，我正在趕過去。」童瑤彙報的內容，也正是路天峰所預期的。

「很好，我也差不多到機場了。」

「啊？為什麼你會……」

「順路來看一下。」

童瑤沉默了，誰都知道 D 城機場地處遠郊，根本沒有什麼地方到這裡來是「順路」的。

路天峰又吩咐道：「對了，你抵達機場後，到安檢區內找一家叫 Super Coffee 的咖啡店，隨便找個藉口，讓店員停業兩小時。」

「路隊，你的意思是要先清場，然後我們借用咖啡店對周明樂進行問話嗎？」童瑤有點不理解這個指示的含義。

「不，我們不去咖啡店，你只需要讓他們暫停營業即可。」路天峰的真正目的，是想阻止那場因追星而導致的流血衝突。

「哦……我明白了……」童瑤不明就裡地接下了任務。

「你將手頭上關於周明樂的所有資料全部發給我，我先研究一下。」

路天峰收到了童瑤發來的文件，粗略翻看了一下，不禁苦笑起來。資料的頁數倒不算少，但只有開頭的幾頁是中文，記載了周明樂的出生資訊和戶籍資料，然而他出國的時候只有五歲，因此五歲之後的資料就全是英文了。

資料是英文的其實還不打緊，路天峰雖說算不上精通英文，但閱讀能力還是過關的，真正讓他抓狂的是，這些資料基本是些從幼稚園時期開始的雞毛蒜皮小事，包括各種獲獎記錄、每學期考試的成績單等，並沒有什麼真正有用的資訊。

一直翻到大學階段的資料，路天峰才發現一點價值。周明樂和陳諾蘭是同一年就讀KMU的，而他攻讀的是經濟學，畢業後考了本校的碩士，專業仍然是經濟方面。在校期間，周明樂的成績優異，大部分科目的成績都能排到全班前十名，拿過幾次獎學金，還曾經代表學校到非洲考察扶貧專案，在東非大草原上住了三個月。他碩士還沒畢業就被學校推薦到Volly實習，實習期滿也順利轉正，人生道路可謂一帆風順。

不過這些資料裡面，並沒有路天峰真正想瞭解的內容。周明樂是如何組織和運作逆風會的呢？他和父親之間多年來還有聯絡嗎？最大的疑問是，他難道真的會為了替父親復仇，而放棄自己目前優渥的生活環境和前途無量的工作嗎？

除非周明樂能夠百分之百確定是駱滕風害死了自己的父親，否則怎麼會做出那麼極端的事情來？但連警方苦苦追查都無法確認的事情，遠在美國的周明樂是如何確認的呢？他手裡若是有關鍵性證據，為什麼不報警呢？

但願這一切疑問，都可以在今天這次迴圈中得到解答。

在貴賓休息室的獨立包廂裡，路天峰見到了西裝革履的周明樂。在上一次迴圈當中，路天峰的精力都集中在觀察咖啡店附近的可疑人物上，幾乎沒怎麼注意周明樂，所以直到這時他才有機會細細打量這位意氣風發的投資界人士。

高檔訂製西服，整齊乾爽的髮型，臉上掛著職業性的微笑，眼角流露出聰慧與自信，這是一個很典型的商場成功人士形象。

「你好，路隊長。」周明樂的中文非常標準，聽不出任何外國口音。

「周先生，你好，謝謝你的配合。」路天峰這句話倒不是單純的客套，如果周明樂拒絕見面，或者找點藉口推三阻四的話，以目前的案情進展，他還真沒辦法強行盤問周明樂。

「我是一點鐘的飛機，還有時間可以慢慢聊。」周明樂不動聲色地看了一眼手錶，這個提示也做得恰到好處，不愧是華爾街的金融精英。

「很好，那我就直奔主題吧，請問你是否聽說過『逆風會』這個組織？」

「當然知道了，那是我大學時開辦的一個論壇，不過後來我就沒什麼時間打理了。」周明樂看似回答得很爽快，但話中有話。

「你為什麼要搞這樣一個組織呢？」路天峰皺了皺眉，他當然聽出周明樂的語氣裡已經有了推搪的意味。

「那時候年少無知，覺得聚集一群憤青上網到處發文，專門抹黑風騰基因，就算替我老爸出口氣了。」周明樂淡淡地笑了笑，好像他說的是別人的故事。

路天峰逼問了一句：「你覺得周煥盛的失蹤跟駱滕風有關嗎？」

「其實我並不知道具體情況，我只知道我父親在基因療法上投入了多年的心血和精力，而當年駱滕風只是個剛剛畢業的本科生，按常理，駱滕風是不可能比我父親還早研發出RAN技術的。可最終結果卻是我父親莫名失蹤，駱滕風一舉成名，要說這兩者之間沒有關聯，那我是無論如何都不會相信的。」

「所以你就成立了逆風會，跟風騰基因對著幹？」

周明樂又笑了：「說是對著幹，實際上我們也沒幹什麼，也就在網上耍耍嘴皮子而已。」

「你認識譚家強嗎？」路天峰冷不防地拋出一個問題。

「D城大學的譚老師嗎？在網上交流過。」

「你跟他之間是什麼關係？」

「網友，只是網友。」周明樂攤開雙手，「我連他的照片都沒見過，嚴格來說算不上認識。」

「我以為你一直透過他遠端操控逆風會的事務。」

「路隊長，你想得太多了，逆風會只是個很鬆散的網友組織，沒什麼事務可言……」

路天峰打斷道：「不對吧，我看你們抹黑風騰基因時的陣勢，還是挺有組織有紀律的嘛。」

「那些事情都不是我組織策畫的，你覺得以我的工作壓力，還能有這份閒情嗎？」

「所以譚家強要殺人的事情，你也不知情？」

「殺人？」周明樂皺起眉頭，臉上第一次失去了淡定自若的神態，「我不明白你在說什麼……」

「譚家強正在策畫殺害駱滕風，今天下午就動手。」路天峰故意停頓了一下，緊盯著周明樂的眼睛，「你真的不知道嗎？」

「不知道，我跟譚老師只是泛泛之交，這種事情他怎麼可能告訴我？」

路天峰陷入了沉思，光看周明樂的應對和態度，確實不像知情者，然而在整件事當中，他真的只是個旁觀者嗎？

「你認識陳諾蘭嗎？」路天峰話鋒一轉，又拋出另外一個問題。

「認識，大學同學，同級不同系。」

「最近聯絡過她嗎？」

「有，前段日子她發郵件聯繫上我，問我 Volly 是否對投資風騰基因感興趣。」

「你的回答呢？」

「當然是有啊，畢竟風騰基因是不可多得的明星企業。」

路天峰有點困惑地問：「但你心裡不是討厭駱滕風嗎，為什麼還會投資他的公司？」

「兩者之間並不矛盾啊！」周明樂露出一個故作神祕的表情來，「我討厭駱滕風，但並不討厭風騰基因，誰會討厭一家天天賺錢的公司？我甚至希望能從駱滕風手中搶來這家公司呢！」

路天峰細細品味著這句話的含義，周明樂繼續解釋道：「而想要爭奪一家公司的控制權，第一步就是入股，成為有投票權的股東。」

「莫非這才是你願意投資風騰基因的真正原因？」路天峰終於聽懂了。

「投資與否並不是我一個人說了算，即使 Volly 最終入股風騰基因，我也未必有資格參與公司營運。但如果我要對駱滕風進行復仇，我會選擇用股權投資、收購併購等商業手段和他對決，因為只有在這個領域，我才能發揮自己的最大優勢。」

「所以對目前的你而言，跑到網上發布關於風騰基因的負面言論已經沒有什麼意義了。」

「那種行為一直都沒有意義，只是年輕時的我誤以為有意義罷了。」周明樂其實也就二十多歲，言語間卻是一副歷盡滄桑的模樣。

路天峰再次沉默了，他在腦海裡飛快地盤算著這幾個迴圈當中發生的事情，他曾經認為周明樂是解開謎團的關鍵，但現在看來，他的判斷出現了偏差。

周明樂與譚家強之間最大的差別在於，譚家強只想毀掉駱滕風的一切，而周明樂卻是想奪走駱滕風的一切，取回原本應該屬於父親的榮譽和利益，他們有著根本性的分歧，是很難聯手的。

「那麼關於你父親失蹤一案，你還有什麼可以補充的嗎？」

「呵呵，你們在國內都查不到的事情，我在國外怎麼可能知道？」周明樂的笑容有點悲戚，「我還曾經在網上發布過懸賞，能夠提供有效線索者可以獲得獎金，然而也只引來了一些無聊的騙子，沒有任何收穫。」

「你見過這些人嗎？」路天峰拿出樊敏恩、張文哲和高緲緲的照片，一張一張擺在周明樂面前。

周明樂只看了一眼，就說：「沒見過，但我知道他們是誰，畢竟我對風騰基因做過背景調查。」

「你跟他們接觸過嗎？」

「沒有。」

「這張照片你再仔細看看。」路天峰挑出了高緲緲的照片，擺在周明樂眼前，「有注意到什麼沒有？」

「我知道她叫高緲緲，但是……」周明樂突然不說話了，他大概是從高緲緲的眉宇間看出了一點端倪來。

「她的眼睛和鼻子是不是和你有點像？」

周明樂咬著嘴唇，沒說什麼。

「你知道她是你同父異母的妹妹嗎？」

「不……不可能吧……」聽著路天峰的問話，周明樂有點難以置信地拿起照片，湊近仔細觀察著。看他的樣子不像在演戲。

「如果有需要，可以安排你們去做一下基因測試……」

「不，沒必要。」周明樂立即打斷了路天峰的話，「我不想做這種沒有任何意義的事情。」

這句平平常常的話聽得路天峰心頭一震，今天上午，高緲緲不是說過一句幾乎一模一樣的話嗎？假若這兩兄妹多年來真的毫無溝通交流，他們說話的語氣怎麼會那麼像？

「很有意思，你剛才說的那句話，我在今天早些時候也聽到過一次。」

「哦？」周明樂面部的肌肉變得僵硬，雖然他竭力裝出一副不在乎的樣子，但還是流露出細微的緊張來。

「高緲緲說話的語氣跟你很像啊！」路天峰拿起了桌上的照片，「看來你們兩兄妹是心有靈犀。如果你們兩人聯手，會不會成為風騰基因的第一大股東呢？」

周明樂的嘴角抽搐了兩下，說道：「路隊長，你的想像力太豐富了。」

「沒事，如果你不方便說，我們可以去查。你們之間如果有溝通聯繫，總不可能沒留下任何痕跡吧？」

周明樂沉默了。

「我是警察，對你們這些商場上的爾虞我詐沒有任何興趣，只要你們不做違法的事情就行了。」

「我不會做任何違法的事情，剛剛說過了，如果我要擊敗駱滕風，一定會選擇在商業領域跟他正面對決。」

路天峰呵呵一笑：「有你妹妹當內應，這場戰役你們的贏面很大啊！」

周明樂沒有再堅持否認和高緲緲之間的關係，只是輕聲說：「現在說這些話為時尚早呢……」

「萬一駱滕風出了意外，死於非命的話，對你們的計畫會產生什麼影響嗎？」

周明樂愣了愣，似乎沒明白路天峰為什麼要這樣問：「Volly 和風騰基因的合作還沒正式開始，如果駱滕風出事了，投資談判自然會擱淺，這事基本也就吹了。」

「這麼說來，你並沒有殺害駱滕風的動機。」

「當然沒有！」周明樂矢口否認。

「明白了，周先生，謝謝你貢獻的寶貴時間。」路天峰心中竊喜，這次會談所取得的進展，遠大於他的預期。

路天峰離開後，周明樂呆呆地坐在原地，低頭打量自己的皮鞋，好像上面沾了什麼髒東西似的。

路天峰離開貴賓休息室後，一直跟在他身旁卻一聲不吭的童瑤終於開口了：「路隊，為什麼你要花那麼多時間精力去追究高緲緲和周明樂之間的關係？」

「我需要搞清楚駱滕風這些『敵人』的底細。而且我總覺得周煥盛的失蹤案很可能是這兩兄妹仇恨的起源，所以我要試探一下他們到底有多恨駱滕風。」

「然而，當年剛剛大學畢業的駱滕風，怎麼有能力策畫和執行這種近乎完美的犯罪計畫？難道有人在暗中協助他？」童瑤依然不太敢相信。

「那你怎麼解釋周煥盛的失蹤？」

「其實關於這個案件，我還認識一位當年參與辦案的警察……」

「誰？」路天峰頓時來了精神。

「我的師父，吳國慶。」

路天峰拍了拍腦袋：「我還真是糊塗了，以老吳的能力，這起驚動全城的懸案怎麼可能少了他的參與，我現在就回去問問他！」

「我只是擔心，我們的調查方向會不會越來越偏離重心了？」

「請相信我，現在只是黎明前的黑暗，真相差不多就要揭曉了。」

6

四月十五日，第四次迴圈，下午一點半。

就算工作再忙，吳國慶都需要午休一小時左右，按他的話來說，中午不睡，下午崩潰。這一小時的休息能夠提升他整個下午的工作效率，是磨刀不誤砍柴工。

警局的同事都知道他的這個習慣，所以如果沒有什麼非常緊急的情況，大家絕對不會去打擾他。不過今天，路天峰就很有勇氣地打破慣例，吵醒了正在會議室一角靠著椅子小寐的吳國慶。

「打擾了，老吳，有件事情要請你幫忙。」路天峰客氣地說。

吳國慶當然知道路天峰一定是無事不登三寶殿，倒也沒抱怨什麼。他揉了揉惺忪的睡眼，直接就問：「怎麼啦？是駱滕風那邊有新情況嗎？」

「算是吧，一言難盡，我是想找你打探一件舊案子。」

「舊案子？」吳國慶有點納悶，手頭上這起案件已經夠焦頭爛額的了，路天峰怎麼還有心思去管舊案子？

「我現在懷疑 X 與八年前駱滕風的導師周煥盛失蹤一案有關，童瑤提醒我，說你是當年參與偵查的人員之一。」

「哎，原來如此。這案子可以算是我職業生涯裡最大的污點了。」

「老吳你言重了吧，案件破不了又不是你一個人的責任。」路天峰對吳國慶的說法感到有點驚愕。

吳國慶長歎一聲：「你先聽我說，聽完你就明白了。」

八年前，首先發現周煥盛失蹤的是生物系的主任，因為好幾天不見他到實驗室和辦公室來，打電話又找不著人，於是就親自上門，到 D 城大學的教師宿舍區找他，可是無論在屋外怎麼敲門，裡面都沒有回應。

一開始主任還擔心周煥盛會不會突發急病，暈倒在家裡頭了，連忙找來鎖匠，撬開了周家的大門，結果發現屋內空無一人，家裡的東西擺放得井井有條。據此推測，周煥盛是在一種輕鬆從容的狀態下離家的，應該沒受到威脅和逼迫。

不過周煥盛的失蹤還是引起了校方的高度重視，他們立即報了警，警方也按照常規流程，馬上抽調人手查看最近三天D城大學校園內的監控影片。

當時校園內的監控攝影機數量還不是很多，所以警方找到唯一一段能拍到周煥盛的影片，是他背著一個運動背包，路過教師宿舍區的超市門口。從此之後，周煥盛就如同人間蒸發了一般。

根據周煥盛最後消失的位置，警方推測他應該是乘坐某輛車子離開的。然而，當年的校園車輛管理還是使用傳統的紙質打卡記錄，並且記錄的保全常常會偷懶，記錄車牌的時候只記後三位，D城大學一共有六個可供汽車進出的門，其中一個門甚至連監控都沒裝。這樣的狀況讓車輛調查工作顯得分外困難，負責此案的警察夜以繼日地透過不完整的資料去推理、排查，始終找不到周煥盛到底上了哪部車。

吳國慶就是在調查陷入僵局時被抽調支援的，進組之後他做的第一件事情，就是到周煥盛的家裡，把他家徹徹底底地翻查了一遍。如果周煥盛是有目的、有計畫地離開，那麼他一定會提前做些準備工作，從而留下相應的痕跡。

結果還真的被吳國慶找到了一些可能有用的線索：在周煥盛失蹤前一星期，他曾經買了一本新的本市旅遊書，並且重點翻看過介紹D城遠郊摩雲山地帶的那幾頁，做了幾行字的筆記；周煥盛還曾在網上購買了運動鞋和運動服，他失蹤時背著一個背包，有可能就是去了摩雲山。

那時候專案組的士氣已經很低落了，車輛排查工作進展緩慢，而隨著時間推移，偵查難度越來越大，所以當得知吳國慶發掘出新的線索時，大家都非常興奮，立即把調查重點轉移到了摩雲山。摩雲山既是風景旅遊區，又有大片尚未開發的山林，搜索起來很不容易，警方最多的時候調配了一百多號人，再加上直升機，在群山之間搜查了好幾天，卻仍舊一無所獲。

說到這裡，吳國慶突然停了下來，抬頭看向路天峰。路天峰明白了，這是吳國慶給他設置的一個小測試，想知道他能否看出其中的問題來。

「買了旅遊書和運動裝備，表明周煥盛有興趣去摩雲山，然而他失蹤當天並不一定非要去摩雲山，兩者沒有必然關聯。」

「嗯，有道理。」吳國慶漫不經心地點了點頭。

「更關鍵的一點是，周煥盛為什麼要去摩雲山？他為什麼不能光明正大地乘車前往，而要折騰這一齣人間蒸發的戲來？」

「如果換你來主持調查工作，會怎麼做？」

「調查他對摩雲山感興趣的真正原因，在原因查出來之前，繼續排查當天出入校園的車輛資料。」

路天峰稍微想了想，回答道。

「很好，要是我當時能冷靜下來想想，也許就能做出同樣的決定，而不是盲目地派人搜索摩雲山。」吳國慶繼續說著當年的辦案情況。

摩雲山的搜索無功而返，而車輛排查工作也未完全放棄。終於，案情有了突破——原來那天周煥盛的一個老同學從鄰市開車來到D城大學辦事，恰好遇上了準備出門的周煥盛，兩人聊了幾句後，老同學得知周煥盛要去城北汽車客運站，就順路載了他一程。在路上閒聊的時候，周煥盛更是說出了自己此行的最終目的地是摩雲山，但沒有說他為什麼要去那兒。

警方隨後也找到了相應的監控影片，證實周煥盛在城北汽車客運站門口下了車，不過他沒有直接進入客運站，而是拐進了附近的小巷，進入了城中村。這樣一來，搜索的重點位置又改為客運站附近的城中村，但因為此時離周煥盛失蹤已經有十多天了，當年的影片監控系統還比較落後，沒有特殊情況的話影片只保留七天，所以調查工作變得相當困難。

雖然警方依然努力追查了一段日子，但線索還是斷掉了，周煥盛就這樣徹底消失，再也不曾出現過。

吳國慶說完，長舒了一口氣，又不住地輕輕搖頭。

「老吳，其實你的判斷沒有錯，周煥盛的確想去摩雲山，只是在半路上不知道出了什麼意外，才沒去成。」

「我只是搞不懂，周煥盛的老同學怎麼就那麼湊巧會出現在D城大學，還那麼湊巧把他接走了呢？如果沒有這個從天而降的老同學，這案件簡單得不得了，周煥盛可能早就被我們找到了……」

路天峰問：「後來你有沒有繼續調查那位老同學？」

「當然有了，我們還一度把他當作重點嫌疑人來查，但一來周煥盛確實下了他的車，這點有監控為證；二來這名老同學當天的行程安排完全合情合理，遇上周煥盛純屬巧合；三來這兩個人之間素無積怨，沒有任何犯罪動機可言。所以到了最後，我們只能歸結為運氣不佳了。」

「運氣不佳……」路天峰反覆斟酌著這幾個字，突然拍了拍腦門，「話說周煥盛是哪一天失蹤的？」

「具體時間我有點記不清了……童瑤，你查一下。」

「報案時間是八年前的六月八日，而周煥盛是六月六日離家的。」童瑤剛看完檔案，對時間點倒背如流。

「六月六日。」路天峰腦海裡浮現出一個很可怕的猜想，周煥盛失蹤案給自己的感覺，不正和張翰林、高俊傑兩人被殺害的案件一樣嗎？

無法解釋的偶然和巧合，就是必然，而這種必然是透過時間迴圈來實現的。

路天峰連忙掏出自己的手機，也不顧吳國慶和童瑤好奇的目光，打開了日曆軟體。自從用上智慧手機以來，他把時間迴圈的日期做了一份電子版記錄，方便查看。

八年前的六月六日。

路天峰看見了日期上那個紅色的圈圈，他沒有加上任何備註，所以也只有他自己才明白這個紅圈的意思——

那一天發生過時間迴圈。

路天峰像一尊雕像一樣，呆呆地看著手機，似乎不願意面對這個答案，反覆核對著年份和日期有沒有錯誤。

「路隊，這一天有什麼問題嗎？」童瑤不解地問。

吳國慶雖然沒有發問，但顯然也注意到路天峰的異樣了。

「老吳，你有沒有覺得，周煥盛失蹤一案裡面有很多難以解釋的巧合，與張翰林、高俊傑兩起案件極其相似？」路天峰緩緩地開口道。

吳國慶皺了皺眉，臉色也變得複雜起來。

「相隔八年的案件，會是同一個犯人嗎？」

「真不好說……」路天峰隨手拿起了關於周煥盛一案的檔案夾，檔案夾裡面，還有一堆照片。童瑤發給他的電子版檔案中雖然也附有這些照片的掃描檔，但他覺得清晰度有點低，所以當時並沒有細看。

這些都是周煥盛家中的照片，路天峰看到了吳國慶所說的旅遊書、運動服和運動鞋的購買收據，還發現了一些之前沒注意到的細節。

比如說周煥盛家中有一面牆，牆上掛滿了照片，其中幾張照片因為放大了，所以特別顯眼，現場勘察的警察還額外給它們拍了幾張特寫。

其中有周煥盛的大學畢業照，周煥盛當老師之後與第一屆畢業生的合照，還有一張是周煥盛重返母校第九中學參加公開課時與師生們的合影。

「這個女生……」路天峰瞪大了眼睛，他注意到站在周煥盛右手邊的短髮女生，五官輪廓都非常眼熟。

「她是誰？」

真的是她嗎？

「她是誰？」童瑤好奇地問。

那一瞬間，路天峰的精神有點恍惚：「諾蘭……好像也是九中的學生……」

童瑤翻了翻資料：「呃，我看看……市第九中學，沒錯。」

「哦？照片上面的就是你的女朋友嗎？」身為局內數一數二的情報專家，吳國慶當然也知道路天峰和陳諾蘭的關係。

這張合照的日期在十年前，當時的周煥盛是業內知名學者，而那時候正在讀高三的陳諾蘭應該不會錯過近距離向周煥盛討教的機會。結合之前駱滕風在D城大學講座上提及的，陳諾蘭曾經到D城大學旁聽過幾堂課，很可能是周煥盛的課。

一路推理下來，不得不承認陳諾蘭認識周煥盛的機率相當高。

路天峰一言不發，內心思緒翻騰，表面上還是努力裝出一副平靜的模樣。

吳國慶善解人意地拍了拍路天峰的肩膀：「別想太多，她可能只是碰巧認識周煥盛而已。」

巧合？不，這一切根本無法簡單地用「巧合」來解釋，陳諾蘭在這個故事裡，到底扮演著怎樣的角色？

「我覺得這不可能是巧合，你認為呢？」路天峰毫不避忌地直接發問，因為他很想聽聽老前輩的意見，反正這一次迴圈還有不到十二小時就結束了，無論吳國慶說了些什麼，他都不會真正「記得」。

「你懷疑她？」吳國慶不答反問。

「是的，我懷疑她。」路天峰直言不諱。

童瑤小心翼翼地插了一句：「路隊，周煥盛失蹤的時候，陳諾蘭已經去美國讀書了，六月也不是學校的常規假期，她應該沒有作案嫌疑。」

吳國慶反應奇快，說道：「不是有她的檔案嗎，出入境記錄一查就明白了。」

童瑤點點頭，在平板電腦上三兩下就調出了陳諾蘭的出入境記錄。

「咦，陳諾蘭八年前的出入境記錄……」童瑤愣了愣，有點不知所措起來。

「怎麼了？」路天峰拿過平板電腦一看，上面記錄著當年六月三日，陳諾蘭從D城機場海關入境，六月九日，從D城機場海關出境。

周煥盛失蹤當天，陳諾蘭就在D城。

路天峰苦澀地笑了起來。

會議室內的三個人心照不宣地交換了一下目光，還是吳國慶先開口：「怎麼會這樣，還真是見鬼了！」

路天峰只覺得嘴裡有股苦澀的味道。他用力嚥了嚥口水，想沖淡這種苦澀，才發現連口水也像黃連一樣苦。

「交給我吧，我一定會查個水落石出。」他一字一頓地說，言語裡帶著微微的顫抖。

童瑤動了動嘴唇，欲言又止，吳國慶畢竟是前輩，說話更直接一些：「小路啊，要是有什麼困難就直說，我們一起想想辦法。」

「放心，我沒問題。」

路天峰說話間，手機收到了一條訊息，低頭一看，那是黃萱萱發來的。

「老大，對譚家強和徐朗已經布署完畢，隨時可以抓捕。」

路天峰回覆道：「注意抓現行，小心為上。」

「你大概幾點到？」黃萱萱又問。

路天峰猶豫了，他真想立即趕去風騰基因，當面質問陳諾蘭，但逆風會和譚家強的事情也非常關鍵，不親自去現場實在是不放心。

「別擔心，講座開始前我會到場。」

其實晚點再去跟陳諾蘭見面，未嘗不是一件好事。

7

四月十五日，第四次迴圈，下午兩點半。

路天峰抵達D城大學禮堂的時候，黃萱萱已經完成了現場布署，十幾名便衣分散站在講台兩側和觀眾席上，以確保任何風吹草動都逃不過他們的眼睛。

黃萱萱也扮成學生模樣，坐在禮堂的最後一排，如果路天峰沒記錯，這正是她在第一次迴圈時所坐的位置。

人果然還是有些改不掉的習慣。

黃萱萱的身旁還有一個位置，上面擺放一個書包，顯然是她為路天峰占了個座位。

「不好意思，來遲了。」路天峰走上前，低聲說。

黃萱萱立即拿開書包，笑著招呼路天峰坐下，看上去就像是幫自己的男朋友占位一樣自然。

「情況如何？」入座後的路天峰用只有黃萱萱能聽見的聲音對她說，在旁人眼中，這只是小情侶之間的竊竊私語。

「徐朗和譚家強已經被我們的人密切監視，現在他們兩人都在生物系教學樓裡面，沒有來禮堂。」

「明白了。」路天峰隨即知道，事情正按照第一次迴圈的進程發生，他不禁好奇，難道X一直沒察覺到自己在「搗亂」嗎？為什麼X會無動於衷呢？

駱滕風開始上台演講，依舊調動著學生們的情緒，而這一次他的身邊並沒有陳諾蘭。他所說的話，學生們的反應和互動等，都跟第一次迴圈時幾乎一模一樣，最後上台獻花的，也是在上一次迴圈中被殺死的無辜女孩，只是這一次，譚家強再也沒有從旁衝出來傷害她。

「老大，這裡的活動快結束了，而徐朗和譚家強還留在教學樓裡，那裡是駱滕風行程的下一站。」

「注意，徐朗身上有利器，而譚家強準備了毒藥，讓監視的同事盯緊一點。」

「老大……你怎麼連這個都知道？」黃萱萱大吃一驚。

「光知道沒用，我們要拿到鐵證才行。」

黃萱萱和余勇生並沒有令路天峰失望，這一次的抓捕行動安排得非常到位，當徐朗靠近駱滕風的時候，連刀子都沒掏出來，就立刻被兩名便衣反剪雙手，控制得死死的。而系主任將駱滕風帶到辦公室後，譚家強果然主動遞上了下毒的熱茶，被余勇生一手按倒在地。

譚家強本來還想狡辯幾句，但黃萱萱拿出了早就安裝在他辦公室內的隱藏攝影機——這當然也是按照路天峰的指示提前安裝的。

看到攝影機之後，譚家強面無血色，知道自己這次無論如何都脫不了罪了。

「老大，完美！」余勇生走上前，想和路天峰擊掌，但路天峰好像在想什麼心事似的，沒理會他。

「嗯？老大他怎麼啦？」余勇生眼見路天峰心事重重，於是悄悄地問黃萱萱。

黃萱萱搖了搖頭：「不知道啊，他今天有點怪怪的。」

「你剛才的布署出問題了嗎？」

「應該沒有吧……不是一切都很順利嗎？」黃萱萱實在想不出自己犯了什麼錯誤，會讓路天峰臉色如此凝重。

「我也覺得沒啥問題呀！要不你問問老大？」余勇生慫恿道。

「別傻了，要問你自己問。」黃萱萱白了他一眼。

事實上，余勇生和黃萱萱所說的每一句話路天峰都聽在耳中，他也明白，下屬是用這種委婉間接的方式來關心自己。

他所擔憂的並非哪個環節做得不夠好，而是一切都做得太好、太順利了。

與上一次迴圈相比，X 在這次迴圈裡面好像真的銷聲匿跡了。為什麼呢？莫非 X 已經有百分之百的把握可以在第五次迴圈裡暗殺駱滕風，所以這次根本懶得動手干預事態發展了嗎？

路天峰苦笑著搖搖頭，無論如何，以不變應萬變，X 在心理層面又贏了一步。但即使如此，路天峰還要繼續求變。

「暫時別把譚家強送回警局，我要在車上緊急審訊。」

「緊急審訊？」余勇生和黃萱萱都有點愕然了。

「是的，你們倆都在車外等我，讓我單獨跟他對話。」

這要求自然是不合規矩的，但余勇生和黃萱萱並沒說什麼，自動自發地站在警車兩旁，擔任把風的角色。

「譚老師，你好。」

此時有些狼狽的譚家強狐疑地看著路天峰，大概想不明白自己那天衣無縫的計畫是哪裡露出了破綻，更不懂這位警察為什麼要對自己那麼客氣。他故意把臉扭向一旁，假裝在看窗外的風景，就像沒聽見路天峰說話似的。

「譚老師，我想問你幾個問題。」

譚家強把目光移回路天峰臉上，一雙眼睛狐疑地眨了眨，生性多疑的他已經察覺到事情有一絲不尋常。

「這不合規矩吧？」他不情不願地答道：「我有權保持沉默。」

路天峰不依不饒地問：「只是一個很簡單的問題，你做這一切，到底是幕後有人指使，還是出於你自己的本意？」

譚家強默不作聲，他警覺地打量著路天峰，彷彿在評估應該怎麼回答才對自己最為有利。

「如果你只是從犯，那麼可以坦白從寬，爭取減刑。」

沒想到譚家強眼珠一轉，竟然哈哈大笑起來：「警官，我怎麼覺得你是在誘供呢？實在太不專業了。」

路天峰臉色一寒：「難道你想說自己就是主謀？」

「我想留到審訊室裡慢慢說。」譚家強看了看車外，「這裡不適合錄口供吧。」

路天峰沒接話，反而拿出手機，調出周明樂的照片：「這個人你認識嗎？」

譚家強隨意地瞟了一眼：「不認識。」

「他叫周明樂，是周煥盛的兒子。」路天峰冷冷地說，顯然譚家強是不可能不認識周明樂的。

「哦，原來他長這樣子啊！我和他只是網友，在網路上交流過。」

「如今的逆風會，是你還是他在運作？」

譚家強翻了個白眼：「那傢伙在美國過得那麼舒服，早就忘記自己老爸是怎麼死的了，還指望他幫忙？」

「你確認周煥盛已經遭遇不測了？」

「老周肯定是被駱滕風害死了啊！如果他還活著，能眼睜睜看著駱滕風搞什麼RAN技術出來騙錢嗎？」譚家強憤憤不平卻又自信滿滿地說道。

「看來你對駱滕風成見挺深的嘛。」

譚家強哼了一聲，沒答話，路天峰則又切換了一張陳諾蘭的照片遞給他看。

「這個人你認識嗎？」

「也不認識。」

「真的嗎？」

如果說譚家強沒見過周明樂還能解釋得通，但以逆風會跟駱滕風處處針對的立場，譚家強會不知道陳諾蘭的身分嗎？

譚家強緊抿著嘴唇，一言不發，而路天峰注意到他的表情裡有一點點動搖。

「這是網上謠傳跟駱滕風鬧出緋聞的女下屬，陳諾蘭，你怎麼會不認識她？」

「哦，在新聞裡頭看過，沒認出來。」

路天峰不禁皺起了眉頭，譚家強連殺人未遂的罪名都不願意辯解推託，有必要隱瞞自己和陳諾蘭之間相識的關係嗎？

「我知道你背後一定有指使者。」路天峰突然放棄了拐彎抹角，單刀直入。

「哦？那就把他找出來吧。」譚家強的臉上露出了不以為然的冷笑。

雖然譚家強的態度非常不配合，但路天峰突然領悟到，周明樂和陳諾蘭都不是隱藏在幕後的指使者，否則譚家強的神態不會如此輕鬆。

他那蔑視一般的冷笑，正是在嗤笑路天峰的判斷是錯的。但也正是這種態度，讓路天峰得到了自己想要的答案。

「很好，我明白了。」路天峰笑了笑，也不多說廢話，直接下車離開，反倒是讓譚家強有點意外。

「老大，怎麼樣？」余勇生和黃萱萱立即走上前詢問。

「勇生，你繼續負責保護駱滕風。萱萱，把譚家強和徐朗帶回警局，好好審問一番。」

「你不回去嗎？」黃萱萱聽出了路天峰的弦外之音。

「我要先去一趟風騰基因，確認某些事情。」

8

四月十五日，第四次迴圈，下午三點半。

路天峰坐在風騰基因的會客室內，腦袋隱隱作痛。他閉上眼睛，不停地揉動自己的太陽穴，才想起這四次迴圈當中，自己幾乎每次都只休息了四五個小時。

身體的疲憊還能咬緊牙關硬撐過去，但精神上的疲憊實在是無法抵抗。

路天峰剛剛把背靠在沙發上，正想趁機瞇一會兒，就聽見了陳諾蘭走進來的腳步聲，於是又立刻睜開眼。

陳諾蘭也是一臉倦容，畢竟今天她突然升職了，要應付的事情一下子多了不少，但她的精神看起來還算不錯。

「路隊，是什麼風把你吹過來了？」陳諾蘭語氣中帶著拒人於千里之外的冰霜，顯然是上午的怒火還沒熄滅。

「對不起，諾蘭……」

「抱歉，我很忙，你直接說事吧。」陳諾蘭一臉漠然地說。

路天峰長歎一聲，他明知道自己的問題一旦端出來，他們之間的關係只會變得更糟糕，但他沒有別的選擇。

「好的，有一起案件，需要你協助警方調查。」路天峰也換回了公事公辦的語氣，「是發生在八年前，D城大學教師周煥盛的失蹤案。」

周煥盛的名字剛說出來的時候，陳諾蘭的臉上掠過一絲不自然，但一眨眼就消失了，卻沒能逃過路天峰的眼睛。

「你想知道什麼？」

「你認識周煥盛嗎？」

「認識。」

「怎麼認識的？」兩人之間一問一答的節奏越來越快。

「在中學的時候就認識了，他來我們學校講過課。」陳諾蘭惜字如金，連一個字都不想多說。

路天峰不得不追問一句：「周煥盛可是業界泰斗，你只是一名普通的中學生，有那麼容易跟他扯上關係嗎？」

陳諾蘭瞪了路天峰一眼：「抱歉，我當時是我們學校最優秀的學生，而且我個人對生物學非常感興趣，所以跟周老師多聊了兩句。」

「後來你們還有聯繫嗎？」

「偶爾透過電子郵件聯繫，周老師還邀請我去旁聽過他的課。」

「在D城大學？」這跟上一次迴圈中，駱滕風在D城大學演講時說陳諾蘭是「編外學姐」的訊息完全吻合。

「是的。」陳諾蘭生硬地答道。

「後來你怎麼沒有去考D城大學？」

「這和案件有關嗎？」陳諾蘭尖銳地反問道。

路天峰聳聳肩，這確實是一個帶有私心的問題，不問也罷，於是話鋒一轉：「八年前的六月六日，也就是周煥盛失蹤當天，你在國內嗎？」

「在。」

這斬釘截鐵的回答讓路天峰有些愕然，不禁問道：「你怎麼記得那麼清楚？」

陳諾蘭皺起了眉頭：「因為印象特別深刻——那時候我外婆去世了，我趕回來參加喪禮，沒想到卻聽說了周老師失蹤的消息。」

「我想知道，六月六日那天你在哪兒？」

「我在我外婆家裡住了幾天，直到她的後事全部辦完才回市區。」

路天峰追問道：「市區？你外婆家在郊區嗎？」

「是的，她家在北郊的摩雲鎮。」

「摩雲山腳的那個小鎮？」路天峰愣了愣，難道周煥盛準備去摩雲山的原因就是陳諾蘭？

「是的，有什麼問題嗎？」陳諾蘭好奇地反問。

路天峰默默地思索著，看來陳諾蘭並不知道警方調查的細節，也不知道周煥盛失蹤前計畫要去的地方正是摩雲山。

「你那次回國期間，有見過或者聯繫過周煥盛嗎？」

陳諾蘭立即矢口否認：「沒有。」

「你對周煥盛的失蹤案有什麼要補充的嗎？」

她停頓了幾秒鐘，然後說道：「沒有。」

路天峰不得不打出自己的底牌，「但警方的調查結果顯示，周煥盛失蹤前想去的地方，正是摩雲山。」

陳諾蘭的身子一震，驚愕地瞪大了眼睛，「他想去摩雲山？」

「是的，我覺得，他是想去找你。」

陳諾蘭咬了咬嘴唇，沒有接話。

「你知道他為什麼想要去摩雲山嗎？」

「我猜……他原本是想來找我的。」陳諾蘭用細不可聞的聲音說著。

路天峰有點難以置信地看著她，只是隔了短短幾句話，怎麼她就突然改口了呢？

「周煥盛為什麼要找你？你不是說沒跟他聯繫過嗎？」

「我回國後確實沒聯繫過他，但回國之前，我給他發了一封郵件……」

「什麼郵件？」

陳諾蘭扭過頭，呆呆地看著窗外，就好像沒聽見路天峰的問題似的。

「諾蘭，告訴我……」

「這根本不重要。」陳諾蘭突然換了一種語氣，「我只能告訴你，周煥盛最終並沒有來找我，我和他的失蹤也沒有任何關聯。」

「你到底隱瞞了什麼？」路天峰有點按捺不住了，焦急地大喊起來。

「你現在是在查案吧？查案就應該按照流程和手續，一步一步來查，我確實沒跟周煥盛見面，而且我們見面的原因也和案情無關，你繼續逼問也沒有任何意義。」陳諾蘭竟然還在堅持，不肯說出個中緣由。

路天峰一時啞口無言，陳諾蘭說得沒錯，周煥盛是在城北汽車客運站附近消失的，他最後出現的地點，離摩雲山還有幾十公里遠。

「就算知道他是為了見你而被歹徒綁架，甚至很可能因此遇害，你也堅持不肯說出真相嗎？」

「峰，請你相信我，我很難解釋這一切，但請相信我沒有做過任何非法的事情，也對周老師的失蹤毫不知情。」陳諾蘭情急之下，眼眶都紅了。

「我懷疑有人得知了周煥盛約見你的消息，並且趁機設局害死了他。所以我想搞清楚，還有誰知道周煥盛會去摩雲鎮？」

陳諾蘭連連搖頭道：「不可能，沒有人會知道，就連我也不知道。我還在美國的時候就發了封郵件給他，附上我個人的行程安排。但我不確定他是否真的會來找我，更加不清楚他會選擇哪一天來。」

「連你也不知道嗎……」路天峰想起了另外一種可能性，因為那一天恰好是時間迴圈的日子，那麼犯人就有可能在第一次迴圈當中得知了周煥盛去摩雲鎮尋找陳諾蘭的行程，然後利用後面幾次迴圈設計了一個精妙的布局，最終將其殺害，導演了一場人間蒸發的好戲。

這一系列推理的最大前提，就是陳諾蘭沒說謊——她當時確實不知道周煥盛要來找她。但她為什麼不肯說出周煥盛與她見面的原因呢？

「不要在我身上浪費時間了，查一下別的線索吧。」陳諾蘭有點想終結話題的意思。

但路天峰不想就此放棄：「諾蘭，周煥盛的失蹤案可能是如今風騰基因高層接連被殺害的真正原因，要是查不出八年前的真相，就很難抓獲今天的凶手。」

「你是說，當初綁架周老師的犯人，就是殺害張翰林和高俊傑的凶手？」

「這是可能性之一，另外一種可能，就是如今連環殺手 X，想要替周煥盛報仇，所以要毀掉風騰基因。」路天峰歎了一口氣，「無論是哪種可能，當年事件的真相都相當重要。」

陳諾蘭沉默地低下頭，看著自己的腳尖，最後擠出一句話：「明天吧，明天我告訴你。」

「明天？」路天峰哭笑不得，他只怕根本等不及明天。

「嗯，先讓我沉澱一下，但你不要抱有什麼期待，因為我所知的只是一些私事，與案情毫無關係……」陳諾蘭猶豫不決地說道。

路天峰想了想，說：「很好，我已經猜到了。」

「猜到了？」陳諾蘭蹙起眉頭。

「這事跟周明樂有關，對吧？」路天峰終於將所有事情理順了，陳諾蘭和周煥盛之間能有什麼私事呢？當然是關於他們共同認識的一個人，周明樂。

陳諾蘭的臉上已經失去了血色，她一直在掩蓋的，到底是什麼祕密？

「你的表情已經告訴我答案了。」路天峰將目光投向窗外，不知道為什麼，他不想一直盯著陳諾蘭，「周明樂有事拜託你，讓你找機會親口跟周煥盛說，而周煥盛一直在猶豫要不要見你，足以證明這件事對父子兩人而言相當重要。」

陳諾蘭還是沒說話，她下意識地點了點頭。

「父子之間多年沒見面了，能有什麼重要的事情呢？這件事需要以一個人為紐帶，連結起他們兩個人。」路天峰看著自己的女朋友，緩緩道：「你就是這個紐帶，所以由你來約見周煥盛，對吧？」

「是的。」

「再加上這件事你一直不願意告訴我，可見跟我也有點關聯。這樣說來，世界上能夠符合上述條件的事情實在不多。」路天峰頓了頓，「還是你來告訴我吧。」

陳諾蘭自嘲地笑了：「確實不多，峰，你很聰明。其實周明樂是我的前男友，那時候我們甚至想過要訂婚……」

路天峰的腦海裡猛然炸起一道驚雷，但他依然竭力保持住冷靜的口吻。

「所以周明樂想要諮詢他父親的意見？」

陳諾蘭右手緊握著左手大拇指，有點糾結地慢慢說道：「Steve的母親在他十八歲那年過世了，周煥盛就是他唯一的親人，所以當他找到女朋友，尤其是一位未來會跟父親做同行的女朋友時，非常想得到父親的肯定。所以我趁著那次回國的機會，鼓起勇氣約見了周煥盛……」

「其實你也想得到他的肯定吧。」路天峰暗暗歎息，不管這事跟案件有沒有關係，他都彷彿看見兩人之間的裂隙在慢慢擴大，也許在未來終將變成一道鴻溝。

陳諾蘭的目光飄向遠方，「怎麼說呢，當年的我只是很單純地希望周煥盛能夠欣賞我，無論是作為一個生物系學生，還是作為他兒子的女友。」

「這種事情有必要一直隱瞞著我嗎？」

她怔了怔，才說：「我並不是要刻意隱瞞什麼，只是在考慮該怎麼樣和你說……」

陳諾蘭的聲音低了下去，路天峰也沒有再追問的心思。

兩人沉默了一小會兒之後，路天峰簡單粗暴地轉移了話題：「回到案件本身吧，你發郵件給周煥盛這件事，周明樂難道不知道嗎？」

「他知道這事，但他本人當時不在國內。」

「他知道就夠了，他可以有同謀……」

「但他沒有綁架和傷害他父親的動機！」陳諾蘭立即反駁道。

「或者有，只是我們並不知道。」路天峰淡淡地說道：「畢竟他是個自幼就被父親拋棄了的孩子。」

陳諾蘭的臉頰紅了，她的手攥緊成拳，放在桌面上，看起來好像有點生氣，「為什麼我覺得你在處處針對 Steve？」

「因為除了這種可能性之外，就只剩下最後一種更可怕、我所不願意面對的解答了。」路天峰說到這裡，不由自主地倒吸了一口涼氣。

「那是什麼？」陳諾蘭困惑地看著路天峰。

路天峰也定定地看著陳諾蘭，再三考慮之後，說道：「你相信這個世界上有超能力嗎？」

「啊？」陳諾蘭這下子更加糊塗了。

「如果周明樂和周煥盛的失蹤案無關，那麼犯人也許是動用了超越科學常識的能力，才能完成這場綁架。」

「我不明白你在說什麼。」陳諾蘭露出苦笑，連連搖頭。

其實路天峰這樣說絕對不是一時衝動，而是經過深思熟慮之後的選擇。他相信 X 一定具有感知時間迴圈的能力，甚至推測出 X 經歷的時間迴圈比自己還多，那麼 X 和自己一樣，都會盡力偽裝成普通人，以免惹來不必要的麻煩。

但無論怎麼偽裝，都會有破綻的，尤其是在路天峰如此認真細緻的近距離觀察之下。

他想再次試探和確認，陳諾蘭到底是不是 X。

「諾蘭，接下來的話，可能有點超乎你的想像，而我希望你以科學家的身分給我一點建議。」

「嗯，你說吧。」陳諾蘭還是一臉茫然。

「這個世界上，可能存在超越科學認識的東西嗎？」

「那當然有了，隨著科學的發展，這些事情會逐漸被人類所掌握，但也有一些東西，可能是人類文明到終結都無法破解的謎題，比如說，人類的生老病死。」討論這些理性話題時，陳諾蘭的表現更加遊刃有餘。

「那麼說來，科學也不能否認超能力的存在？」

「不能確認，也不能否認，具體也要看是什麼樣的超能力。」

「如果是某種違背自然和科學規律的能力呢？」

「那得視具體情況而定了，有些東西我願意相信，至少不會從內心完全否定它，但有些東西我可能一輩子都不會相信。」

「時間，有些人能夠超越時間的限制。」路天峰注意到，他在說這句話的時候，陳諾蘭臉上的表情沒有任何肉眼可見的變化，她的內心毫無波瀾。

「你是指穿越時空嗎？」陳諾蘭問。

「不，是時間迴圈，有些人聲稱自己能夠感受到時間迴圈，他們會重複地經歷某一天……重複若干次。」路天峰故意隱瞞了一些細節，來試探陳諾蘭的反應。

「關於時間維度，人類幾乎是一無所知，即使是最前沿的科學家，也只能提出一些無法認證的猜想，所以我無法就此做出任何判斷。」

路天峰內心可以認定，陳諾蘭真的不知道時間迴圈的具體運作模式，她只是以一個純粹旁觀者的角度和科學家的身分去分析。

她不是X，但為什麼每件事都和她有關？

只能解釋為X是一個她認識而且關係相當不錯的人。

「如果只能選擇信或者不信，你會相信時間迴圈的存在嗎？」

陳諾蘭冥思苦想了好一會兒，才說：「我信。」

「為什麼？」路天峰是真的很好奇。

「因為按照我們目前的認知，時間是永恆的、穩定的，不受任何事物干擾，但我總覺得，宇宙中不可能有永恆的東西，一定有什麼辦法能夠影響到時間維度的運作，只是我們還未曾察覺而已。」

「這個觀點挺有意思的，聞所未聞。」

「對了，是誰說他能夠感知時間迴圈？或者我可以聯繫到這方面的專家學者，對此來做一些研究。」

這個問題的答案，路天峰不想告訴她，就算幾小時之後一切就會消失，他也不願意說，因為他很害怕陳諾蘭會用看待實驗室小白鼠的目光來打量自己。

「一個線人，但我不相信他。」路天峰說謊的時候，移開了自己的目光。

陳諾蘭將信將疑地眨著眼睛，他和她雖然相隔只有不到一公尺，卻像站在天涯和海角那麼遙遠。

9

四月十五日，第四次迴圈，下午四點半，巴黎俱樂部的地下停車場。

因為還沒到營業時間，這個能夠停泊兩百多輛小汽車的偌大空間，現在只有稀稀落落三四輛車子。光看眼前的景況，很難想像這裡入夜後將會變得多熱鬧。

一輛黑色的賓士休旅車，停在離電梯口最近的貴賓專用車位上。

張文哲低著頭，走近車子，因為使用了自動感應的電子鑰匙，所以他習慣性地直接伸出手，準備去拉開車門。

就在即將開門的瞬間，張文哲的身子突然一僵，飛快地回過頭來——無聲無息地站在他背後的，是路天峰。

「原來是路警官啊，失敬失敬，我還以為光天化日之下也有蟊賊敢對我動手呢！」

「你知道我是警察？」路天峰饒有興味地問，因為他一直是以保鏢的身分出現在駱滕風身邊的，當然，這也可能是樊敏恩提前洩露了機密。

「我還不至於連警察都認不出來。」張文哲彬彬有禮地拉開車門，邀請路天峰上車，「來，到車上聊吧。」

路天峰也不客氣，直接坐到副駕駛上說道：「你看見我來找你，好像並不覺得太意外嘛。」

「有啥意外的呢，還不是為了工作。路警官，你有什麼想知道的就直說吧。」

「很好，我想問一下，剛才樊敏恩為什麼來找你？」

張文哲咧開嘴巴笑了起來：「就這點事情？我們只是見面閒聊而已。」

「閒聊？你跟她很熟嗎？」路天峰知道張文哲和駱滕風的關係不怎麼好，下意識地覺得張文哲與樊敏恩之間的關係應該也一般般。

「不算熟，以前混過同一個圈子而已。」

「什麼圈子？」

張文哲不說話，手指向上指了指。這個停車場的正上方，就是夜夜紙醉金迷的巴黎俱樂部，紅男綠女們每天凌晨時分，在這裡瘋狂宣洩著過剩的精力和熱情。

「原來你跟樊敏恩早就認識了啊！」路天峰饒有興味地說。

「是啊，我認識她的時候，她還沒搭上駱滕風呢。」張文哲雙手搭在方向盤上，目視前方，卻完全沒有開車的想法。

兩個男人同時沉默，各懷心事，在這狹小的車廂內，形成了一種微妙而均衡的相持之勢，雙方都按兵不動，等待對方說出下一句話。

路天峰突然冒出一個大膽的想法，樊敏恩如果有出軌的可能，那麼嫌疑人還真不一定只有她的前男友鄭遠志，眼前這個男人不是一個更適合的對象嗎？

樊敏恩要是繼承了駱滕風手中的股份，再和張文哲聯手，就能獲得風騰基因的絕對控制權，屆時連高緲緲都不能對他們造成任何威脅了。

想到這裡，路天峰心頭一凜，終於主動開口打破了僵局。

「你們真的只是閒聊嗎？」

「否則我們還能聊什麼？」張文哲反問。

「駱滕風今天突然提拔了陳諾蘭，你們在商量如何對付她。」路天峰直奔主題。

張文哲似乎想要忍住不笑，但最後還是笑了出來：「哈哈哈，路警官，看來你不太瞭解我們公司的運作模式。」

「哦？願聞其詳。」

「我們想要對付陳諾蘭的話，根本用不著商量，隨時都可以把她踢出局。」

路天峰自信滿滿地說：「不可能，在今天的任命生效之後，你再想把陳諾蘭踢出管理層，就不是那麼容易的事了。」

「哦？你憑什麼這樣說？」

「我很清楚陳諾蘭對風騰基因的價值有多大，駱滕風同樣清楚這一點。」路天峰緊緊盯著張文哲的眼睛，「如今你們每個人都意識到陳諾蘭是個威脅了吧？」

張文哲摸了摸下巴，不置可否。

「你們不能讓陳諾蘭在管理層站穩腳跟，最好的辦法，還是趁著她立足未穩的時候將她搞下台。但你們也知道，陳諾蘭是駱滕風的親信，動她等於撼動了駱滕風的絕對權威，既然如此，乾脆選擇更直接、更有效的辦法。」

「有什麼更直接的辦法？」張文哲問。

「除掉駱滕風。」

張文哲嘿嘿乾笑起來：「路警官，你指控的罪名很嚴重啊，有實質性的證據嗎？」

「如果有證據，我還用得著在這裡跟你瞎扯嗎？」

「那麼這一切都只是你的空想……」

「但我可以提供另外一個重要的訊息給你。」路天峰毫不客氣地打斷了張文哲的話，「除了你們之外，還有人想爭奪這家公司的控制權。」

「你指高緲緲嗎？那小丫頭還能成什麼事！」張文哲不屑地說。

「高緲緲的背後，是頂級創投機構 Volly……」路天峰故意賣了個關子，不說下去了。

這種欲說還休的態度果然讓張文哲上鉤了，「怎麼可能，我查過她的底細……」

「你知道她的親生父親是誰？」

「那倒不知道。」張文哲換上一張燦爛的笑臉，「路警官，你說了那麼多，是想商量一下我們之間有沒有合作的機會，對吧？」

「警民合作不是應該的嗎？」

「對對對，應該應該……」

「那就聽我一句勸，千萬別做違法犯罪的事。」

「絕對不會，絕對不會……」

「那就好，我先走了。」路天峰直接打開門跳下車，他懷裡的手機在振動著，應該是有了新的情況。

「路警官？」張文哲坐在車裡一臉狐疑，不明白為什麼連條件都還沒談，路天峰就匆匆告辭了。

路天峰沒有急著接聽電話，而是走出了足夠遠的距離，確認張文哲再也看不見自己的時候，才接通來電。

「童瑤，什麼情況？」

「路隊，我剛才重點調查了周煥盛失蹤前後一段時間內，駱滕風的行動軌跡，無意間發現了一個很奇怪的地方。」

「說說看？」

「那一年的七月，城北汽車客運站的網上購票系統開始啟用，而從有系統記錄以來，幾乎每逢週五，駱滕風都會到客運站坐城際大巴，目的地是 C 城，然後在週六或週日返回 D 城，這一行為一直持續到當年九月。」

「七月，離案發時間有點遠吧？」路天峰納悶地說。

「但七月之前可是沒有電腦記錄的資料，以駱滕風行動的持續性推斷，他很可能是在六月甚至更早的時候，就開始了這種有規律的往返。」

路天峰靈機一動，說：「你的意思是，駱滕風可能對城北汽車客運站一帶的環境相當熟悉？」

「是的，畢竟駱滕風是周煥盛失蹤事件的最大受益者。」

路天峰覺得有點慚愧，為什麼童瑤能夠理性地透過獲利和動機兩大要素去推進調查，而自己卻在陳諾蘭和周明樂的事情上糾纏不清，甚至非要逼問出他們之間的情侶關係不可？

難道他對陳諾蘭真的不夠信任嗎？

「路隊？」路天峰遲遲沒有作聲，讓童瑤有點拿不定主意。

「能查到駱滕風當時為什麼要頻繁往返兩地嗎？」

「我試一下，不過時間隔得有點久了……」

「我這邊也會透過別的管道去調查的。」路天峰說。

「別的管道？」

「我可以直接去問駱滕風。」

童瑤幾乎沒能反應過來，好一會兒才開口接話：「直接問他？他會說出來嗎？」

「為什麼不會呢？」

10

四月十五日，第四次迴圈，下午五點四十五分。

天楓星華酒店的貴賓休息室內，只有駱滕風和路天峰兩個人，氣氛說不出的詭異。

駱滕風難得一見地拿著一根香菸，並沒有點燃，而是在手指之間來回轉動著，「你為什麼會突然問我這樣的問題？」

「因為我懷疑當年周煥盛的失蹤案，直接導致了今天的一系列事件。」

「你認為我跟案件有關？」駱滕風將香菸輕輕扔到桌面上，「八年前我就是重點嫌疑人，如果我涉案，早就被你們查出來了吧。」

「我同意，所以我推測 X 與你之間絕對不是表面上的直接關聯，而是有某種隱藏極深的聯繫。為了找到這種內在關聯，我不能放過任何一個細節。」

事實上，路天峰的心裡還有另外一套想法：如果駱滕風去 C 城的事情跟案件無關，他大可以直接說出來；如果他閃爍其詞，這裡面可能大有文章。

駱滕風又撿起了桌上的菸，歎了口氣才說道：「這事跟周老師的失蹤絕對無關，但說來有點丟人，那時候的我，陷入了一場異地戀……」

「異地戀？」

「她叫朱曉月，在 C 城讀大學，那段時間我算是被她迷住了，所以幾乎每個週末都會去 C 城跟她見面。」

又冒出來一個朱曉月？路天峰還真沒想到答案會是這樣，但仔細一想，當時的駱滕風也就二十出頭，青春洋溢，為愛情癡迷也是很平常的事情。

「從什麼時候開始的？」

「我們的戀情由當年五月開始，在五月到九月期間，我大概每個週末都會跑去 C 城跟她約會。」

「九月之後呢？你們分手了？」

駱滕風搖搖頭：「她畢業了，並且決定來 D 城找工作，我們不再分居兩地。」

「然後呢？」路天峰知道兩人最後肯定還是分手了，而且戀情持續的時間並不長，否則這段逸事早就被寫入關於駱滕風的八卦新聞裡了。

只見駱滕風的臉色有點難看，似乎不太願意回憶這段過去，「後來……她去世了，就在同一年年底……」

「什麼？」

駱滕風終於點燃了一直在手裡把玩的香菸，卻沒有放進嘴裡，而是看著菸捲慢慢在手中燃燒。

「我是在一次醫學交流會上認識她的，她是個醫科學生，自己又患有比較嚴重的遺傳性糖尿病，已經引起了多處併發症，所以特別關心相關題材的學術研討會。那時候我還跟她說過，如果RAN技術真的能夠研發成功，她的病就有機會痊癒了。」

「這也是一種奇妙的緣分。」

「只是沒想到，來D城後不到三個月，連一份正式工作都沒找到，她的病情就迅速惡化，最後因為急性腎衰竭走了……」

「RAN技術也救不了她？」

駱滕風看著越來越短的菸捲：「當時RAN-1通過了初步認證，用小白鼠做實驗也沒有任何問題，但還沒進入臨床試驗階段。所以我只能眼睜睜看著她慢慢地變虛弱，慢慢失去了生命力……」

「你就沒考慮過冒險一試？」

「使用未經許可的研發中藥物，那不僅違反職業道德，還是犯罪，我絕對不會拿自己的女朋友做這種實驗。」駱滕風有點生氣地提高了音量。

「抱歉，話題扯遠了……」原本只是想詢問一下駱滕風當時反覆往返C城和D城的理由，沒想到卻引出了他的一段傷心往事。

「沒關係，言歸正傳吧。」駱滕風摁滅了即將燃盡的香菸。

「六月六日，周煥盛失蹤當天，你在哪裡？」

「警方應該都有口供記錄吧？我那天就在學校裡，哪兒都沒去。」

路天峰看了看檔案裡的記錄，這些常規性的問題當年確實都問過了，而且駱滕風的回答也沒有任何可疑之處。

八年前查不出端倪的案件，八年後更加無從下手了。

——不對，還有一件八年前忽略了的事！

「我想問一下，你是什麼時候認識陳諾蘭的？」

只見駱滕風那正把菸頭扔到菸灰缸裡的手明顯地僵了一下，即使他什麼都還沒說，路天峰就已經察覺到這裡頭一定還有內情。

「駱總，你在陳諾蘭進入風騰基因之前就已經認識她了……對不對？」

「對了一半。」

路天峰眉頭一皺，他並沒有聽懂駱滕風的意思。

「其實我第一次遇見陳諾蘭，是在讀大學的時候，某天她來旁聽周老師的課，我在人群中一眼就發現了氣質特別的她，並且對她留下了印象。」

路天峰心裡泛著酸意，表面上卻只能裝作若無其事。

「然後你就去跟她搭訕了嗎？」

「沒有，那時候我也沒想太多，只是注意到她而已。後來我才知道，原來她是個不可多得的生物學天才，被國內外多所名校爭相優先錄取。」

路天峰追問：「按你的說法，那時陳諾蘭並不認識你？」

「當然不認識，我猜她根本沒注意到我。她出國讀書之後，我依然留意著業內的幾家主要期刊，看到她發表的論文時，我就知道這位天才少女真的學有所成了，並且一直希望有朝一日能夠與她合作。」

知道自己的女朋友一直被另外一個男人默默地「關注」著，路天峰的心裡可真是百感交集，但駱滕風並沒有做出什麼過火的行為，也無從指責。

「有人知道你和陳諾蘭的關係嗎？」

「我們根本連認識都算不上，別人怎麼會知道……不過周老師可能猜出來了。」

「怎麼猜出來的？」

「我在他家看見一張照片，發現上面有陳諾蘭，所以就多問了幾句，想打探一下她的情況，結果周老師還調侃我，說我一定是看上人家了。」

路天峰覺得事情越來越複雜，但好像也越來越接近真相了。他隨手拿起一張白紙，在紙上寫出目前所知的，涉及周煥盛失蹤案的人物關係——

關係圖的最中央，是陳諾蘭；

陳諾蘭認識周煥盛，視之為前輩，並去旁聽過他的課；

陳諾蘭在美國認識了周明樂，兩人發展為戀人關係，後來她還趁著回國的機會，想約見周明樂的父親周煥盛；

陳諾蘭現在是駱滕風的下屬，而在大約十年前，駱滕風開始默默關注只有一面之緣的陳諾蘭；

周煥盛和駱滕風曾經是師徒關係，但後來勢如水火，兩人的學術理念針鋒相對；

周明樂和駱滕風當年沒有什麼交集，而現在，周明樂所在的基金公司有意入股駱滕風的風騰基因，這當中就是陳諾蘭在牽線；朱曉月，駱滕風當年的女朋友，身患慢性病，在與駱滕風相戀半年後病情惡化死亡。

路天峰在朱曉月的名字旁邊打了個問號，現在好像只有她和陳諾蘭沒有直接聯繫。

「這是……狗血電視劇的女主角嗎？」駱騰風看著紙上的名字和連線，雖然不能完全明白路天峰的意思，卻突然若有所思地嘀咕起來。

「什麼？」路天峰一下子沒聽懂，但隨即明白了。

陳諾蘭就是駱騰風口中的「女主角」——學習成績優秀，得到周煥盛的欣賞；去大學旁聽的時候，得到駱騰風的關注；出國留學時，與周明樂成為戀人；回國發展的時候，重新遇見駱騰風，進入了風騰基因……

「我總算是感受到六度理論的威力了，看似八竿子打不著的我們，其實中間只需要一個陳諾蘭就能串聯在一起。」

路天峰此時此刻想到的可不是什麼六度理論，他怔怔地看著紙上的某個名字，腦海裡不斷閃現出各種各樣的可能性——

按照目前整理出來的關係圖，唯一顯得格格不入的人，無疑就是已經不在人世的朱曉月了。

「朱曉月跟這件事沒有任何關係嗎？」路天峰的手指重重地落在紙上。

「應該沒有吧，周老師也不知道她的存在……當年我談戀愛還是挺低調的，即使是我的室友也沒見過曉月。」

「這不會很奇怪嗎？既然已經確立了男女朋友關係，就應該把她介紹給你身邊的同學和朋友認識啊！」

「曉月的身體不好，除了專業方面的學術交流會之外很少參加社交活動，而她來到D城之後健康狀況每下愈況，整天臉色蒼白，就更不願意出門見人了。」

路天峰的腦海裡總有一個大大的問號揮之不去。

「我總覺得朱曉月來到D城之後病情迅速惡化，有點過於巧合了，會不會跟周煥盛有關？」

「周老師？」駱滕風有點愣然，「他六月就失蹤了，曉月來D城是九月的事……兩者怎麼可能有關？」

「要知道我們一直沒有發現周煥盛的屍體，他真的已經死了嗎？如果這場失蹤只不過是由他導演的一場戲呢？」

駱滕風不解地問：「他為什麼要這樣做？」

「他要隱藏自己的行蹤，去做一些絕對不能曝光的事……」

「我不明白你的意思。」駱滕風皺起了眉頭。

「基因技術可以救人，也可以殺人。當年你在救人方面的研發進度上搶先一步，周煥盛會不會因此走上另外一個方向？」

路天峰的話剛說完，自己就愣住了，因為他突然想到一個很恐怖的可能性。

如果周煥盛要利用基因技術殺人，朱曉月豈不是一個很理想的實驗對象？她的身體狀況原本就不好，即使病情突然惡化也不會引起過多懷疑。

駱滕風大概也想到了同樣的可能性，他的眉頭緊鎖，一言不發。

良久的沉默之後，路天峰開口問：「朱曉月當時的病情，真的沒有任何可疑之處嗎？」

駱滕風按壓著太陽穴，緩緩地搖著腦袋道：「沒有，但如果有人利用基因技術來誘使她的病情急遽惡化的話，那麼以現在的科技手段是檢測不出任何可疑痕跡的。」

「這豈不是相當於完美犯罪？」

「是的，對一位出色的生物醫藥專家而言，殺人不留痕跡只是小兒科。」駱滕風道。

「你認為周煥盛有可能還在人世嗎？」

「我不知道……」駱滕風猶豫著說。

「但我覺得，即使周煥盛真的沒死，他也不會是策畫近期一系列案件的X。因為以他的專業能力，使用炸彈殺人實在是笨拙而冒險的辦法。」路天峰感覺自己兜兜轉轉推理了一大圈，最終依然一無所獲。

「周老師不會用炸彈殺人，並不代表他的同伴不會——如果他真的還活著，那麼他不能公開露面，需要有一個可靠的同伴幫忙。」

「同伴嗎？」

目前能夠繼續深入調查的對象，也是滿足成為周煥盛同伴條件的唯一一個人，就是處於事件關係網正中央的「女主角」——陳諾蘭。

兩個男人心照不宣地對視了一眼，並沒有說出她的名字——路天峰是不想說，而駱滕風是覺得沒必要說。

房間裡蔓延著尷尬而奇怪的沉默氣息。

駱滕風乾咳一聲，打破僵局道：「接下來該怎麼辦？」

「我去跟陳諾蘭聊聊吧，她也許知道一些什麼。」讓路天峰有些追悔莫及的，是他今天下午在陳諾蘭面前提及了時間迴圈的概念。萬一陳諾蘭真的和事件有關，那麼他可能已經打草驚蛇了。

「老大……宴會廳的天台出現狀況……」耳機裡突然傳出了余勇生的聲音，訊號有點不穩定，大概是因為距離有點遠。

「怎麼回事？」

「嫂子跟樊敏恩起了衝突，兩人差點打起來了。」

路天峰臉色一沉，拔腿就往門外跑，「知道了，我馬上就到。」

11

而當路天峰來到天台時，衝突已經結束，天台上只有一個穿著制服的工作人員，正在打掃地面上的玻璃碎片。

「勇生，她們人呢？」

「呃，剛剛離開，你就慢了一分鐘。」余勇生為自己的通報不夠及時而有點慚愧。

「告訴我陳諾蘭的位置。」路天峰轉身跑回宴會廳，心裡那股不祥的預感越來越強烈。他還記得在第一次迴圈當中，陳諾蘭和樊敏恩的衝突發生在婚宴正式開始之後，而且兩人只是說了幾句話就不歡而散，並沒有動手。但這一次，兩人不但提前發生衝突，還有人摔碎了酒杯，弄得滿地都是紅酒。

「稍等，正在追蹤……」

「路隊，樊敏恩已經返回自己的座位了，而陳諾蘭因為被紅酒潑髒了裙子，正在往酒店大門方向走去。」童瑤在通訊頻道裡插話道，她確實比余勇生更擅長透過多個攝影機掌控全局。

「離開酒店？」路天峰越發納悶了，他連忙拿出手機，撥打她的號碼。

「對不起，你所撥打的電話已關機。」

路天峰在通訊頻道裡下令：「余勇生繼續看好駱滕風，其他人立即替我搜索和確認陳諾蘭現在在哪裡。」

很快，黃萱萱就回覆了：「老大，陳諾蘭已經乘坐計程車離開了酒店。」

「車牌號碼？」

「本地車牌，87Q32。」

「聯繫交警，我需要這輛計程車的即時位置！」

「明白！」

「路隊，這邊的保護任務……」童瑤的語氣有點生硬，她顯然是對路天峰拋下任務去追陳諾蘭的行為感到困惑和為難。

「保護任務交給你們，陳諾蘭可能是個重要線索，我需要跟進。」路天峰飛快地說，算是給了大家一個解釋。

「知道了。」童瑤的聲音聽起來依然帶著迷茫。

路天峰急急忙忙跑向停車場，他突然想起，上一次迴圈當中，他也是這樣急急忙忙地趕往陳諾蘭的宿舍，結果白跑一趟。

她會不會只是回家，或者回到自己的宿舍？

路天峰沒有時間細想，一腳踩下油門，車子呼嘯著駛出停車場。黃萱萱很快就把陳諾蘭乘坐的計程車資訊發過來了，按照車子的行進方向推斷，她應該是要回宿舍。

但路天峰絕對不敢掉以輕心，如果周煥盛真的還沒死，陳諾蘭又跟他有聯繫的話，誰知道他們到底在策畫一個什麼樣的陰謀呢？

「老大，需要增援嗎？」黃萱萱關切地問。

「暫時不用，你們在現場注意一點。」路天峰本來想提醒一下，要注意那個身上帶著紙製匕首的秦達之，但還是覺得多一事不如少一事。

為了低調行事，路天峰並沒有鳴起警笛，而陳諾蘭的位置也不出所料地越來越接近她的宿舍。

「老大，陳諾蘭下車了，地點我發給你。」黃萱萱發來的地址正是陳諾蘭的宿舍樓下。

「我知道了，辛苦你了。」

路天峰的車子抵達宿舍樓下的時間大概比陳諾蘭晚了五分鐘，他跳下車，也沒耐性等電梯了，大步流星地跑上樓，來到陳諾蘭的宿舍門前敲門，卻沒有回應。

「諾蘭，諾蘭。」路天峰的心漸漸沉下去，她怎麼會不在家？

路天峰摸了摸口袋，拿出備用鑰匙，直接就去開門。然而就在路天峰推開門的一瞬間，身上穿著睡衣的陳諾蘭恰好出現在門後，還差點撞在門板上。

「怎麼回事？」陳諾蘭一臉茫然地看著路天峰。

「你……沒事吧？」路天峰開口之後，才發現原本想說出來的東西不太適合，最終硬是換成一句慰問。

「我？沒什麼，衣服弄髒了，原本準備回來換一條裙子再趕回去，後來想想，還是別折騰了。」陳諾蘭隨意地坐在沙發上，伸了個懶腰，「話說，這種雞毛蒜皮的小事情怎麼會驚動到你呢？」

「呃……」路天峰一時語塞。

「我猜應該是因為我現在嫌疑很大吧？」陳諾蘭淡淡地說，她確實很瞭解自己的男朋友。

「換個說法，是你現在的處境相當微妙。」路天峰深吸了一口氣，「我相信你並非殺人凶手，但凶手可能是一個你認識的人。」

「確實如此，你們目前正在懷疑的人我都認識啊，樊敏恩、張文哲、高緲緲……甚至還可以加上周明樂。」當她說出「周明樂」三個字時，語氣似乎分外冰冷。

路天峰緩緩說道：「我們剛剛又發現了一個跟案件有關聯的重要嫌疑人。」

「是誰？」

「周煥盛。」

「周老師？他不是早就……」陳諾蘭驚愕地瞪大了雙眼。

「周煥盛雖然失蹤多年，卻一直沒有確認死亡。我懷疑他有可能還活著，並且仍在繼續研究基因技術──你覺得基因技術可以用於殺人嗎？」

「任何醫學技術都可以用於殺人。」陳諾蘭連連搖頭，「但周老師絕對不是那種人，他是個善良的科學家，一心只想研究出能夠為人類帶來健康的基因療法。」

路天峰並不認同：「你這純粹是感情用事。」

「我知道你是個理性的人，那麼我想知道，你為什麼突然之間會懷疑一個八年來杳無音信的人呢？是發現了什麼新的證據嗎？」

沒有，只有猜想，沒有任何證據，但路天峰不能這樣說。

「這些資訊需要保密。」

「那……你跟著我回來，到底是想問我些什麼？」

「你知道周煥盛的下落嗎？」

「不知道，而且我不相信他還活著。我最後再說一遍，周老師是個好人。」陳諾蘭的臉上已經流露出不耐煩的表情來。

路天峰沉默了片刻，陳諾蘭的表現確實無懈可擊，根本不像是隱瞞了什麼的樣子。

於是他轉換了話題：「那麼我還想知道，剛才樊敏恩跟你說了些什麼？你們為什麼會起衝突？」

「她就是故意想找我麻煩，挑起事端，最好能讓我離開婚宴現場。」

「為什麼？」

「因為我今天升職了，未來還有進入管理層和成為公司股東的機會，樊敏恩感覺到切切實實的威脅，所以要開始針對我了。」陳諾蘭說。

路天峰終於想明白了，豪門婚宴其實也是一個重要的社交場合，既然樊敏恩對陳諾蘭充滿了敵意，自然不希望給陳諾蘭出席的機會。那杯紅酒應該是樊敏恩故意潑到陳諾蘭裙子上的，目的就是逼著她回家換衣服。

「真沒想到，樊敏恩好歹也是個富家千金，用不著使出這些下三爛的手段吧？」

陳諾蘭笑了笑：「商場如戰場，真要打起仗來，當然是不擇手段的。」

「你倒是夠豁達，可是我看見自己的女朋友受人欺負，實在是氣到不行。」路天峰憤憤不平地說道。

「再生氣也不至於要扔下手頭上的工作，跑來這裡吧？」

路天峰有點不好意思地撓了撓後腦，他們有了樊敏恩這個共同「敵人」，兩人之間的交談氛圍似乎一下子融洽了不少。

陳諾蘭想了想道：「我這裡沒事了，要不你還是回酒店吧？」

路天峰轉念一想，難得陳諾蘭願意跟自己好好聊天，倒不如詢問一下她對目前風騰基因形勢的看法：「我還想問你幾個問題。」

「好吧，警察先生，你的問題真多。」陳諾蘭說話的時候是笑咪咪的。

「你知道樊敏恩和張文哲實際上是一夥的嗎？」

「一夥的意思是……」陳諾蘭有點懵懂。

「他們倆一直在密謀聯手吞併風騰基因，當然，要實現他們的計畫，最關鍵的前提條件是樊敏恩順利繼承到駱滕風手中的股份。」

「繼承？你是指樊敏恩想殺死自己的丈夫？」

「我只是說她有這個動機，你覺得呢？」

陳諾蘭歪著腦袋想了一會兒，說：「我不太懂這些東西，只是如果駱滕風死了，樊敏恩又是最大受益者的話，警方不會立即將她列為重點懷疑對象嗎？」

「當然會，所以她如果要殺人，必須使用非常精妙的手法，不讓自己沾上半點嫌疑。這就是她要跟張文哲合夥的原因。」

「樊敏恩和張文哲嗎……」陳諾蘭陷入了沉思，「這兩個人平時看起來還真的沒什麼交集，居然會聯手，有點意外啊！」

「還有另外兩個人也在聯手行動——高緲緲和周明樂，他們的目標同樣是風騰基因的控制權。」

「什麼？」陳諾蘭的表情更加困惑了，「他們倆又有什麼交集？」

路天峰心中暗暗鬆了一口氣，其實他不單單是為了聽取陳諾蘭的看法，同時也在觀察她是否有提前知道某些祕密的跡象。但目前看起來，陳諾蘭還真的沒察覺到公司內部的急流暗湧。

「他們是同父異母的兄妹。」路天峰簡略地把周煥盛和高緲緲的關係說了一遍。

「天哪……」陳諾蘭除了感歎之外，什麼都說不出來。

「所以你其實是三方博弈的重要籌碼，一旦你決定加入其中一方，天平就會傾斜。而你今天選擇了加入駱滕風一方，因此引來了另外兩方的仇視。」

「呵呵，我現在才知道自己有那麼重要。」

「你對風騰基因而言很重要，對我而言更重要。」路天峰猶豫了一下，終於伸出手，親暱地摸了摸陳諾蘭的頭頂。

陳諾蘭順從地站在原地，像隻小貓一樣，任由路天峰揉亂自己的秀髮。

「明白了，我會小心。」她低聲應諾，語氣裡是無盡的溫柔。

「另外，還有一個叫逆風會的極端組織……」

「哦，這個組織我知道，他們可以說是在網路上抹黑我們公司的主力軍了。」

「他們不僅僅是在網上……今天下午的時候，這個組織的人還差點殺死了駱滕風。」

「真的嗎？」陳諾蘭露出震驚的神色。

路天峰點了點頭：「現在你明白我為什麼那麼緊張了嗎？」

陳諾蘭輕輕地向前半步，把臉貼在路天峰的胸膛上，雙手環抱住他的腰：「放心吧，我會照顧好自己的。」

「諾蘭……」路天峰也抱住了她。

兩人就這樣靜靜擁抱著，一言不發，卻似乎都明白彼此的心意。

路天峰懷裡的手機突然不合時宜地響起，打破了浪漫的氛圍，陳諾蘭連忙鬆開雙手，臉頰紅撲撲的，看上去有點羞澀。

路天峰一看來電顯示，是童瑤。

「童瑤，怎麼了？」

電話那頭的聲音非常嘈雜，有汽車的喇叭聲、警報器的聲音、哭聲、呼救聲，還有某些東西正在燃燒的聲音。

路天峰的心一沉。

童瑤的聲音極力保持著冷靜，但依然能聽出哭腔：「路隊，出事了……」

路天峰全身上下的血液彷彿凝固了。童瑤是個冷靜的人，他從來沒聽過她用這樣的語氣說話。

「到底怎麼了？」

「駱滕風的車子……爆炸了……當時余勇生也在車上……」

「什麼？你們在哪裡，我立即過去！」

「還有……黃萱萱同樣受了重傷……現場的火還沒撲滅……」童瑤說話有點語無倫次了。

「童瑤，你冷靜下來，事發地點在哪裡？」

路天峰一邊說，一邊準備衝出門外，這時候他注意到陳諾蘭站在玄關處，滿臉擔憂地看著自己，她的手裡還拿著一個未拆封的快遞包裹。

「就在……天楓星華酒店門外……嗚嗚……路隊……我……對不起……」

「你也受傷了？」

「好冷……」她不再說話。

「童瑤！童瑤！」路天峰幾乎是在吶喊。

但童瑤依然沒有回應，只聽見「轟隆」一聲巨響，通訊中斷了。

路天峰呆呆地站在原地，他的大腦在不停地告訴自己，快點，快點趕回去，但他的身體卻像石頭一樣，一動不動。

「峰……」陳諾蘭怯生生地看著他。

X終於還是出手了，在這個迴圈的最後時刻，他實施了一次演習性質的襲擊，而且成功了。

路天峰很清楚自己還有大概兩小時可以去調查爆炸現場，去記住一些關鍵細節，從而在第五次迴圈當中避免慘案發生。

駱滕風、余勇生、黃萱萱、童瑤……即使他們全都死了，也會復活的，這一次的爆炸案並未真實發生。

但路天峰就是沒勇氣邁出腳步，雙腳就像被凍住一樣，僵在原地。

「峰，你還好嗎？」

「我……沒事……我要回去工作了……」路天峰強迫自己，一定要走出這扇門，一定要回到現場，即使那裡的狀況再慘烈，也要去勇敢面對。

「你的臉色很差。」

「我真的沒事……那個包裹裡是什麼東西？」路天峰也不明白，自己為什麼突然會冒出這樣一個問題來。

「不知道呢，上面沒有寄件人資料。」

安裝各種炸彈，正是X最擅長的技能。

「不要拆開！立即報警！」路天峰腦海中彷彿有一道光閃過，下意識地大喝一聲，把陳諾蘭嚇了一大跳，她的手一時沒拿穩，包裹就摔落到地板上了。

就在包裹落地的瞬間，路天峰彷彿看見強烈的光線籠罩著整個世界，然後世界開始旋轉、碎裂。

路天峰感到自己整個人飛了出去，重重地撞在什麼東西上，但奇怪的是，身體並沒有多少痛感。

眼前只剩下黑暗，他什麼都看不見，什麼都聽不到，唯一能感受到的，是臉上流淌著濕潤溫熱的東西和血的氣味。

「諾蘭……」他想用雙手去摸索、去尋找，卻發現自己的手已經不聽使喚了。

好痛，一波接一波越來越強烈的痛感終於襲來，飛快地吞噬著他的意識。

「你在哪裡？」

這時候，好像有人抓住了他的手，這隻手軟弱無力，很冷，很冷。

「是你嗎？」

沒有答案……最後的意識消失了。

然後下一秒，路天峰突然回過神來，發現自己正坐在家裡的書桌前，時鐘剛剛指向零點。他身上當然沒有任何的傷口，然而剛才那種瀕死狀態下的徹骨痛楚，還緊緊地纏繞在他的心頭，死裡逃生的感覺雖然很好，但也很可怕。

真正的、最後的四月十五日開始了。

這也證明第四次迴圈的路天峰死了，他在陳諾蘭的宿舍裡，被那個偽裝成包裹的炸彈奪去了性命。

X不但成功地殺死了駱滕風，還阻止了路天峰去現場調查。路天峰不得不承認，在經歷了四次時間迴圈之後，自己最大的收穫竟然是滿滿的挫敗感。

這一次發生的一切可是不會再重複了，時間一分一秒地流逝，時間成了眼下最寶貴的東西。而理應爭分奪秒去追尋真相的路天峰，卻像一尊石像一樣，呆呆地坐在原地，一動也不動。

他還在回味死亡那一刻的衝擊和震撼，久久不能平靜。

窗外那無邊無際的黑夜，似乎比之前更黑了。

第六章　逆時絕殺

1

四月十五日，第五次迴圈，凌晨一點十五分。

路天峰終於站起來了，他一遍又一遍地回想著過去四次迴圈當中的點點滴滴，終於做出了一個破釜沉舟的決定。

譚家強、徐朗、秦達之、莫睿、周明樂、朱曉月……在一次又一次的時間迴圈當中，變數越來越多。到最後，路天峰根本沒有足夠的時間和精力去顧及所有變數，而X卻已經成功策畫了兩起爆炸殺人案。

如果讓路天峰和X以「時間迴圈」為規則進行對決，路天峰早就已經在前四次對決之中輸得片甲不留，而且在第五次、也是最後一次對決當中，依然看不到一絲一毫的勝算。

這樣說來，X真的是穩操勝券了嗎？

「還有最後一條路……」路天峰喃喃自語著，突然之間，眼前一亮。

如果說在「時間迴圈」這套遊戲規則之下他根本玩不過X，為什麼不改變一下規則呢？誰說非要借助感知時間迴圈的超能力才可以破案？

「這一次，我們來玩點不一樣的遊戲。」

他知道接下來所做的一切，將會非常危險，不但遊走於法律邊緣，更有可能引發一連串嚴重的後果。

但只有這樣子，才能徹底顛覆遊戲規則，將X在之前幾次迴圈當中累積下來的巨大優勢一筆勾銷。

凌晨三點。

路天峰把車子停在離陳諾蘭宿舍還有一小段距離的路邊，這裡恰好是監控盲點。職業習慣使然，路天峰早就研究過附近的監控布局，知道從這裡一直到陳諾蘭所住的社區，一路上只有兩個無法避開的監控攝影機，而他所採用的解決方案也很簡單粗暴──用黑色噴漆將這兩個監控攝影機破壞掉。

在這個時間點，幾乎不可能有人注意到他的舉動。

於是他順利潛入了宿舍，用備用鑰匙打開了大門。宿舍裡面很安靜，銀白色的月光似乎比平日更加明亮，而當他躡手躡腳推開臥室門的時候，聽見了陳諾蘭平靜而均勻的呼吸聲。

路天峰無聲無息地來到陳諾蘭床前，他的手在微微顫抖著。

「對不起，諾蘭。」這句話幾乎只有他自己能聽見。

路天峰慢慢舉起手中的注射器，針管裡裝著他剛剛從警局化驗室裡偷出來的違禁迷藥，這種迷藥往往是心懷不軌的人在酒吧獵豔時使用的，幾滴下去就能讓人短暫失去意識，而這一針管的分量足以讓人昏睡十幾小時，對身體的危害也很大。

如果有別的選擇，他絕對不會這樣做。

但他決定將陳諾蘭這個變數，從今天的時間中徹底抹除。

這是他唯一的選擇。

路天峰深深吸了一口氣，咬緊牙關，將針筒扎入陳諾蘭雪白的脖頸。

「嗯？」睡夢中的陳諾蘭好像感覺到什麼了，輕輕哼了一聲，眼皮跳動著，好像想睜開的樣子。

但隨著針筒裡的藥水漸漸減少，她很快就鬆軟著身子，陷入沉睡當中。

路天峰怔怔地看著打空了的針筒，呆站了幾分鐘，才伸出手，拍打著陳諾蘭的臉頰。

「諾蘭，諾蘭？」

她仍然是一動不動地躺在床上。

「對不起……」路天峰再次道歉，反正她也不會聽到了。

他在衣櫃裡翻出一件外套，溫柔地替只穿著睡衣的她披上，然後又將她平時出門用的手提包仔細翻了一遍，將手機拿出來，扔在床頭櫃上，再把包帶在自己身上。

為了偽裝成陳諾蘭自行離開的假象，路天峰還不忘替她的腳套了一雙鞋子，隨後才輕輕抱起她。

他大步流星地離開了宿舍。

而路天峰把她帶去的地方，也是一般人絕對不會想到的。

警方在這座城市裡頭，設置了若干安全屋，這些房子是為了緊急情況準備的，有時候是為了保護證人，有時候是方便臥底接頭，有時候是警方特殊行動所需。

大部分的安全屋平日處於閒置狀態，但警局內部也有專人負責定期為這些房子開窗通風，清潔打掃，儲備乾糧，因為誰也不知道哪天就會啟用其中一間。

在去陳諾蘭的宿舍之前，路天峰跑了一趟警局，除了到化驗室內挪用了一些強效迷藥之外，還特意去申請了一間安全屋的使用權。以他目前的級別，負責管理安全屋的同事並不會細問他申請的理由，只會將這次申請上報系統備案。因此最快也要到二十四小時後，才會有人注意到他並沒有正當的使用權利。

那時候，一切都應該結束了。要不就是案件結束，要不就是自己的警察生涯結束。

郊區的某間安全屋內。

路天峰小心翼翼地將陳諾蘭放到床上，替她蓋好被子，由於藥物的作用，她睡得很沉，甚至讓人有點擔心她再也不會醒來。

路天峰再次裡裡外外檢查了一遍屋子，確認水電供應正常，冰箱和櫥櫃裡有足夠的食物和飲用水，急救箱裡還有一些家庭常見藥物。這裡的門使用了特殊的電子門鎖，路天峰可以從門外輸入密碼，保證陳諾蘭從裡面無法打開，而這間安全屋內也沒有安裝電話和網路，隔絕了聯絡外界的可能性。唯一值得擔心的就是屋子的窗戶還是能打開，如果陳諾蘭打開窗戶呼救，可能會驚動附近的住戶和路人。

「諾蘭，情況緊急，我只能出此下策，你如果離開這裡，就會有生命危險！因此無論發生什麼情況，請相信我，在這裡待到零點過後，我就會來接你，向你解釋清楚一切。」

路天峰把之前寫的幾張字條揉成一團，塞到褲袋裡，只留下最後這一張，放在陳諾蘭的枕邊。俯下身子的時候，他輕輕吻了一下她的額頭。

熟悉卻又已經變得有些陌生的香氣，直鑽入他的鼻孔。

「諾蘭，等我回來。」

2

四月十五日，第五次迴圈，早上七點四十分。

ROOST西餐廳內，駱滕風面對眼前那份早餐，遲遲沒有動刀叉。他頻頻抬起手腕看著手錶的時間，按照陳諾蘭的個性，如果沒有什麼特殊情況，她基本上是不會遲到的——然而今天她不僅遲到了，甚至連電話也都一直無人接聽。

駱滕風眉頭緊鎖，習慣掌握一切的他，面對陳諾蘭的無故缺席，顯得有點心神不寧。

路天峰走上前，向駱滕風做出一個「別說話」的手勢，然後用一個手持設備在駱滕風身上來回掃描了幾遍，才打出一個「OK」的手勢。

駱滕風早就見怪不怪了，自從實施保護任務以來，警方三天兩頭對他進行反竊聽設備的掃描檢查。

「這裡環境還真不錯啊！」路天峰檢查完畢，拉開駱滕風對面的椅子坐下，「不過你等的人不會來了。」

「什麼？」駱滕風的表情既是驚訝，也有幾分不快，看來他很不喜歡這種被蒙在鼓裡的感覺。

「陳諾蘭不會來了，她今天有別的安排。」

「發生什麼事了？她為什麼不親自跟我說？」駱滕風顯然滿懷疑竇，眼神裡流露出一絲怒火。

路天峰刻意壓低了聲音：「駱總，現在的形勢非常緊急，請你配合我們的工作。」

「你說吧。」

「我們接到線報，X將會在今天對你發動襲擊，而促使他在今天出手的一個重要原因，就是你對陳諾蘭的提拔。」路天峰的話半虛半實，聽起來煞有介事。

「我還沒有宣布任命呢……你是怎麼知道的？」駱滕風不自然地連連眨眼。

「呵呵，提前知道這個消息的人多著呢。」路天峰巧妙地避而不答，「你應該知道，很多人覬覦著你的CEO之位。」

駱滕風想了想，說道：「路隊的意思是……讓我暫緩提拔陳諾蘭？」

「不，正相反，我希望你更加高調地宣布這個消息，與此同時，對陳諾蘭的去向高度保密，讓你的敵人猜不到你葫蘆裡賣的是什麼藥。」

駱滕風失聲笑道：「連我都不知道這樣故弄玄虛是什麼意思，更別說我的敵人了。」

「沒錯，要的就是這個效果。」路天峰也笑了。

「看來路隊是想要引蛇出洞，那樣的話千萬要保護好我這個誘餌啊！」

「駱總請放心，無論如何，你的安全絕對是放在第一位的。」

駱滕風終於開始對眼前的早餐拼盤動手了，「那麼我需要開一個新聞發布會來宣布提拔陳諾蘭嗎？」

「新聞發布會誇張了點，但聯繫一下媒體，提前透露風聲倒是可行的。」

「但我還有最後一個問題。」駱滕風輕鬆地用刀子切開三明治，「陳諾蘭到底去哪裡了？」

「很抱歉，暫時無可奉告。」

「請問一下路隊，我怎樣才能夠確認這不是一場騙局？」駱滕風臉上的笑容突然之間冷卻了。

直到這時，路天峰才聽出駱滕風的弦外之音。身為風騰基因的一把手，駱滕風即使在自己的生命安全受到威脅的情況下，也沒有無條件地信任貼身保護自己的警察。

陳諾蘭跟路天峰是情侶關係，誰敢保證路天峰不是假借 X 將要行動的名義，強迫駱滕風將陳諾蘭推上高位？

雖然駱滕風原本就準備重用陳諾蘭，但那是他自己的選擇，如果有人逼著他提拔陳諾蘭，他又會有完全不一樣的想法。

路天峰意識到自己的行動有些過於魯莽了，他還是低估了駱滕風的警覺性，誤以為駱滕風一定會選擇跟他合作。

「駱總，請相信我絕對不會拿這些東西來開玩笑……」

「那為什麼你要選擇此時此刻來跟我攤牌呢？」駱滕風反問。

確實，如果這是官方行動的話，路天峰就不應選擇在一個私密空間內跟駱滕風單獨交流。而唯一合理的解釋，就是如今他的所作所為必須瞞著他的同事。

「警方內部或許也有問題。」路天峰實在不願意這樣說，但為了說服駱滕風，也只能冒險一搏了。

「你認為執行保護任務的人當中有內鬼？」

「我只能說，小心為上。」

駱滕風打量著路天峰，似乎在評估眼前這位警察的話有幾分可信。最後，他開口說道：「這樣吧，我可以放出風聲，說準備提拔陳諾蘭，並且讓她進入風騰基因的管理層，而且對於所有試圖打探陳諾蘭去了哪裡的人，我都會守口如瓶。但是我不會做任何正式的公布任命，也不會簽署任何有法律效力的文件，直到我能與陳諾蘭當面交流為止。」

「沒問題，這樣就夠了。」

「既然如此，等路隊吃過早餐後，我們再一起回公司吧。」駱滕風重新拿起刀叉，有要終結話題的意思，「這裡的東西味道挺不錯的，試試吧。」

「嗯，確實不錯。」路天峰隨口應道。

「你以前吃過嗎？」

路天峰隨即反應過來，連忙否認：「當然沒有。」

幸好駱滕風沒再追問下去。

3

四月十五日，第五次迴圈，上午九點三十分。

風騰基因的會議室內，空氣中彌漫著火藥的氣息。在場的每個人都神色凝重，他們猜不透駱滕風為什麼要提前半小時召開這次原定在十點舉行的股東會議，難道有什麼緊急事態，連三十分鐘都不能等嗎？更奇怪的是，今天的會議連駱滕風的保鏢——也就是路天峰，也列席旁聽，這可是前所未有的事情。

只不過，沒人出言詢問路天峰為什麼會在場，他們的心思都放在自己的小算盤上面。

「各位早安，剛剛收到一個好消息，要跟大家分享。」駱滕風滿面春風地站在會議室中央，臉上是招牌式的自信微笑。

張文哲和高緲緲都低著頭，一言不發，若有所思。

駱滕風眼見沒人搭話，不以為然地繼續說道：「今天凌晨時分，有某家國際頂級的創投機構對我們表達了相當強烈的投資意向，因此我也同意展開談判了。」

說話間，高緲緲的眼神一亮，悄悄地抬起頭來。

「對了，這家機構並不是之前跟我們有過初步聯繫的 Volly，而是另外一家，身分暫時保密。」

路天峰注意到高緲緲的臉上頓時寫滿了困惑，張文哲還是低著頭，在面前的筆記本上胡寫亂畫。

「而這次的談判，將由陳諾蘭全權代表風騰基因。」

這無異於一顆深水炸彈，炸得張文哲和高緲緲不能再假裝無動於衷了。

張文哲乾脆把筆一扔，略帶不屑地說道：「陳諾蘭？她只是一個研究員，憑什麼代表公司出席投資談判？」

駱滕風雙手一攤：「憑什麼？就憑對方指定由她擔任代表。」

「這可靠嗎？」張文哲皺起了眉頭。

「具體條件還在談，但對方開出的底價是兩億美元，要占百分之十的股份。」

這個價錢說出來之後，張文哲和高緲緲都忍不住倒吸了一口涼氣。要知道風騰基因一年前的上一輪融資額度是一億人民幣，出讓了差不多百分之十五的股份，公司估值六億多人民幣，但按照如今的最新開價，公司的估值一下子飛躍到二十億美元，超過一百三十億人民幣。

「這怎麼可能……」張文哲簡直不敢相信自己的耳朵。

「因為開價很高，所以對方提出的特殊條件我們都會仔細考慮，包括指定陳諾蘭作為談判代表，投資協定達成之後，還要任命陳諾蘭為執行副總裁。」

「讓她當執行副總裁？那我呢？」張文哲目前的職位正是執行副總裁，自然反應特別大。

「到時候再說吧。」駱滕風淡淡一笑，彷彿這個問題無關緊要。

「這種事情怎麼能那麼輕率決定，我們還有別的投資人呢。」

「我岳父的基金那邊，由我來向他們解釋，畢竟是估值翻了二十倍的一筆投資，相信他能夠理解的。」駱滕風依然自信滿滿，「更何況合約細節還沒最終確定，一切都有變數，暫時不需要過於大驚小怪。」

張文哲被說得臉上一紅，如此巨額的投資，又由陳諾蘭牽頭負責談判，結果很可能是將他跟高緲緲手中的股份稀釋到可有可無的地步，然後他們兩人就再也無法影響風騰基因的運作了。

「緲緲，你一直不說話，是有什麼看法嗎？」駱滕風冷不防地發問。

高緲緲愣了愣，細聲細氣道：「不，我沒有什麼想說的……」

路天峰暗暗嘆服，如果不是早就知道她背後有周明樂和 Volly 撐腰，自己還真的會覺得她就是個涉世未深的小女生。

當然，駱滕風的演技更加了得，明明是子虛烏有的事情，卻被他說得有鼻子有眼的，完全把張文哲和高緲緲騙過去了。

「兩位也不必介懷，無論是誰，能夠一下子讓公司估值翻二十倍，都有資格獲得和陳諾蘭一樣的待遇。無論是金錢、職位還是股份，都可以談。」駱滕風還不忘拋出一個誘餌，這也是路天峰安排好的計謀之一。

聽到這個突如其來的消息後，張文哲和高緲緲到底會怎麼做？

如果X跟他們其中一方相關，那麼他們是否會鋌而走險，立即對駱滕風發動襲擊？

「陳諾蘭正在跟對方談判嗎？」張文哲試探性地詢問。

「是的。」駱滕風點點頭。

「今天之內就會有結果嗎？」

「我不知道，我當然希望談判進展順利。」駱滕風如釋重負地坐回座位上，「有什麼新進展，我會第一時間通知各位。」

駱滕風的潛台詞，就是今天的會議結束了。他根本不需要諮詢大家的意見，只是來傳達訊息而已。

張文哲已經迫不及待地低下頭，在手機螢幕上飛快地打著字，駱滕風看在眼裡，露出了冷冷的笑意。

路天峰也在手機上輸入：「從現在開始，全面監控張文哲和高緲緲的通訊設備。」

獵物已經落入陷阱，準備收網。

四月十五日，第五次迴圈，上午十點。

駱滕風偌大的辦公室內，一張豪華的大尺寸辦公桌擺在窗邊位置，後現代主義的裝飾品擺滿了半張桌子，但剩下的桌面空間也足夠三五個人一起辦公了。

駱滕風坐在書桌前的辦公椅上，掏出一根香菸，叼在嘴裡，卻沒有點燃。

「路隊，我的演技還不錯吧？」

「簡直可以去參加奧斯卡了。」

「接下來我們該怎麼做？」駱滕風積極地問，眼見張文哲和高緲緲完全被自己唬住了，他的臉上又春風得意起來。

「稍等一下。」路天峰又拿出了檢查竊聽器的設備，認真地將辦公室掃描了一遍，確認室內沒有任何問題之後，才說道，「我們只需要靜靜等待就行了。」

「等什麼？」

「他們得知了那麼震撼的消息後，一定會有所行動。」

事實上，路天峰正在用耳機接收童瑤傳遞過來的最新訊息，只是他覺得沒有必要事無巨細地向駱滕風轉告而已。

張文哲果然是最先按捺不住採取行動的人，而且他絲毫沒有要掩飾的意思，直接就發簡訊給樊敏恩，約她出來面談了。反倒是樊敏恩的態度比較耐人尋味，並沒有第一時間答應見面。

「張文哲首先去找的人，也許會讓你感到意外……」

「他去找我妻子了？」駱滕風不動聲色地反問。

「沒錯。」

「很好，他會失敗的。」

「什麼？」路天峰難以掩飾心中的驚訝。

駱滕風將嘴裡未點燃的菸捲扔回桌面，胸有成竹地道：「樊敏恩和張文哲之間的眉來眼去，我早就注意到了，但對我而言，只要樊敏恩能夠安分飾演好『駱滕風妻子』這一角色，我不會干涉太多她的私生活。只是張文哲的手段也比較狠，他希望拉攏樊敏恩和她父親背後的基金會，加上樊敏恩那個傻乎乎的前男友鄭遠志所就職的銀行，去籌集一筆資金來入股風騰基因。」

「這些事情你都知道？」

「不敢說百分之百確定，但也能猜個八九不離十了。」駱滕風臉上閃過狐狸一般的狡猾笑容，「要不你以為，風騰基因 CEO 這個位置是那麼好坐的嗎？」

「而你剛才說，張文哲會失敗。」說話的同時，路天峰正在聽著童瑤最新的回報，樊敏恩確實是找了藉口推遲了見面的時間，跟駱滕風的預測完全一致。

「當然了，你注意到他們在會議上的反應了嗎？張文哲和高緲緲都是一副無精打采的樣子，為什麼？因為強烈的挫敗感。按照風騰基因上一輪的投資估值和最近一年來的發展情況，新一輪的投資者對公司估值應該是十億到二十億人民幣之間，如果能做到三十億的估值，已經是非常可觀的數據了，但我剛才告訴他們的估值是一百三十多億，這是他們無論如何都做不到的事。」

「所以說他們已經毫無勝算了？」

「是的，樊敏恩一聽到這個情況，馬上明白再跟張文哲抱團已經毫無意義，她只需要好好當她的駱太太，立刻身價上升二十倍，在這種情況下，難道她還會選擇背叛我嗎？」

路天峰感慨道：「原來如此，想不到你還能借助這場戲打擊你的敵人。」

「只可惜謊言遲早會被戳穿，他們很快就會意識到，這筆巨額投資根本不存在。」駱滕風輕輕地歎了口氣，「我想樊敏恩應該不會那麼快就直接拒絕張文哲，而是會找藉口稍微拖延一下吧。」

路天峰不得不佩服駱滕風的判斷力，他非常精準地分析出了樊敏恩的心態。

「只要能瞞過今天就好了。」

「難說……這陷阱可以騙到樊敏恩和張文哲，但未必能夠騙到高緲緲。」駱滕風的眼神變得銳利無比，「這丫頭深藏不露，絕對不能小瞧。」

這可是獵人盯上目標之後的眼神。

路天峰也警覺起來，張文哲和樊敏恩立即有所行動，顯示出他們應該沒有準備「殺人」這一後手招數，兩人與X有關聯的可能性大幅降低。反過來說，一直按兵不動的高緲緲就更加可疑了。

等到差不多十一點，依然沒有收到關於高緲緲的動態。路天峰忍不住主動發問：「童瑤、萱萱……高緲緲還沒有聯繫任何人嗎？」

童瑤回覆：「手機、電話和網路都在我們的監控之中，她沒有聯繫任何人。」

路天峰想了想，說道：「她會不會有另外一個手機號碼，用的是不記名的SIM卡？」

「即使她還有別的SIM卡，但也一直沒有看見她打電話啊！」

「我覺得有問題，高緲緲怎麼可能無動於衷呢？」路天峰看了一眼駱滕風，「這樣吧，我找個藉口讓高緲緲離開座位，萱萱你去仔細檢查一遍她座位上的東西。」

「明白了。」黃萱萱回覆。

「駱總，又要麻煩你配合一下了。」路天峰轉身向駱滕風說，「請讓高緲緲來一下你的辦公室。」

「這……總得找個藉口吧？」

「就說跟她聊聊她哥哥的事情。」

「她還有個哥哥？」

「Volly的Steve Chou，周明樂，就是她同父異母的哥哥。」

聽到這個名字的時候，駱滕風明顯愣了愣：「周明樂……他是周老師的……」

「他是周煥盛的兒子，而高緲緲是周煥盛的女兒。」

駱滕風沉默了一會兒，才幽幽說道：「這個世界真小。」

五分鐘後。

高緲緲站在駱滕風面前，雙手手指糾結在一起，看上去依然是那副什麼都不懂、怯生生的模樣。駱滕風也不說話，只是靜靜地看著她。

有意思的是，即使被駱滕風這樣死死地盯著，在這種尷尬得可怕的氣氛當中，高緲緲卻並未表現得太過慌亂和反常。

「有什麼不方便公開說的事情，我們可以私下聊。」駱滕風還是先開口了。

不知道為什麼，路天峰想起了一顆子彈呼嘯著衝出槍膛的聲音。

「哦？我沒有什麼特別的話要說……」

「對於引入新投資的事情，你怎麼看？」

「我覺得對公司應該是好事，其實我也不太懂這些……」高緲緲一直在不動聲色卻又巧妙地避開獵人的子彈。

駱滕風有點不耐煩地揮了揮手，打斷了高緲緲的話：「你還記得我剛剛說的條件吧？如果你能成功聯繫上創投的話，同樣可以一躍成為管理層。」

「可我不想進入管理層啊！」高緲緲如果願意，完全可以在繼承父親的股份後直接進入管理層，根本不需要從基層做起。

駱滕風話鋒一轉，說道：「有人告訴我，你跟 Volly 的 Steve 是兄妹關係。」

高緲緲的神情終於出現了一絲動搖，臉上也難得一見地浮起了紅暈：「這是……什麼意思？」

「你們都是周老師的子女，對嗎？」

高緲緲撇了撇嘴，沒有立即回應，但路天峰注意到她挺直了腰桿，以肢體語言表達出她內心的緊張和戒備。

「你們覺得風騰基因應該屬於你們的父親，而我只是個篡奪者，是不是？」駱滕風窮追不捨，「你認為只要你們兄妹聯手，就可以奪取這家公司的經營權了嗎？」

高緲緲還是沒吭聲。

這時候，路天峰收到了黃萱萱的訊息。

「老大，在高緲緲的桌面發現了一個智慧檯燈。」

什麼意思？路天峰不方便說話，只好用手機發了一個問號的表情過去。

「這種智慧檯燈是配對的，可以透過 Wi-Fi 遠端控制另外一盞燈的燈光顏色，一共有四種不同的顏色可選，所以……」

路天峰恍然大悟，高緲緲完全可以藉由調整燈光的顏色，向遠方的周明樂發出信號，利用諸如摩斯密碼之類的編碼方式，甚至可以傳遞出一段長長的英文訊息。

這樣說來，周明樂很可能已經在行動了。

就在這時候，駱滕風桌面的內線座機電話響起，這是祕書與他聯絡的專線，一般是遇到了特殊情況，祕書需要請示的時候才會使用。

「怎麼了？」駱滕風拿起電話，然後他的臉上閃過一絲愕然，「請他進來吧。」

「什麼情況？」路天峰問。

「Volly 的 Steve Chou 突然來拜訪，說是有非常緊急的事情要跟我商量。」駱滕風的嘴角微微上揚，笑容有點怪異。

雖然駱滕風和周明樂尚未正式見面，但辦公室裡已經開始蔓延著戰爭的氣息。

路天峰的內心也有點搖擺不定，他再也無法確信自己的選擇是正確的，因為眼前的事態發展完全超越了自己的預期。更可怕的是，這是這一天的最後一次迴圈，所有發生的一切都將成為真正的歷史。

但現在已經沒有回頭路了。

4

四月十五日，第五次迴圈，上午十一點十分，風騰基因駱滕風的辦公室內。

「你好，我是Steve。」周明樂顯得非常熱情，一進門就主動向駱滕風伸出手，「剛好路過你們公司附近，冒昧前來拜訪。」

「你好，久仰大名，多多指教。」兩人先禮後兵，客套地握了握手，再雙雙入座。

周明樂瞄了一眼，發現路天峰和高緲緲兩個人靜靜地站在一旁，看上去好像也要參與旁聽，但駱滕風卻完全不向他介紹他們，顯然不合禮數。然而周明樂畢竟是見過大風大浪的人，又是有備而來，絲毫沒有表現出任何詫異，沉住氣道：「駱總，這次見面有點匆忙，請勿見怪。」

「當然不見怪，你可是送錢上門的財神爺啊！」

「你們公司的盈利前景那麼好，願意送錢上門的公司一定很多吧？」周明樂的肩膀動了動。

「表達類似意願的公司有不少，但真送上門來的並不多。」

「那倒是，錢到帳了才是真正的錢啊！」

看來兩人連最基本的寒暄客套都省掉了，一問一答間都暗藏玄機，話中有話。

駱滕風哈哈一笑，拍了拍手掌：「周總果然是爽快人，這次您給我們帶來的，應該是個好消息吧？」

周明樂依然面帶微笑，平靜地說：「據說駱總剛剛收到一份不錯的報價？」

「呵呵，不好意思，這得暫時保密。」駱滕風打起了太極。

「要知道創投這個圈子並不大，一家估值超過二十億美元的公司，行內也沒多少人有資格參與到專案裡頭。」

這話可把路天峰嚇了一跳，按理說只有張文哲和高緲緲知道這個報價，而兩人又都在嚴密的監控之下。高緲緲能夠不動聲色地通知周明樂，讓他在一小時內趕到風騰基因，這效率已經很驚人了，竟然還能把兩億美元的報價傳遞出去！

路天峰把目光投向高緲緲，只見她一言不發，雙手十指交叉在身前。路天峰想起來了，她的手指一直在做各種各樣的小動作，一開始他以為這只是她緊張的表現，如今回頭一想，這很可能就是屬於他們兄妹之間的祕密交流方式。

駱滕風並沒有留意到高緲緲的舉動，對周明樂一口喊出報價自然是更加驚訝，但卻完全沒有表露出自己的情緒，而是淡淡道：「也僅僅是報價而已。」

「我倒很好奇，這個報價到底存不存在？」周明樂的身子微微向前傾，看起來像是準備主動出擊，「我詢問過身邊的朋友，並沒有哪家公司給出了這樣的報價，而且幾家國際一流的創投機構當中，也僅有我一名副總裁目前身處Ｄ城。」

周明樂的意思不言而喻，他認為目前風騰基因根本沒有收到兩億美元入股的報價，這一切都只是駱滕風的虛招而已。

辦公室裡雖然沒有真正的硝煙，卻讓人感到有點呼吸困難。

路天峰一顆心快要跳到嗓子眼了，這種商戰的東西他懂的不是太多，整場戲完全任憑駱滕風自由發揮。雖然說這個騙局即使被戳穿也沒有太大關係，但過早暴露真相畢竟還是會影響路天峰引蛇出洞的作戰計畫。

駱滕風的臉上依然是波瀾不驚，他笑著道：「周總的消息管道再靈通，也不可能做到事無巨細無所不知吧？更何況，誰說陳諾蘭現在在D城呢？」

周明樂聞言一愣，顯然沒料到駱滕風的立場如此強硬，那兩億美元的投資還真不像是個幌子。

「我相信你應該試圖聯繫過陳諾蘭了吧？」駱滕風繼續道。

當然，周明樂撥打陳諾蘭的手機只能聽到「無人接聽」的提示音，除了路天峰之外，誰都不知道她現在在哪兒，在做什麼。

「不管別人家有沒有提供報價，我這邊的誠意卻是十足的。」不愧是商業精英，周明樂並沒有繼續糾纏關於陳諾蘭去向的問題，而是主動將話題引入自己能夠控制的領域。

「難道Volly給我們的估值也能有二十億美元？」

「這一刻風騰基因值不值二十億美元還是其次，駱總應該關心的是，若干年後這家公司能不能發展到市值兩百億美元呢？」

「這個嘛……我還真沒考慮過。」駱滕風的話頓了頓。

「如果你選擇跟Volly合作，也許那並不是一個夢。」

「關鍵是屆時風騰基因的CEO，到底是你還是我？又或者是你的妹妹？」

周明樂眨了眨眼：「能者居之，幾年後的事情，誰知道呢？」

「你承認她是你妹妹？」

「事實上，她就是我妹妹。」周明樂倒也出奇地坦白。

駱滕風陷入了短暫的沉默，他若有所思地撓了撓下巴，看著眼前這位有能力動用數億資金的男人，似乎想一眼看穿對方的來意。

周明樂穩如泰山，安坐不動，絲毫不在意駱滕風充滿質疑和詢問的目光。

「你們兄妹兩人希望將原本可能屬於父親的公司搶回去嗎？」

「駱總，用『搶』這個字眼有點不適合，大家都知道風騰基因是一隻會生金蛋的母雞。」周明樂幽幽說道：「我只是和別人一樣，看上了這隻母雞。」

「周總是希望獨占這隻母雞，還是跟我一起分享？你希望成為我的敵人，還是朋友？」

「朋友和敵人，差別就在一念之間，你今天的朋友，也可能就是你明天的敵人。」周明樂攤開手掌，「至少，我不會在背後使壞放黑槍。」

「周總的意思是現在有誰在我背後使壞嗎？」駱滕風臉色一寒。

「我聽說在公司兩位高層先後遇害，負面新聞不斷，又急需新一輪融資的時候，令夫人卻瞞著您悄悄地拉攏大筆資金，不知道葫蘆裡賣的是什麼藥呢！」

駱滕風眼睛一亮，「沒想到周總的消息那麼靈通啊！」

「然而駱總聽了似乎也不覺得意外？」

「關於風騰基因的事情，怎麼可能瞞得過我？」

兩人心照不宣地相視而笑，這兩個男人都充滿了心機，也準備了各種後手，在這針尖對麥芒的過程當中，多少產生了一絲惺惺相惜的意味。但他們彼此都很清楚，他們可以分享利益，卻永遠不會成為朋友。

這時候，路天峰的心中升起了越來越強烈的危機感。在駱滕風宣布子虛烏有的「兩億美元入股協定」之後，樊敏恩和張文哲、高緲緲和周明樂這兩方面都在短時間內做出了回應，而且不約而同地選擇了使用商業運作手段，按照常理推斷，他們背後跟 X 有關聯的可能性都比較低。

難道說之前在第四次迴圈結束時發生的那兩起爆炸案，主謀另有其人？

路天峰的手機突然響起，他的電話一直處於振動模式，所以這聲音並不是手機鈴聲，而是警方內部通訊系統專用的警報聲，表示出現了緊急狀況。

「怎麼了？」路天峰急匆匆地問。

周明樂不禁將好奇的目光投向路天峰，因為他很清楚敢在這地方隨意開口打斷會晤的人，身分絕對不簡單。

通訊頻道裡，是余勇生首先回答：「老大，一樓大廳發現了一個可疑的包裹，懷疑是爆炸物，正在緊急封鎖現場，疏散人群。」

「怎麼回事？」

「不知道，混在正常的快遞包裹之中，有一個沒有寄件人資料的箱子……」

路天峰一下子就想起了在第四次迴圈晚上，陳諾蘭所收到的那個神祕包裹。

「萱萱，你來一下總裁辦公室，接我的班。勇生，控制好現場，我馬上下去。」路天峰果斷地下達指令。

駱滕風皺起了眉頭，有點愕然地問：「發生什麼事了？」

「大廳好像出現了危險物品，我去看一下情況。」路天峰瞥了一眼周明樂和高緲緲，「很遺憾，你們的商業大計也許要晚點再討論了。」

辦公室內的氣氛頓時變得凝重起來，隱隱彌漫著肅殺之意。

「危險物品是什麼意思？」周明樂也聽得莫名其妙。

「有炸彈。」路天峰簡單地說了這三個字，黃萱萱恰好推門進來，她當然也聽見了通訊頻道裡的所有內容，神色難免有點緊張。

「別擔心，沒事的。」擦肩而過的時候，路天峰對黃萱萱說：「這間辦公室清場戒嚴，除了你和駱滕風之外，不要讓任何人進來，直到我回來為止。」

「知道了！」

就算周明樂和高緲緲再遲鈍，也能夠察覺到這裡是由路天峰發號施令，更何況他們兩人一點也不笨，立即猜出了路天峰的身分。

「原來他是警察啊……」周明樂喃喃自語道。

駱滕風和周明樂對視一眼，兩人之間關於風騰基因的角力只能暫告一段落，但雙方誰也不想流露出特別明顯的情緒，以免被對方察覺並利用。

「下次再聊吧。」

「我相信，很快就會有機會的。」

十一點二十分，路天峰腳步匆匆地趕到一樓大廳，只見整個大廳都圍上了警戒線，身穿防爆服的防爆小組也已經到場。一些不明所以的員工站在警戒線外探頭張望，議論紛紛，莫名的焦躁在人群之中不停蔓延。

「具體情況說一下。」路天峰對正在現場維持秩序的余勇生說。

「為了方便管理，風騰基因一直都由大廳值班的前台人員負責代收全公司的包裹，然後分發到各部門。而剛才在收到新一批的快遞時，前台注意到有個箱子沒有寫明寄件人，也沒有貼上快遞單，上面只用潦草的字體寫著『駱滕風親啟』。」

路天峰的直覺告訴他這非常可疑——並不是說包裹本身有問題，而是這個包裹偽裝得太過粗糙了，根本不可能送到駱滕風的辦公室。

「那時候我恰巧路過，看到前台工作人員的神色不對勁，就上前表明身分詢問，結果卻聽見箱子裡面傳出滴答滴答的鬧鐘響聲，仔細聞一下還有淡淡的火藥味，於是我趕緊封鎖了現場，疏散人群。」

路天峰的眉頭緊擰在一起，在前幾次迴圈當中，怎麼完全沒聽過有炸彈包裹這種事情發生？駱滕風宣布提拔陳諾蘭是在一個多小時之前，而準備箱子、混入快遞當中絕對需要更多的時間提前準備，這個箱子應該跟陳諾蘭的升職沒有任何關係。

除非這是 X 送來的「意外驚喜」，但這種笨拙的安裝炸彈方式，確實跟 X 之前的做法完全不一樣。

「我覺得這個箱子裡面應該不是炸彈，否則早就被發現了……」路天峰自言自語道。

「啊？」不明就裡的余勇生光聽這個結論，自然是一頭霧水。

路天峰岔開話題，問道：「勇生，你覺得這樣來歷不明的箱子，有可能送到駱滕風的面前嗎？」

余勇生想了想道：「應該不可能吧，這不連前台都混不過去嗎？更何況就算送到了總裁辦公室，也還有祕書這一關，我想駱滕風的祕書不可能會將這東西交給自己的老闆。」

「那麼把箱子寄過來的人到底有什麼企圖呢……」

兩人說話間，防爆小組也順利拆開了箱子，並向他們打出危險解除的手勢。路天峰快步走上前，看到箱子裡面裝的其實是幾串普通的鞭炮和一個鬧鐘。

雖說只是虛驚一場，但路天峰的臉色更加嚴峻了，他認為這應該是 X 計畫之中的一部分，而且 X 是故意讓他們發現這個假炸彈的。

調虎離山？路天峰首先想到的是這個可能性。

「萱萱，你那邊一切正常嗎？」

「一切正常。」黃萱萱很快回答。

路天峰一再告誡自己，冷靜，要冷靜。即使是調虎離山，也不可能光靠著在一樓大廳放個可疑的箱子，就能混到頂層的總裁辦公室內，更何況如果不是警覺性極高的余勇生恰好路過前台，也許還不會引起那麼大的波瀾……

偶然……路天峰的眼裡閃過一道光芒。

沒錯，偶然就是關鍵！

「快把前台值班的工作人員喊過來！」路天峰說。

沒多久，余勇生帶著一個文靜瘦弱的女生過來了，她怯生生地站上前，忐忑不安地對路天峰說：「警官……我就是剛剛負責收快遞的人……」

路天峰首先穩定她的情緒，「你別緊張，慢慢說。我只想問一下，如果剛才不是我的同事恰巧路過，覺得這個箱子有異常，你會怎麼處理？」

「我……我會向上司報告，然後……然後按流程處理……應該會馬上報警……」女生說話不但結結巴巴，前言不搭後語，視線也飄忽不定，顯然一點底氣都沒有。

「別擔心，我只是照例詢問一下，無論你怎麼回答，都絕對不會影響你的工作。」路天峰輕聲出言安撫。

「真的嗎？」女生的眼睛瞪大了一點點。

「當然了，我們是警察，只管破案，你實話實說吧。如果對破案有幫助，還能獲得警方的嘉獎。」

前台女生猶豫了一下，終於又開口道：「其實類似的奇怪包裹以前也出現過，我們一般會直接通知保全部門派人來這裡，一起打開包裹，確認是惡作劇之後，我們就會自行處理掉而不會報警……

主要是不想惹太多麻煩……」

「這也很正常，完全可以理解。」路天峰繼續餵她吃定心丸，「所以保全部門的人是從哪裡過來的呢？」

「如果巡邏的保全剛好在附近，就叫他們過來，如果巡邏的保全距離比較遠，那麼在值班室的保全就會前來支援，因為值班室也在一樓。」

「值班室就是平時保全看監控影片的地方吧？」路天峰終於將這些零散的碎片逐一拼接起來了——如果箱子是X寄來的，那麼他的真正目的就是讓值班室的保全短暫離開崗位，從而獲得一個寶貴的空檔。

X需要這幾分鐘的時間，在風騰基因的大樓內完成某項「準備工作」。

「老大，有什麼問題嗎？」余勇生問。

「這應該是X計畫的一部分……」

「那我們該怎麼應對？」余勇生變得更警覺了。

路天峰掃了一眼漸漸散去的圍觀人群，慢慢地說：「我們只需要靜觀其變，不要打亂他的部署。」

余勇生似懂非懂地點了點頭，他從來都不會懷疑路天峰的決定。

沒過多久，風騰基因的大廳處就恢復了往日的寧靜，員工們腳步匆匆地進進出出，好像沒人在意剛才的那場炸彈驚魂。

5

四月十五日，第五次迴圈，中午十二點，駱滕風的辦公室內。

黃萱萱站在窗邊，雙手交叉擺在胸前，她用警戒的眼神一直盯著駱滕風，駱滕風則似乎完全無視黃萱萱的存在，只顧低頭處理工作事務。

一尊石頭做的衛兵雕像和一個金屬製成的工作機器人。

這就是路天峰走進辦公室時，頭腦裡冒出來的第一個想法。他的手中拿著兩份便當，先將其中一份遞給駱滕風，然後另外一份遞給了黃萱萱。

「這裡交給我吧，你先去吃飯，休息一下。」

「老大，你吃過了？」黃萱萱的表情終於緩和了一點，臉上露出一絲笑容來。

「嗯，剛才順路隨便吃了點東西。」路天峰的回答有點模稜兩可，目光飄向駱滕風。

拿著便當盒的黃萱萱眨了眨眼，說：「不吃午飯可是對身體不好呢。」

路天峰點點頭：「行，我知道了。」

黃萱萱告退離開，順手關上了辦公室的門，駱滕風隨即笑了笑，說道：「路隊，你的下屬挺關心你的嘛！」

路天峰心底泛起一陣不悅，駱滕風的語氣似乎在揶揄自己跟黃萱萱的關係，男上司與女下屬的曖昧組合，不正跟駱滕風和陳諾蘭的緋聞傳言一模一樣嗎？

於是路天峰也不甘示弱地回嗆一句：「我也挺關心你的，這份便當已經檢查過了，裡面絕對沒有毒。」

駱滕風原本正要把飯菜送進嘴裡，聽到這話不由得動作一頓。

「不知道為什麼，聽了這話之後，我突然間就沒了胃口。」駱滕風放下筷子。

「駱總還是趁現在多吃點吧，接下來我們的任務更加艱鉅。」

「艱鉅？今天下午我的行程安排不就是去D城大學參加活動嗎？」在駱滕風看來，一場校園活動好像是最輕鬆不過的事了。

「我強烈建議你更改安排。」

「為什麼？」

「因為我在你的車上發現了這個。」路天峰展示了用他的手機拍下的一段影片，可以看到駱滕風那輛黑色轎車的輪胎內側，有某處在閃爍著黯淡的紅光。

「那是什麼？」

「GPS定位追蹤器。你應該知道，我們的同事每天早晚都會替你的座車進行安全掃描，以保證上面沒被人動過手腳，今天早上自然也不例外。」

「你的意思是，這個追蹤器是在我們公司的地下停車場裡被裝上的？」

「沒錯，從這一刻開始，X隨時可以定位你的汽車。」

X公然入侵自己的地盤，實在令駱滕風感到非常不安。他調整了一下坐姿，想了想，然後頗為不解地問：「你為什麼不直接拆掉追蹤器？」

「很簡單，如果讓X一直藏在暗處，我們只會越來越被動，整天提心吊膽的，再堅強的神經遲早也會迎來崩潰的那一天。」

駱滕風正色道：「路隊，你到底有什麼計畫？」

「我要引蛇出洞。」

「所以我就是誘餌嗎？」駱滕風不置可否地反問。

「我想問一下，關於陳諾蘭即將上位的小道消息，是否已經在網上傳播了？」路天峰不知為何突然轉變了話題。

「我看看，應該擴散出去了吧……」駱滕風一邊說，一邊操作手機，然後發出苦澀的笑容，「是的，網上到處是各種離譜的猜測和捕風捉影的謠言。」

「如果這時候你也突然失聯的話，大家會有怎樣的猜想？」

駱滕風愣了愣，很快就領悟了路天峰的意思。

「不明就裡的網民大概會覺得我跟陳諾蘭一起去了某地幽會吧？而對張文哲、高緲緲等人來說，他們可能會覺得是新的投資談妥了，我才親臨現場談判……」

「於是乎 X 會產生一種強烈的心理優越感，因為全世界都想找你，而只有他知道你的下落。」路天峰說，「所以他很可能會趁著這個機會出手。」

「然後他就會落入警方早就布置好的天羅地網之中？」

路天峰搖搖頭：「沒有什麼天羅地網，我準備私下行動。」

「私下行動？」

「這樣才能將洩密的可能性降到最低。更何況 X 的警覺性相當高，一般的圈套根本不可能引他上鉤。」

駱滕風站起身來，雙手負在背後，煩躁地在落地窗前來回踱步，以此掩飾自己內心的劇烈波動。

路天峰沒說話，他知道這是最關鍵的時刻，能否讓駱滕風接受這個高風險的方案，直接決定了他今天到底能不能順利抓獲 X。

這甚至可能是在五次時間迴圈當中，最好的一次黃金機會。

前提是駱滕風心甘情願地選擇全力配合，而不需要任何人強迫或者勸說他。

「但如果警方人手不足的話，我豈不是很危險……」駱滕風開口了，他最關心的果然還是安全問題。

「駱總請放心，我多次強調，你的安全始終被放在第一位。」路天峰聳聳肩，「我只是需要借你的車子一用而已。」

駱滕風恍然大悟，他終於領會到路天峰的真正意圖。

「路隊希望X誤以為我跟陳諾蘭在某處祕密幽會，然後布局抓住他？」

「沒錯，就是這個思路。」路天峰根本不可能拿駱滕風的性命去冒險，但他必須營造這種危險的氣氛，再以退為進，獲得駱滕風的認可。

不願意拿性命相搏的話，把自己的專車貢獻出來總沒問題吧？

駱滕風果然一下子放鬆了不少，甚至嘿嘿笑了起來，「說起這個計畫，我倒是剛剛想起了一個好地方。」

「哦？」

「有棟郊區別墅，不是以我名字登記，實際上卻屬於我，知道那地方的人很少。」

「連公司股東都不知道嗎？」

「連我妻子都不知道。」

「很好。」

路天峰並沒有問駱滕風為什麼要準備這樣一棟不為人知的別墅，他很清楚每個人都有屬於自己的祕密，而像駱滕風這種人，需要隱藏的祕密就更多了。

所以他只是又重複了一遍：「很好。」

「那麼在我『失蹤』期間，總不能光躲在這裡吧？」駱滕風又問。

「我已經提前準備好一個安全而舒適的地方。」路天峰掏出早就準備好的酒店房卡，「超豪華五星級酒店客房，駱總一定會滿意的。」

房卡上印著天楓星華酒店的標誌，原本為了執行晚上的保護任務，警方預留了分布在高中低不同樓層的三間客房，而路天峰又耍了一點小手段，向酒店方面額外申請了一個房間。

「滿意，非常滿意。」駱滕風接過房卡，想了想又說道：「路隊，你的準備工作做得真是周全啊！」

「這是職責所在。」路天峰淡淡地回應。

四月十五日，第五次迴圈，下午兩點半，D城郊區的某棟別墅內。

這別墅其實做工挺粗糙的，裝潢設計一點都不高級，就像個普通的農村房子，無論怎麼看都不像是駱滕風這種有錢人會購置的產業。

但駱滕風買下這裡的最主要原因，應該就是別人不會想到吧。

路天峰已經在這棟別墅裡靜靜地等待了差不多兩小時。只見他整個身子躺在沙發上，半瞇著眼睛，時不時瞄兩眼手機，再喝一口面前的冰可樂。

他的狀態看起來很放鬆，但實際上，這種充滿未知的守候，對他而言才是最痛苦的煎熬。

執行任務人員無故失聯超過十分鐘，就會被列入緊急搜索名單，路天峰已經將自己原先使用的手機和通訊器留在風騰基因，換上了臨時手機和一張不記名的手機卡，讓警方無法透過常規手段追查自己。而在把車子開來這裡的路上，他又用紅布遮擋了車牌，這樣一來想要定位汽車位置就只能靠肉眼檢查交通監控影片，逐步縮小搜索範圍，這有可能要耗上兩三個小時。

路天峰想盡一切辦法為自己爭取了更多的時間，因為他不確定X會不會來這裡，更不知道X什麼時候才出現，時間一分一秒地流逝，而他需要盡最大努力，才能保持住一顆平常心。

事到如今再回頭去分析，他極度懷疑第四次迴圈當中那個汽車炸彈，是駱滕風在D城大學參加活動的時候被裝上去的，因為D城大學的停車場就是一塊空地，根本沒有什麼安全措施可言。如果這個猜想正確的話，X在今天也很可能會選擇下午時分來安裝炸彈。

此時此刻，顯示在路天峰手機螢幕上的，正是別墅車庫的監控畫面，他在那裡安裝了一個微型攝影機，一旦X出現，他會第一時間知道。

但隨著時間流逝，路天峰的內心開始動搖了，他擔心自己判斷錯誤，讓這分分秒秒比黃金還寶貴的時間白白浪費掉。

如果汽車底下的定位器不是X裝上去的呢？

如果X本來就準備傍晚時分才安裝炸彈呢？

如果X根本沒注意到網上散布的關於駱滕風和陳諾蘭同時失聯的流言蜚語呢？

還有，如果余勇生和黃萱萱猜到了自己的計畫，提前找上門來的話，那又該怎麼辦呢？

如果——

恍惚之間，路天峰看到手機裡的監控訊號出現了一丁點的雪花干擾，但轉眼間就恢復正常了。然而他並沒有掉以輕心，立即一躍而起。

干擾訊號再次出現，這下路天峰幾乎可以肯定是有人在搞鬼了。

X終於還是來了，他應該是擔心這裡有監控系統，所以提前準備了干擾器。諷刺的是，這棟房子連最普通的保全監控系統都沒安裝，唯一一個監控攝影機還是路天峰臨時裝到車庫裡頭的。X這種看似追求穩妥的行為，恰恰成了暴露自己行蹤的軟肋。

路天峰手機上的視訊訊號很快就恢復正常，嫌疑人終於出現在畫面裡。那應該是個男人，身穿運動服，戴著一頂棒球帽，一時看不真切他的容貌。

好不容易才迎來真正面對面決鬥的機會，路天峰感到全身上下的血液都在沸騰。他告誡自己，越是這種時候，就越要保持冷靜。

那人小心翼翼地步入車庫，聳了一下肩膀，再放下看起來沉甸甸的背包，背包裡面大概就是炸彈了吧？

路天峰的心底突然湧起了一種微妙的違和感，但他一時說不清是怎麼回事。

眼見那人在車子旁邊蹲下，不知道在折騰些什麼的時候，路天峰也穩定了自己的情緒，放輕腳步，躡手躡腳地走向車庫。車庫有一大一小兩扇門，其中大門正是X走進來的那道鐵捲門，另外有一扇小門與別墅的客廳連通。

路天峰悄悄來到車庫的小門旁，蹲在牆邊，再按下手中的遙控器。

「嘩啦啦——」鐵捲門開始緩緩下降，這時候車庫內的男人立即警覺地站了起來，他只有兩個選擇，從大門原路退出去，或者走小門進入別墅。

恰巧在這節骨眼上，大門處突然響起了警笛聲，於是那男人毫不猶豫地衝向了車庫的小門，伸手一試，門並沒有鎖。

殊不知這正是路天峰精心布置的局面，他就是要迫使X往屋內逃。

男人剛閃身踏入客廳，一個硬邦邦的東西立即頂在了他的後腦勺上。

「不許動，放下手上的東西。」路天峰冷冷地說。勝利在望，他卻不敢有一絲一毫的鬆懈，語氣依然極力保持平靜。

男人愣住了，他想不到這竟然是個請君入甕的陷阱。

「你是什麼人！」他喝道。

「重複一次，放下手上的東西。」路天峰毫不客氣地用一個擒拿動作奪下男人的背包，再將他按到牆邊，脫下了他的帽子——

那張平平無奇的臉龐，竟然是不入流的龍套演員莫睿！

路天峰心裡那股不和諧的感覺，變得更加強烈了。

握著手槍的右手在微微顫抖著，路天峰連忙深吸一口氣，掩飾住自己內心的動搖。

而莫睿顯然不認得路天峰，依然惡狠狠地說：「你是駱滕風的走狗嗎？讓他自己滾出來，不要當縮頭烏龜！」

路天峰深吸一口氣，問道：「你不認識我？」

「老子憑什麼要認識你！」莫睿的表情猙獰，目露凶光，一點都不像在做戲。

當然，十八線的演員畢竟還是演員，路天峰並沒有掉以輕心，在掏出手銬將莫睿的雙手銬住之後，才出示了自己的警官證。

「刑警大隊路天峰，現在問你幾個問題，請老老實實回答。」

莫睿冷哼一聲，把臉扭開，連證件都沒正眼看一下。

「莫睿，我已經查清楚你的底細，別做無謂的抵賴了。」路天峰也加重了語氣。

沒料到莫睿聞言竟然笑得更放肆了：「警察大哥，你抓錯人了。」

「什麼？」

「我不叫莫睿，我叫朱世明。」

「朱世明？」這個聞所未聞的名字讓路天峰愣了愣。

莫睿，或者叫朱世明的人昂起頭，抖了抖肩膀，滿臉不屑地說：「我不想跟你說話，還是把你老闆喊出來，讓我和他聊兩句吧。」

路天峰當然知道朱世明所指的「老闆」就是駱滕風，於是搖頭說道：「駱總並不在這裡，既然你不願意配合，只好請你走一趟警局了。」

「警局？你真的是警察？」

「那當然。」

「駱滕風真的不在這裡？」

「他不在。」其實路天峰非常納悶，朱世明好像不太在乎自己被抓，卻分外關心駱滕風到底在不在現場。

而且眼前這個男人似乎真的沒有關於前四次迴圈的記憶，他與路天峰的一問一答完全就是陌生人之間的對話模式。

路天峰不得不苦澀地承認，自己歷盡千辛萬苦才找到的這個答案，很可能是錯的。

但他只能緊緊抓住眼前這一根救命稻草了。

朱世明似乎終於接受了被警方逮捕的事實，他的臉色漸漸變得蒼白起來，嘴角不住地抽搐，好像受到了很大的打擊。

「不可能……不可能……」

「為什麼不可能？」路天峰抑制住自己失望的情緒問道。

朱世明立即閉上嘴巴，守口如瓶，但從表情上可以看出他的內心正在受著煎熬。

路天峰也不想繼續浪費時間，直接上前翻開朱世明隨身攜帶的背包檢查，裡面確實裝有遙控器和計時器等各種電子元件，但包裡沒有炸彈，大概已經安裝到汽車上面了。這下子總算是人贓俱獲，證據確鑿。

「你就是X吧？張翰林和高俊傑的案子，都是你做的？」路天峰把這些電子元件在朱世明面前一一攤開，「現在你又想來殺死駱滕風，對不對？」

「是的，都是我幹的。」朱世明竟然出乎意料地一口承認了。

「不，你不是真正的 X。」更讓人意外的是，路天峰馬上就否決了他的證詞。

朱世明咬了咬嘴唇說道：「是我，全部炸彈都是我裝的，我要毀掉風騰基因！」

「你沒有那種能力。」

「我有，我在劇組裡頭做過爆破工作。」

「不，我說的不是這種能力。」路天峰越發肯定，眼前這個男人根本就不知道這個世界上有時間迴圈的存在，更不可能是 X。

「你到底在說什麼？」

「聽不懂嗎？聽不懂就對了。」路天峰終於露出笑容來，朱世明雖然不是真正的 X，但可以透過他找到 X，「告訴我，你幕後的指使者到底是誰？」

有那麼一瞬間，朱世明的眼中閃過一絲崩潰的痕跡，但他強忍住了。

「我什麼都不想說。」他咬牙切齒地說。

「我突然想起了一個姓朱的女孩子，朱曉月。」其實路天峰的心中在暗自懊惱，如果他能提前派人調查一下朱曉月的情況，那麼接下來的交流可能會順利得多。

但即便手中的資訊有限，路天峰知道自己也必須盡最大的努力去套取情報。

「你是她的哥哥，還是弟弟？」

朱世明哈哈大笑起來，笑聲中帶著一股瘋狂的勁頭，「沒錯，我是曉月的哥哥，我要毀掉風騰基因，為我妹妹報仇！」

「你是責怪駱滕風當年沒有用尚未成熟的 RAN 技術去救你妹妹嗎？」

朱世明愣了愣，笑得更誇張了，就連眼淚都流了下來，「警官，你是不是搞錯了什麼？」

「你的意思是……」路天峰現在完全沒有體會到接近勝利的喜悅，心中的謎團反而越來越多。

「曉月當時跟駱滕風簽訂了祕密協定，然後在她身上進行了RAN技術的活體實驗！她是駱滕風的小白鼠！」

路天峰大吃一驚，這可跟駱滕風告訴他的版本完全不一樣。

「這個……」

「曉月接受RAN療法後，很快就因多重器官衰竭而病危，我匆忙趕到醫院時，卻只看到她冰冷的屍體……駱滕風拿出了協議書，聲稱曉月是自願成為實驗者的，但我總覺得是那傢伙利用了曉月對他的感情和信任，誘騙她簽下這份要命的協議……」

當然，這只是朱世明的一面之詞，也可能是因為他失去了親妹妹之後悲憤過度，才將怨氣全部發洩在駱滕風身上。

那麼，朱曉月到底有沒有接受過RAN技術治療呢？路天峰發現自己不知道的內幕太多太多了。

「那你也應該只向駱滕風報仇，幹嘛牽涉無辜者呢？」

「開什麼玩笑，這家公司將一項可能殺死人的危險技術包裝成救世良藥，並藉此大賺特賺，公司的高層裡頭就沒有一個人是無辜的！」朱世明的雙眼通紅，情緒越來越激動，這種出格的言論不禁讓路天峰想起另外一個人——D城大學的譚家強老師。

「所以你就化名『莫睿』，以另外一個身分生活在這座城市之中，伺機報復？」

「我所做的事情，你根本無法理解。」朱世明不屑地說。

路天峰倒是將事情的來龍去脈都猜得八九不離十了，「我能理解，你需要找到更多志同道合的人跟你一起反對駱滕風，所以你加入了逆風會。」

只需要看朱世明臉上那副震驚的表情，路天峰就知道自己又猜對了。

「讓我告訴你吧，逆風會的其他人，比如譚家強、徐朗，他們一個也逃不掉。」

這兩個名字顯然刺激到朱世明，他的瞳孔不由自主地放大，身體也坐得更直，擺出一副緊張、戒備的姿態。

路天峰一鼓作氣，乘勝追擊地說道：「等警方將你們一網打盡，誰先坦白從寬，誰就可以得到減輕量刑的處理。」

朱世明一言不發，默默地低頭看著自己的鞋尖。

「你有沒有注意到，這次抓捕行動只有我一個人參與？」

朱世明抬起頭來，不明所以地看向路天峰：「這是什麼意思？」

「意思就是，現在我們之間有充分的談判空間。」路天峰語重心長地說：「只要你說出幕後指導你安裝炸彈的人到底是誰，我一定會為你爭取最大尺度的減刑。」

朱世明摸了摸冰冷的手銬，輕輕地說：「真的嗎？炸彈可都是我親手安裝上去的……」

「但如果可以幫助我們抓住幕後策畫者，你就算是戴罪立功了。」路天峰停頓了一下，再次打出感情牌，「你也不希望妹妹在天上眼睜睜地看著你走上不歸路吧？」

朱世明猶豫起來，這時候路天峰不再步步進逼，而是給他留出了一點思考時間。

良久，朱世明終於慢慢開口道：「確實，有人在暗中指導我安裝炸彈，所以我才能順利炸死張翰林和高俊傑……」

「這人是誰？」

「我……不知道，他一直用化名，透過網路和我聯繫。」

「只是一個素未謀面的人，你怎麼可能完全相信他的話，並且按照他的指示去殺人？」路天峰有點難以置信地問道。

朱世明面露尷尬的神色：「那人……自稱是『先知』，有預測未來的能力。」

「先知？」路天峰腦筋運轉得飛快，瞬間就明白了，真正的X利用了時間迴圈的特點，假裝未卜先知，騙取了朱世明的信任。

路天峰感到背後一涼，直覺告訴他，有某種危險正在靠近。

「是的，他真的能預知未來。」朱世明喋喋不休地說了好幾個例子，路天峰有點心神不定，只好連連點頭附和。

「明白了，這就是你為什麼會乖乖聽他的話，在指定的時間、地點安裝炸彈的原因。」

「不僅如此，他還告訴我怎麼樣才能不留下證據，逃過警方的追查……」

「你是透過什麼管道和『先知』聯繫的？」

「網路聊天軟體，我們用的是加密軟體，很難被追蹤……對了，我每次行動時，都會戴上他給我準備的手錶，萬一有緊急情況，他能透過這個手錶即時聯絡我。」朱世明邊說邊舉起自己的雙手，向路天峰展示手腕上的電子手錶。

「這個是……兒童安全手錶？」路天峰心頭一震，終於看清了這場迫在眉睫的危機。這種電子手錶不但有定位功能，還可以主動實施監聽，如果X此時此刻正在監控朱世明的話，那麼剛才他們之間的所有對話都會被X聽見。

路天峰想起了第四次迴圈最後時刻的爆炸，連忙掏出手機，在備忘錄上輸入：「別說話，跟我來。」

朱世明愣了愣，有點不明所以。

「帶我去看一下車庫裡的炸彈吧。」路天峰嘴上這樣說著，手機螢幕上顯示的卻是另外一句話。

「有人監聽，立即離開。」

「哦，好。」朱世明點了點頭。

路天峰帶著朱世明往屋外走，邊走邊問道：「炸彈已經安裝好了嗎？」

「嗯，裝在輪胎內側的隱祕位置，不仔細看不會被發現……」

「不會突然爆炸吧？」

「怎麼可能……」朱世明像突然意識到了什麼一樣，瞬間面如死灰。

那個炸彈當然是可以遠端遙控引爆的，而有能力引爆的人，除了朱世明之外，還有那個躲在幕後的「先知」。

此時兩人已經來到了別墅門外，路天峰還不放心，讓朱世明跟著他再走遠了一些，才提高音量道：「你去指一下炸彈安裝的位置，別耍花樣。」

與此同時，路天峰在手機上輸入的訊息是：「蹲下，隨時可能爆炸！」

「這個……」朱世明有點不知如何是好。

「快點去！」路天峰故意惡狠狠地說。

「知道了……」朱世明一邊說，一邊雙手抱頭蹲下，而路天峰也在他身邊蹲了下來。

就在這一瞬間，別墅車庫處傳來一聲巨響，火光沖天而起，「先知」果然引爆了炸彈，他一直等待著這個機會，想將朱世明和路天峰一起滅口！

路天峰即便早有準備，依然被爆炸掀起的氣浪掀翻在地，不過他迅速爬了起來，確認自己沒受傷後，再扶起身旁的朱世明，第一時間就脫掉了朱世明手腕上的電子手錶，並立即關機，製造手錶也在爆炸中被摧毀、訊號中斷的假象。

「你還好吧？」在確認對方已經無法再聽到這邊說話的內容之後，路天峰才開口問。

「我……我……」朱世明的臉色白得像一張紙，嘴唇不停地顫抖著，也不知道是不是受到了驚嚇。

「我打一一〇，你打一一九。」路天峰說。

「不……」朱世明嗚咽一聲，身子歪歪扭扭地倒下了。路天峰一把托著他的腋下，隨即注意到朱世明的腹部竟然有一大攤血污。

他的肚子竟然破了一個洞，鮮血正不住地往外湧。

這不可能是剛才那場爆炸造成的傷口！

「到底是怎麼回事？」

「腰包……先知……給我的……」朱世明艱難地擠出這幾個字，眼神慢慢凝固了。

路天峰只感到一陣強烈的寒意從心底湧起，他以為自己已經成功誤導X引爆炸彈，並救下了關鍵證人朱世明，沒想到X竟然如此冷酷殘忍，一早就在朱世明的腰包裡安裝了另外一枚小型炸彈。

看來X是絕對不會讓朱世明活過今天。

「先知到底是什麼人？你還知道些什麼？」路天峰焦急地大喊起來，他知道朱世明剩下的時間已經不多了。

朱世明的嘴唇還在顫動，但發不出任何聲音，而他的眼神漸漸失去了焦點。

「朱世明，堅持住，為了你的妹妹，堅持住！」

朱世明的眼睛亮了亮，大概是「妹妹」這兩個字給了他一絲力量，但這股力量轉瞬即逝，他睜著雙眼，頹然斷氣。

隨著朱世明的身子軟綿綿地癱倒，又一條線索徹底中斷了。路天峰腦海中那幅逐漸拼好的拼圖，也隨之再次化為碎片。

到底還是X棋高一著。

路天峰安靜地坐在地上，望著不遠處的火光和煙霧，又看了看眼前這名死不瞑目的男人，過了好一會兒，才重新振作起來，掏出手機撥打了一個號碼。

「勇生，你在哪裡？」路天峰的語氣中帶著疲憊。

「老大！」電話那頭的余勇生顯得非常激動，「到底發生什麼事了，我們一直聯繫不上你……」

「來不及解釋了，勇生，你盡快帶人來這裡做一下善後工作。」路天峰盡量用平靜的語氣報出了地址，同時他也聽到了電話那頭，從余勇生的通訊器裡傳出了警報提示音。

「老大……」余勇生的語氣裡充滿了迷惑和為難，「我剛剛收到消息，我們的任務被取消了。」

「任務取消？」路天峰驚訝地反問。

「呃，稍等一下……」余勇生應該是按了電話的靜音鍵，話筒那頭紛繁嘈雜的聲音一下子就沒了，但這種安靜更加折磨人。

路天峰拿著話筒，耳邊只聽見不遠處火焰燃燒時發出的劈里啪啦可怕聲響，他的腦裡不停地閃過一個又一個猜想，始終沒想明白到底發生了什麼。

電話終於恢復了聲音，那頭的余勇生有點急切地說：「老大，剛剛收到消息，駱滕風聲稱你設計把他軟禁在天楓星華酒店裡頭。他一開始還沒發現什麼，但漸漸察覺到事態不對，所以就主動聯繫了我們局長，確認你的行動是未經上級同意的……」

「開什麼玩笑！」路天峰幾乎要吼起來了，「這是我跟駱滕風共同協商出來的計畫……」

「但他不是這樣跟局長說的……反正現在我和萱萱都暫時被調離崗位了，還有就是，那個……」

「有話直說。」路天峰深知余勇生是個直來直去的人，換句話說，他一旦吞吞吐吐，就一定沒有好事。

「局長簽發了對你的通緝令……」

「通緝？我？」路天峰真是哭笑不得，「我明白了，勇生，你要把我們這次通話彙報給上級。」

「老大，你覺得我是這種忘恩負義的人嗎！」

「你別誤解，我需要你的說明，快把我的位置報上去，然後派人來現場勘查。」

「你那邊到底是什麼情況？」

「安裝炸彈的人被我抓住了，但現場發生了爆炸，凶手當場身亡。這事肯定還有背後的操縱者，沒那麼簡單，我要繼續調查。」

「你一個人怎麼調查……」

路天峰沒等余勇生說完就匆匆掛斷了電話，然後將手機裡頭的ＳＩＭ卡拆掉，重新換上另外一張，也是他平日儲備的最後一張備用ＳＩＭ卡。

天色灰暗，空中又飄起了毛毛雨，而遠處已經傳來了消防車的鳴笛聲。

一道閃電劃過天際，路天峰也彷彿得到了某種啟示，混亂的思路似乎變得豁然開朗。只是腦海中跳出來的那個答案，有點恐怖。

如同緊接著到來的那記驚雷一樣，讓人心神顫動不已。

6

四月十五日，第五次迴圈，下午三點。

路天峰坐在計程車的後座上，看著玻璃窗上的雨滴出神。現在雖然並非尖峰期，但前方大概是出了事故，行車緩慢，他們的車子在長龍當中久久不能挪動。

司機不耐煩地敲打著方向盤，嘴裡罵罵咧咧的，詛咒著這該死的交通路況。

路天峰沒有搭話，他將臉慢慢湊近玻璃，距離越近，眼前的雨滴看得越清楚，但是窗外的雨景卻再也看不見了。

他恍然大悟，風騰基因的案件，不就是同樣的道理嗎？

自己陷得太深了，想抓住每個細節，想在一次又一次的時間迴圈當中把握住每一個變數的作用，就如同想先看清楚每一滴水珠，然後再拼湊成雨景的全貌，這有可能嗎？

每一滴水珠都在玻璃上滑動、合併、分裂，每一秒又都幻化為不同的圖案，根本看不真切。只有將目光放遠，不再專注於雨滴，他才能看見真正的雨景。

還記得程拓對他說過，破案不能過於依賴線人，要回歸案件的最本源處——動機和利益。

最近風騰基因的一系列案件，最根本的利益點不就是這家估值一年翻十倍、勝似搖錢樹的公司嗎？

在案件發生之前，駱滕風占據公司的主導地位，與張翰林和高俊傑形成三足鼎立之勢，接下來張翰林和高俊傑雙雙遇害，真正的最大受益者，不就是駱滕風嗎？

雖然兩位高層過世之後，有張文哲和高緲緲以繼承人的身分成為股東，但兩個資歷尚淺的年輕人，又怎麼鬥得過經驗豐富的駱滕風？

說到最後，駱滕風才是坐收漁翁之利的那個人。

路天峰感覺自己終於一步一步地走出了迷霧環繞的泥淖，只不過眼前出現的並不是一片坦途，而是深不見底的懸崖峭壁。

真相越清晰，就越接近危險。

這時候，計程車司機百無聊賴地打開了收音機，電台裡是一男一女兩個主持人在聊著本地的最新新聞，話題竟然恰好討論到風騰基因。

「風騰基因的CEO駱滕風今天中午突然失聯，警方對此沒有發表任何意見，有網友懷疑他的失蹤可能跟公司之前發生的兩起刑事案件有關……」

「而稍早時候曾經和駱滕風傳出緋聞的風騰基因科研人員陳諾蘭，同樣處於失聯狀態，因此也引起了諸多猜測……」

「更耐人尋味的是，今天上午在網路上有小道消息傳出，聲稱風騰基因極有可能引進新的投資者，而且是巨無霸級別的國際創投機構……」

「煩死了！」因為塞車而脾氣暴躁的司機，一下子又關掉了收音機，「一天到晚說這種破事情。」

「師傅，你也聽說過風騰基因的事情嗎？」路天峰隨口問道。

「那當然，最近的案件可是鬧得滿城風雨，沸沸揚揚啊！」

「警方怎麼一直破不了案呢？我聽說那是專業殺手幹的。」路天峰故意將話題引到計程車司機們最為津津樂道的方向上。

司機擺擺手：「依我看來，這案子簡單得很，警察肯定是被誤導了。」

「哦？」

「你想想嘛，人一天到晚為啥忙？要不就是名，要不就是利，而風騰基因代表著名利雙收，為此而殺人一點也不奇怪。」司機興高采烈地拍打著方向盤，頗有幾分指點江山，激揚文字的氣勢。

「你的意思是……」路天峰不由得暗暗感歎，一個普通司機都能想到的事情，為什麼自己偏偏就看不透呢？

「那公司原本不是有三個大老闆嗎？死了兩個，剩下的那個駱什麼風肯定就是幕後主謀啊！」

這真是話糙理不糙，如果沒有第三封恐嚇信出現，駱滕風本應是前兩起案件的最大嫌疑人，而一般人並不知道駱滕風也收到了恐嚇信，自然就會繼續懷疑他。

但如果駱滕風就是 X 的話，他當然可以給自己寫一封恐嚇信，以減輕身上的嫌疑，他甚至還可以在上一次迴圈中，直接安排朱世明炸死自己，讓擁有感知時間迴圈能力的路天峰對其深信不疑。

想到這裡，路天峰有點不寒而慄，曾經「死過」一次的自己，很清楚這是一種多麼痛苦的體驗。

而駱滕風跟警方聯繫的時間也太過湊巧了，幾乎是在朱世明攜帶的炸彈引爆之後就立即跳出來，撕毀了他和路天峰之間的祕密協議。這只能解釋為，駱滕風認為路天峰已經跟朱世明一起在那場爆炸當中身亡，所以他成了唯一的知情人。

但駱滕風萬萬沒想到，朱世明確實死了，而路天峰還活著。

路天峰閉上雙眼，手指輕輕揉動著自己的太陽穴，強迫自己冷靜下來。

目前的形勢變得清晰明朗起來了，駱滕風很可能就是朱世明口中的「先知」，也是一切案件的幕後策畫者X，但除了異想天開的推理之外，路天峰手頭上沒有任何實質性的證據能夠指證他。

不過路天峰的手中也有一張關鍵底牌——駱滕風現在誤以為自己已經死了，很可能會稍微放鬆警惕，在言行舉止之間露出破綻，這正是他逆風翻盤的最大希望所在。

這時候，計程車終於掙扎著來到了最為堵塞的路口，原來是有輛大貨車翻車了，車子橫在路中央的綠化帶上，貨物撒滿了兩個方向的車道。通過事故地點後，計程車開始順暢地飛馳起來。窗外的雨越下越大，透過朦朦朧朧的雨簾，路天峰張望著遠處那棟高達五十層的建築物——

天楓星華酒店，路天峰此行的目的地。

路天峰安排駱滕風藏在這裡，也是經過一番深思熟慮的，一方面是因為他在前幾次迴圈當中，已經對這家酒店的格局和各種設施有所瞭解，有著更充分靈活的應變手段；另外一方面，因為工作需要，路天峰還準備了這家酒店的萬能房卡和工作證，能夠經由員工通道進出酒店，進入一些普通顧客無法進入的區域。

當然，在駱滕風主動聯繫警方「報案」之後，他有可能已經離開了酒店，前往警局接受盤問，但以路天峰目前的狀況，當然不可能跑回局裡自投羅網。因此路天峰還是決定來到這裡等候，他相信駱滕風不會錯過今天晚上的白府婚宴。

然而路天峰一走進酒店大門，就知道自己不需要等那麼久了。

只見周明樂站在大廳一側的柱子旁，眉頭緊鎖，正情緒激動地講著電話。雖然不知道他在和誰說話，說些什麼，但能夠讓他跑來這裡，應該只有一種可能性。

那一刻，路天峰彷彿看到幸運女神在向自己露出微笑。

下午三點半，天楓星華酒店，一樓大廳。

西裝筆挺的周明樂坐在咖啡廳內，面前那杯咖啡的熱氣已經慢慢消散，他卻連一口都沒喝過，只是默默地低頭看著手中的平板電腦，一副心事重重的樣子。

「抱歉，我來晚了。」駱滕風滿面春風地走過來，又向服務生說了一句：「一杯美式冰咖啡，謝謝。」

「沒關係，我也是剛到。」周明樂放下平板電腦。

駱滕風指了指桌上那杯已經沒有熱氣的咖啡，直截了當道：「這看起來可不像是剛到的樣子。」

周明樂有點錯愕地抬起頭來，看了駱滕風一眼，他敏銳地察覺到，兩人之間的對話氣氛已經和幾小時前在風騰基因的時候完全不一樣了，駱滕風突然變得更具攻擊性，眼神之中更是充滿了信心。相較之下，周明樂的氣場則顯得弱了許多。

周明樂只好不以為然地聳聳肩，婉轉地說：「每個好項目都值得等待。」

「風騰基因當然是個好項目。」駱滕風的笑容非常燦爛。

「關於這點，我們早就達成了共識。」周明樂下意識地摸了摸咖啡杯，他感到自己正在失去對事態的控制。

駱滕風倏地收起笑容，一本正經地說：「接下來需要討論的就是具體價錢了。」

「具體價錢嘛……」周明樂舉起了杯子，一口氣喝掉大半杯已經完全冷掉的咖啡，「這也沒啥好討論的，駱總說是多少就多少。」

駱滕風的臉上閃過一絲詫異。

「我不太明白你的意思。」

周明樂繼續不慌不忙地說：「現在不是有一家競爭對手嗎？他們開價多少，我們就出同樣的價錢。然而對方的開價我只能透過駱總得知，因此從您口中說出的價錢才是關鍵。」

駱滕風的嘴角不由自主地抽搐了一下，原來這就是周明樂的反擊，既然局面已經很被動了，乾脆完全放棄主動權，龜縮防禦。

駱滕風想了想，問：「你就不怕我虛報高價？」

周明樂放下咖啡杯，輕輕地笑了笑：「我不在乎。」

「不在乎？」

「我甚至連這個競爭對手到底存在與否都不在乎，駱總，您說對不對？」周明樂的眼中閃爍著狡黠的光芒。

這一刻，兩個男人對某些事情達成了心照不宣的共識。

駱滕風的表情重新放鬆下來，說道：「沒想到 Volly 這種頂級創投機構，也會做出如此草率的決定。」

「正因為我們是頂級的，所以才寧願錯投，也不願錯過。」周明樂所說的正是創投機構的金科玉律之一。

「真有趣啊！」駱滕風搓了搓手，「所以你算是利用 Volly 的資金實現了自己的願望？」

「是實現了我們的願望。」周明樂將平板電腦遞給駱滕風，「這是投資意向書的電子版，請您過目。說起來，要不是今天突然出現變數，這單生意還沒那麼容易能談成呢。」

駱滕風接過平板電腦：「哈哈，那看來我得感謝一下……」

「我嗎？」身穿服務生制服的路天峰，將一杯冰咖啡端到兩人桌前。

駱滕風詫異地抬起頭，雙眼瞪大，臉上一副難以置信的神情。他的雙手在不自覺地抖動著，差點連平板電腦都拿不穩了。

路天峰指了一下自己耳邊掛著的耳機，暗示剛才的對話全部被他聽到了。周明樂當然也認出了這位上午才見過面的警察，但完全猜不透他為什麼會突然出現在這裡。

「駱總，形勢緊急，請立即跟著我離開這裡。」路天峰故意用周明樂也能聽見的音量說道，他算準了駱滕風絕對不會在周明樂面前表現出任何異常。

「到底是怎麼回事？」駱滕風皺著眉頭，他當然不想跟路天峰走，但又不能當場發作，只好寄望於附近有警察在盯梢自己，能發現情況不對。

路天峰左手拍了拍駱滕風的肩膀，右手又用什麼東西碰了碰他的腰間，壓低聲音說：「別拖延時間，馬上跟我走。」

「明白了。」駱滕風的神色如常，先是把平板電腦遞回給周明樂，再喝了一小口咖啡，才輕鬆自如地站起身來，「真是遺憾，今天跟你的兩次會面都被意外打斷了。」

「沒關係，好事多磨嘛。」周明樂的眼珠飛快地轉動，好像在思考著對策。

「我相信事不過三……」

「時間緊迫，我們快走吧！」路天峰怕駱滕風耍什麼把戲，連忙打斷了他的話，幾乎是硬拉著他離開了咖啡廳。周明樂雖然覺得很納悶，但對方畢竟是負責保衛工作的警察，他也真沒想到路天峰已經被警方通緝，就這樣眼睜睜地看著兩人離去。

又差一點。

周明樂懊惱得幾乎想要砸掉手中的平板電腦，他很清楚，事情越是這樣拖延下去，變數就會越多。但他卻無從選擇。

路天峰跟駱滕風一起進入電梯後，按下了「29」的按鈕。

「路隊，我們去哪兒？」電梯裡只有他們兩人，駱滕風的狀態頓時變得緊張起來。

路天峰冷冷地回答：「找個地方聊聊天而已。」

「我們之間大概是有什麼誤會吧？」駱滕風依然是一臉無辜的樣子。

「那正好趁著這個機會把事情說清楚。」路天峰的右手始終拿著一件外套，用外套底下藏著的硬物頂住駱滕風的腰，這讓駱滕風即使處於電梯的監控鏡頭下，也不敢造次。

「我們到了。」

駱滕風心不甘情不願地跟著路天峰走出電梯，兩人又拐進了樓梯間，路天峰掏出工作人員的萬能卡，打開了一扇標注著「非緊急情況嚴禁開啟」的門，沒料到門後竟然是一整層空蕩蕩的樓層，裝修極其簡陋，連牆面都沒刷。

「這是什麼地方？」駱滕風驚訝地問，眼前的景象根本不該屬於這棟超豪華的酒店。

「防火避難層。」

很少人知道，國內樓高超過一百米的建築物基本都會設計特殊的防火避難層，而這一層樓電梯是到不了的，只有經由消防通道才能抵達。天楓星華酒店的防火避難層就在二十九樓和三十樓之間，其實從外觀上看仔細一點，也能發現整棟建築物的中間位置有一層的裝潢明顯跟別的樓層不一樣。

然而像這樣明明擺在大家眼前，只要仔細一看就能發現的東西，卻往往被人忽視。

「路隊，你可真會挑地方。」駱滕風用鞋底來回蹭著只鋪了一層水泥的地面，藉此掩飾心底的不安。

在這一層樓之內，兩個男人之間只能面對面對決，並沒有任何迴旋的餘地。

路天峰悄然無聲地站在原地，用刀子一般銳利的目光打量著駱滕風。他不需要說話，也不能說話，只有沉默才是此刻最適合的武器。

駱滕風也不甘示弱地注視著路天峰的眼睛，一言不發，寂靜的空間內只剩下彼此若有若無的呼吸聲。

誰先閃躲，誰就輸了。

最終還是駱滕風忍不住先挪開了目光。

「路隊，你到底想幹嘛？」

「我只想問一個問題，你到底是不是X？」路天峰拿開了一直遮掩著右手的外套，露出了手中的東西。

「擀麵杖？」

「剛才在廚房裡拿的，要不你以為呢？」路天峰笑了，他身上根本就沒帶槍。

駱滕風的臉色一下子變得非常難看，早知道是這樣，剛才他無論如何也要在公共場合鬧出點動靜來，已經被警方視為逃犯的路天峰一定不願意驚動酒店安保人員。然而現在情況完全不一樣了，在這空無一人的防火避難層裡，再怎麼鬧也不會有人來干涉。

駱滕風嘗到了氣勢被完全壓制的無力感與挫敗感。

「我根本不知道你在說什麼……」他選擇矢口否認，雖然這話聽起來沒有底氣。

「是嗎？明明是我們商量好的引蛇出洞方案，你為什麼會突然改變主意，報警說被我軟禁了？」

「這還得請路隊多多包涵，我一個人待在房間裡頭，老是胡思亂想，又怕你的私下行動鬧出什麼亂子來，影響我的聲譽，所以才決定找你們局長交涉。」駱滕風撒起謊來還真是面不改色，「我可以再打個電話給他，替你澄清一切……」

路天峰毫不留情地打斷了駱滕風的話，「駱總，你打電話報警的時機也太微妙了吧？」

「是嗎？我不明白你的意思……」

「在你的別墅裡頭，我將安裝炸彈的人抓住了。他叫朱世明，是朱曉月的哥哥。」

「哦，原來如此……」駱滕風似乎對朱世明這個名字的出現沒有顯得太過驚訝。

「然而就在我剛剛抓住他沒多久，他安裝在汽車上的炸彈和隨身攜帶的另外一枚炸彈就同時爆炸了，幾乎是完美的引爆時機，差點就可以一箭雙雕，把我也順帶炸死。」路天峰冷冷地說道：「引爆炸彈的人就是你吧。」

面對如此直接的質疑，駱滕風只能報以尷尬地苦笑：「路隊，你這玩笑也未免開得太大了吧？我怎麼可能去殺人？」

路天峰緩緩地搖著腦袋說：「你一直都掩飾得很好，可惜到最後關頭露出了馬腳，你覺得已經順利炸死了朱世明和我，就再也沒有人知道你做過些什麼了。所以你放鬆了警惕，立即聯繫警方聲稱自己被軟禁。如果你不是一直在監聽別墅那邊狀況，怎麼可能將時間點掌控得那麼精準？」

駱滕風的表情漸漸僵住了，但他仍然不慌不忙地說：「這純屬巧合，我根本不知道什麼炸彈的事……」

「你利用感知時間迴圈的能力，策畫了兩起完美犯罪，而在今天的第三起犯罪當中，你本來也可以完美地除掉朱世明，讓他成為你的替罪羊，只可惜差了一點點。」

路天峰舉起手中的電子手錶元件，緩緩地說道。

「你雖然成功殺死了朱世明，但沒能毀掉這玩意兒。裡面有朱世明和幕後組織者的通話記錄，只需要調查一下電話號碼，就可以確認對方的身分。雖然我相信你不會使用自己的手機號碼來做這事，但即使是專門準備了不記名的手機號碼，警方同樣能夠追蹤和鎖定使用者的身分……」

駱滕風雙眼直直地盯著路天峰手中的東西，嘴唇抽動了一下，卻沒說話。

「我們很快就能知道，到底誰才是幕後的策畫者。」路天峰將電子元件放入口袋裡，「在此之前，你還有時間去自首。」

駱滕風冷笑道：「路隊的指控無異於天方夜譚，我並沒有什麼感知時間迴圈的能力……」

「駱總，你又說漏嘴了。」路天峰慢慢搖著頭，「正常人的第一反應，應該是根本不懂什麼叫時間迴圈，你這樣一說，豈不是默認你知道世界上有時間迴圈的存在嗎？」

駱滕風愣了愣，有些自嘲地笑了起來：「論耍嘴皮子，我還真不如你。」

「你的口才也很好啊，在D城大學的講座博得了滿堂彩。現在我終於明白你在第三次迴圈的講座上目睹流血事件時，為什麼能夠表現得那麼平靜了。因為你知道一切都會歸零，迴圈會重新開始，你已經習以為常。」

駱滕風彷彿戴上了一個灰色面具，臉上血色漸漸消退，表情木然。

路天峰知道，駱滕風已經接近崩潰的邊緣——他根本無法想像一個普通人在此時此刻應該做出什麼樣的反應才是正確的，因為他並不是普通人。

「駱滕風，你和我一樣，能夠感知時間迴圈的存在。」路天峰說出了他的結論，給予駱滕風最後一擊。

駱滕風的肩膀抖動著，幅度越來越大，接下來終於按捺不住，瘋狂地大笑起來。

「哈哈哈哈，你終於想到這一點了啊！」

駱滕風笑得眼淚都流出來了，這句話相當於承認他也是時間迴圈的感知者，但路天峰看著他那走火入魔的狂笑，心裡百感交集。

即使真相近在眼前，路天峰依然覺得一切都是鏡花水月，他心裡完全沒有那種「終於抓住你了」的感覺，為什麼呢？

因為他很明白，自己手中並沒有真正的關鍵證據。

更讓他絕望的是，駱滕風顯然也很清楚這一點。

就連剛才那句在路天峰耳中聽起來無疑等同於認罪的話，在旁人眼中也根本算不上什麼有效證詞。

「據我所知，以目前的技術，對手機訊號的追蹤充其量也只能鎖定一個範圍，並不能百分之百確認號碼使用人的身分。」駱滕風好不容易才收住了笑聲，但眉目間還帶著譏笑的神情。

「除非我能在你身上找到與朱世明聯繫的那張手機ＳＩＭ卡。」

「但你不可能找到的。」駱滕風想了想，又補充道：「根本不存在的東西，你怎麼可能找到呢？」

「你辦事向來都是乾淨俐落。」路天峰不得不承認，駱滕風沒有及時毀掉ＳＩＭ卡的可能性大約等於零，畢竟他有相當充裕的時間。

駱滕風的眼神中帶著滿滿的自信，同時也帶著他獨有的那份執著與狂熱。

「所以現在，我們該怎麼辦呢？換個地方，坐下來好好談一下？」駱滕風攤開雙手，擺出一個充滿挑釁性質的笑容。

路天峰長長地歎了一口氣：「原來自始至終，你都占據著絕對的上風。我還一度以為陳諾蘭是時間迴圈的關鍵變數，但其實……她根本無足輕重。」

「普通人根本沒有資格去影響命運的進程。」駱滕風自傲地說。

「所以真正關鍵的變數是你。」路天峰回憶起第二次迴圈的最開始，他提議讓駱滕風取消晨練的時候，就已經暴露了自己的身分，從此陷入被動挨打的局面。

在第三次迴圈的最初，所有事件都脫離了原定的軌道，發生了天翻地覆的變化，正是因為駱滕風首先主動改變了自己的行程安排，從而引發了連鎖反應。

一切問題的答案就是那麼簡單，簡單得不像正確答案。

所以路天峰才繞了那麼多的彎路。

「然而在今天，關鍵的變數是你。」駱滕風向路天峰豎起了大拇指，「無論如何，我衷心感激你為我所做的一切。」

路天峰心頭一涼，沒料到他帶走了陳諾蘭後，駱滕風能夠當機立斷，立即制定出新的應對方案，一舉多得，不僅解決了投資問題，成功打壓了公司裡面的潛在對手，更是順利完成原定目標，乾淨俐落地除掉了心腹大患朱世明。

「你是怎麼做到這一點的？今天所發生的一切，並沒有提前演練的機會。」路天峰心裡明白根本不該這樣問，但他就是控制不住自己。

駱滕風的表情就像一位經驗豐富的老前輩，遇到了剛入行的新手提出了某個幼稚問題，有點不想回答，但他依然耐著性子，給出他的答案。

「你可別忘了，人生本來就不該有提前演練的機會。」

「是啊，不該……」路天峰不勝唏噓，看來自己終究還是棋差一著。

難道不倚靠感知時間迴圈的力量，他就沒法順利破案了嗎？

「那麼，我也該回去了，還有幾十億的合約等著我簽呢。」駱滕風故作輕鬆地聳聳肩，邁步想要離開。

「等一下。」路天峰一把按住駱滕風的肩膀，「麻煩駱總先跟我回一趟警局。」

「警局？」駱滕風瞪大雙眼，臉上的肌肉抽搐著，一副忍俊不禁的表情，「路隊難道不覺得我們還有更好的選擇嗎？」

「是嗎？」路天峰提高了音調反問。

「你、我，加上陳諾蘭，我們可以聯手改變這個世界。」駱滕風拍了拍路天峰的手臂，將他的手從自己的肩膀上挪開，「我們應該成為朋友，而不是敵人。」

「很抱歉，我是警察。」路天峰冷冷地拒絕。

「你曾經是警察，但未必要一輩子當警察，更何況——」駱滕風主動上前一步，故作神祕地湊到路天峰的耳邊輕聲地說：「你以為這個世界上，只有我們兩個人能感知時間迴圈嗎？」

路天峰幾乎脫口而出：「這是什麼意思？」

「其實這個世界上還有更多的感知者，據說背後有個神祕的組織在研究時間迴圈的現象，難道你不想找到他們嗎？現在，你只需要選擇和我合作——」駱滕風故意賣了個關子，沒說下去。

路天峰怔住了，這些年來，他也曾經問過自己，到底為什麼會發生時間迴圈？難道只有自己能感應到時間迴圈嗎？他有沒有機會變回一個普通人……無數的問題，他並非不想知道答案，而是覺得光憑自己一個人的微薄力量，根本找不到答案。

因此面對駱滕風的邀約，路天峰有那麼一瞬間的心動，但他還沒來得及答話，就聽見不遠處傳來一聲輕微的電子滴答提示音。

聲音雖然很微弱，可在這安靜的樓層裡顯得分外突兀和刺耳。

那是通往樓梯間的安全門鎖被打開的聲音。

駱滕風頓時面露喜色，路天峰則是以最快的速度閃身到駱滕風背後，一手箍緊駱滕風的脖子，用他的身體做掩護。

路天峰很清楚，他現在只能孤軍奮戰，因此無論來者是誰，都絕對不會是自己的幫手。

安全門緩緩被推開，出現在門後的人是舉著手槍的童瑤。

對此路天峰並不覺得意外，他的內心甚至一直認為，雖然余勇生和黃萱萱對自己更加瞭解，但能夠那麼快找到他行蹤的人，應該只有童瑤。

「不許動，放下武器！」她嬌叱道。

「我沒有武器。」路天峰嘴上這樣說著，右手將駱滕風的脖頸箍得更緊了一些。

「路隊，不要再做無謂的掙扎，跟我回局裡吧。」童瑤把槍口穩穩地瞄向路天峰。

「童瑤，你聽我說，駱滕風才是這幾起案件的幕後黑手。」

童瑤還沒說什麼，駱滕風就誇張地大呼小叫起來：「童警官，救命啊，路天峰真的是瘋了——」

「你閉嘴！」路天峰猛地發力，將駱滕風箍得沒法再說話了，然後兩個人一步一步地往後挪動，他相信童瑤不會貿然開槍，而繼續後退十公尺左右，有另外一扇可以離開避難層的安全門。

童瑤調整著自己的呼吸，慢慢向前走了兩步，手中的槍穩如泰山。

「你是怎麼找到我的？」路天峰邊退邊問，注意力集中在童瑤的右邊肩膀上。如果童瑤真要開槍，她的右肩會提前透露訊號。

她不慌不亂地回答：「你所用的臨時ＳＩＭ卡是去年局裡統一派發的，我逐一排查，終於找到了其中一張ＳＩＭ卡的啟用位置是在發生爆炸的郊區別墅附近，而最新定位在這裡。」

說話間，童瑤繼續前進，路天峰又向後挪動了幾步，兩人之間的距離保持著微妙的平衡。

「不愧是我們新一代的資訊專家。」路天峰離出口越來越近了。

童瑤即使明知道路天峰的逃跑意圖，也不敢輕舉妄動，只能亦步亦趨地跟上前。

「路隊，停下來。」

「童瑤，這種情況下你是不能隨便開槍的：第一，我劫持著人質；第二，我們之間的距離過遠；第三，我並沒有使用高危武器，也不是危險犯人。」

「我很清楚規則，不需要你的提醒。」

「那很好。」路天峰已經退到了另外一扇安全門邊。

童瑤似乎有點無可奈何，她確實沒有足夠的開槍理由，更不忍心向自己的同僚扣動扳機。沒想到就在這時候，駱滕風的身子突然抽搐起來，雙腳發軟，整個人好像完全站不穩一樣要往地下倒。

「別耍花樣！」路天峰惡狠狠地警告道，想把駱滕風的身子拉起來。

然而，駱滕風的四肢依然不斷地抽搐著，全身癱成一攤爛泥，跪倒在地。這時候的駱滕風再也無法充當路天峰的掩護了，童瑤完全可以隨時開槍射擊。

路天峰額頭冒著冷汗，苦笑起來，誠懇萬分地看向童瑤。

「我什麼都沒做。」

童瑤猶豫了一下，似乎想要扣動扳機，但槍口終於還是垂了下來，指向地面。

「先救人吧。」

路天峰很是驚訝，這是他第一次看見童瑤不按警察守則辦事。但他來不及感慨了，連忙蹲下身子去查看駱滕風的狀態，只見剛剛還意氣風發的那個男人確實眼神渙散，嘴角冒著白沫，五官扭曲著，出氣多，入氣少。

「怎麼回事！」路天峰心裡既焦急又納悶，幾乎要咆哮起來了，「駱滕風，告訴我，到底怎麼回事！」

駱滕風的眼裡寫滿了絕望和恐懼，他那已經開始發紫的嘴唇顫抖著，從喉嚨深處嘶啞地擠出幾個字來。

「……陳諾蘭……危險……」

「你說什麼？」

「……組織……祕密……」駱滕風的聲音幾不可聞，目光已經失去了焦點，喉頭發出一陣奇怪的咔嚓聲後，輕輕地吐出了最後一口氣。

他在最後時刻到底想說些什麼？

童瑤也急步衝上前，一摸駱滕風的脈搏，就知道這個曾經不可一世的男人已經沒救了。

「你到底做了些什麼？」她厲聲質問道。

「我什麼都沒做，快喊救護車。」

「路天峰，你涉嫌非法禁錮和故意傷害他人，現在依法對你進行逮捕！」童瑤一邊說，一邊掏出了手銬。

路天峰似乎是愣住了，任由童瑤抓住他的右手，然而就在手銬即將扣上的一瞬間，他右手一縮，然後用左手手肘猛地撞向童瑤的面門。

童瑤的反應也是極快，腦袋往後一仰，避開路天峰的肘擊，同時右腿抬起，用膝蓋撞向路天峰的胯下部位。這一下見招拆招是標準的搏鬥動作，童瑤犯下的唯一錯誤，就是她的應對方式實在太「標準」了。

路天峰腳下一滑，整個人似乎要摔倒下去，然而在避開童瑤攻擊的同時，他用腋下緊緊夾住了童瑤的小腿。

啪——

失去重心的童瑤和路天峰一起摔倒在地，不同的是路天峰早有準備，童瑤卻是毫無防備地後腦著地，一下子就摔得頭暈眼花，短暫地失去了知覺。

路天峰用這種近乎街頭流氓打架的招數擊敗童瑤後，立即用手銬銬住她的雙手，再竭力用平靜的語氣說：「真不是我幹的。」

「這裡只有我們三個人。」童瑤搖了搖昏昏的腦袋，冷冷說道。

「我沒有殺死他的動機，另外我要提醒你一下，十五分鐘之前駱滕風在酒店大廳的咖啡廳裡喝了一杯咖啡。」

「來之前我看過監控了，那杯咖啡是你假扮成服務生遞給他的。」童瑤竟然連這些都調查清楚了。

「但咖啡是從後廚拿出來的，我……」路天峰隨即想起，他並沒有留意到躲在廚房調配咖啡那名員工的相貌。

那人似乎在刻意迴避著自己。

為什麼？難道那是一個他認識的人？

路天峰的腦裡有某個一閃而過的念頭，只是當他嘗試去捕捉的時候，這念頭又消失得無影無蹤。

「你想起什麼了嗎？」童瑤問。

路天峰用力搖了搖頭，現在他只能聯想到譚家強提取的那種罕見的植物毒素——延時生效，迅速致命，然而今天所發生的一切與D城大學並無任何交集，毒藥又怎麼會出現在駱滕風的杯子裡呢？

除非還有其他感知者的存在。

路天峰突然領悟了駱滕風的最後遺言。

「陳諾蘭有危險，她知道組織的祕密。」

路天峰倏地站起身來，攥緊了拳頭，將昏迷不醒的陳諾蘭單獨留在安全屋裡，可能是他一輩子犯過的最大錯誤！

「路隊，你絕對不可以離開這裡！」童瑤察覺到路天峰的意圖，連忙喝止，「畏罪潛逃只會加重罪名。」

「對不起，我沒有犯罪，所以也不是畏罪潛逃。」路天峰伸手探入童瑤的褲袋裡，掏出她的手機，輸入了一長串號碼，「我相信你那麼聰明，一定很快就能想到脫身的辦法。」

「你要去哪裡？快解開手銬！」童瑤有種不祥的預感。

路天峰扔下了自己那隻已經暴露號碼的手機，苦笑著說：「你只需要相信我，我絕對不是凶手。」

「路隊，你這樣會被全城通緝的！」

「童瑤，我相信你。」路天峰拋下這句莫名其妙的話之後，就頭也不回地離開了。

童瑤呆呆地坐在原地，回想著路天峰的話，一時之間甚至忘了自己應該要想辦法盡快脫身。

空蕩蕩的樓層，又變得死一般寂靜。

7

四月十五日，第五次迴圈，下午四點四十分。

路天峰一路上不停地催促著計程車司機，甚至連警官證都亮出來了，讓司機彪悍地衝了好幾個紅燈，以最快的速度趕到了陳諾蘭所在的安全屋。

但他還是覺得自己來得太慢。

「諾蘭，我來了。」

警方很快就會由天楓星華酒店追查到這裡，而自己申請安全屋的記錄也可能提前曝光。更令他擔憂的是駱滕風在最後時刻發出的警告。

陳諾蘭的手中到底掌握著什麼關鍵祕密？「組織」會出手除掉她嗎？

未知的敵人才是最可怕的。

推開安全屋大門的瞬間，路天峰立即察覺到事態有異——這是一種很奇妙的感覺，他知道這扇門曾經被人打開過，因為一整天沒開過門窗的屋子，空氣應該更沉悶和渾濁一些。

但屋子裡的一切都看不出被人挪動過，這證明來者絕對是小心翼翼，有備而來。

路天峰還一度擔心陳諾蘭已經被人強行帶走了。當他慢慢踱進房間，卻看見她依然安詳地平躺在床上，發出均勻的呼吸聲。

路天峰並沒有鬆一口氣的感覺，反而更加緊張了。敵人來過這裡，卻沒有做任何事情，那是絕對不可能的。

他們到底做了些什麼，才放心地將陳諾蘭留在原地？

此時，路天峰的心臟好像被一隻無形的大手用力揪扯著，說不出的難受。

「諾蘭，諾蘭！」

他一個箭步衝上前，彎下腰，輕輕拍打著她的臉頰，想要喚醒她。

可是躺在床上的陳諾蘭沒有任何反應。

「諾蘭！」

路天峰翻開陳諾蘭的眼皮，她的眼珠完全呆滯，對光線沒有任何反應，證明她依然深陷在昏睡中。

現在距離注射迷藥的時間已經超過十二小時了，藥效應該逐漸消退，她即使仍然處於睡眠狀態，也不該睡得那麼死。

這時候，路天峰終於注意到陳諾蘭的脖子上有個若隱若現的小針孔。

有人補了一針。

路天峰猛地倒吸一口涼氣。他太清楚這種迷藥過量使用的後果了。之前他經手過一個案件，兩個小混混灌醉了一名女生意圖不軌，兩人擔心女生中途醒來，為她注射了滿滿一針筒迷藥，最終導致該女生腦死。

「是誰？到底是誰……」他努力站直身子，環視四周，想找到一些蛛絲馬跡，但他只感到一陣陣的頭暈目眩。

痛心，苦澀，無助，彷徨，整個人好像被撕成無數的碎片。四肢、軀幹、腦袋，全都不屬於自己。

「不能就這樣認輸！」

路天峰強迫自己連續做了幾次深呼吸，讓腦裡的眩暈散退，逐漸恢復理性。路天峰首先想到的問題就是，陳諾蘭脖子上的針孔尚未消失，證明這針是剛剛打上去的，動手的人應該並未走遠。

第二點，這裡是警方的安全屋，並沒有多少人可以找上門來，更別說不著痕跡地潛入屋子，在陳諾蘭的脖子上打一針了。

這一瞬間，路天峰頓悟到為什麼對方沒有直接將陳諾蘭帶走，只是給她注射了過量的迷藥——是想讓路天峰背上「過失殺人」的黑鍋，一石二鳥。

只有警方內部人員才能策畫和實施這一切，原來最危險的敵人一直隱藏在自己身邊。

無數思緒的碎片在路天峰的腦海裡打轉，逐漸組成了一張清晰的面孔——

D城大學的講座，身穿一件火紅色的衣服，坐在禮堂後排向自己揮手的她；

生物系辦公室內，將譚家強當場逮捕，搜出植物毒素的她；

在機場的咖啡廳內，扮成服務生的樣子，有板有眼地調配美式咖啡的她；

那個特意申請成為自己手下，總喜歡打探各種八卦新聞的她；

那個習慣用崇拜的眼光看著自己，眼睛彷彿會說話的她；

……

真的是她嗎？

咔嗒——安全屋的大門打開了。

路天峰全神戒備地看著入口處。在這個節骨眼上出現的人，很可能就是為了來給自己補上最後一刀。

一臉殺氣的黃萱萱拿著手槍，大步邁入屋內。

「果然是你！」路天峰苦笑道。

「不許動，把雙手舉到頭上！」黃萱萱對路天峰的話充耳不聞，用槍指著他的腦袋。

路天峰慢慢將雙手高舉過頭，嘴角掛著一絲譏諷的笑意。

「連一點情面都不留嗎……」

黃萱萱抿著嘴，默默地向前走了幾步，她的臉上像蒙了一層薄紗，看不出任何喜怒哀樂。

兩人的距離越來越近，槍口幾乎頂在路天峰的腦門上了。

「能夠迅速找到安全屋位置的人，能夠去D城大學拿到譚家強自製毒素的人，能夠假裝成服務生在咖啡裡下毒的人……滿足所有條件的人，只有你。」與死亡近在咫尺之時，路天峰的分析反而比平日更加冷靜。

黃萱萱的嘴角抽搐了一下，鼻子哼了一聲，卻還是沒說話。她的五官和表情跟平日大相徑庭，有種拒人於千里之外的冰冷。

「哦，對了，你還能在駱滕風身上安裝追蹤器，隨時得知他的動態，因為今天上午在他的辦公室裡，你有私下接觸他的機會。」路天峰不為所動，還在不慌不忙地說著。

「你說夠了嗎？」黃萱萱的聲音就像換了個人似的，冷酷而不帶一絲感情。

路天峰自顧自說道：「我只想知道，你為什麼要做出這種事？駱滕風倒也罷了，你連陳諾蘭和我都不放過？」

黃萱萱舉槍的手微微顫抖起來。

路天峰直盯著黃萱萱的眼睛：「萱萱，我平日待你怎麼樣？」

「很好。」她迴避了路天峰的直視。

「那你告訴我，為什麼要這樣做？」

黃萱萱的眼睛眨了眨，剛才一瞬間露出的猶豫和動搖消失了，眼中重新布滿了殺氣，「我什麼都沒做，只是親手抓了一名通緝犯。」

她的手指緊緊扣著扳機，槍口不再顫抖。

路天峰淒然一笑：「好，那你開槍吧。」

「你說什麼？」黃萱萱皺起眉頭，感到有點不對勁。一切都太順利了，路天峰好像連一丁點兒反抗的念頭都沒有。

「你處心積慮布了這個局，不就是為了能夠親手逮捕我，然後以拒捕的名義擊斃我嗎？」

黃萱萱狐疑地打量著路天峰，看不透他在打什麼算盤。

「如果你只想逮捕我，為什麼會獨自行動？面對我這樣的通緝犯，你完全沒必要孤身犯險。」路天峰長歎一聲，「開槍吧。」

黃萱萱竟退後半步。

「你也往後退！」她大喊一聲。

「好，我退後……」路天峰張開雙手，慢慢往後倒退著，「你為什麼還不開槍？」

「後退！退到窗邊！」

路天峰緩緩地後退著。他很快就明白了，黃萱萱之所以沒有馬上開槍，只是為了避免事後解釋這種非常規的超近距離射擊到底是怎麼回事。但只要自己退到窗邊，兩人之間拉開了一定距離，她就有了足夠的開槍理由。

「萱萱，你很聰明。」路天峰無奈地感慨道：「只可惜誤入歧途了。」

他已經來到緊閉的窗戶旁。

「老大……對不起，我別無選擇，這是我的任務……」黃萱萱進入安全屋後，還是第一次稱路天峰為「老大」。

多麼親切而熟悉的稱呼，然而路天峰聽起來卻像是諷刺。

「萱萱，你是『組織』的人嗎……」

「拉開窗簾，打開窗戶。」黃萱萱並沒有回答，而是冷冷地下著指令。

「你真的要殺我嗎？敢不敢對著我的眼睛說一句，你真的想要殺我？」路天峰拉開了灰藍色的窗簾，不勝唏噓地看著這名曾經忠心耿耿的下屬。

黃萱萱眼裡似乎泛起了淚花，但她並沒有迴避路天峰的目光，冷酷無情地說道：「路天峰，我要殺了你。」

「咔嗒。」

那是手槍保險打開的聲音。

路天峰雖然已經當了多年的警察，但每次聽見這聲音響起，難免還是會心潮澎湃。

這聲音代表著罪惡即將被殲滅，正義即將來臨。只是這次，這咔噠聲預示著他正遊走在生與死的邊緣。

黃萱萱深深地吸了一口氣，槍口瞄準路天峰的額頭。

「再見了，老大。」

在生命的最後一刻，路天峰腦海裡想的竟然不是自己，也不是陳諾蘭，而是納悶為什麼黃萱萱仍然稱他為「老大」。

路天峰閉上了眼睛，所以他看不見黃萱萱的眼淚在慢慢地流淌，也看不見她緊緊地咬著嘴唇，甚至已經將自己的嘴唇咬破，鮮血緩緩地滲出。

他既不害怕，也不後悔，只是有點遺憾，如果還能活下去，該有多好。

「噗——」

這是子彈穿過血肉的聲音。這是死人不該聽到的聲音。

路天峰睜開眼睛。

「呵——呼——」

這是呼吸的聲音，是路天峰自己在呼吸的聲音。

沒錯，路天峰依然活著，而黃萱萱倒了下去。她雙眼圓睜，無神地望著天花板，臉上帶著一副難以置信的表情。

窗上有個小洞，是狙擊槍的子彈穿過玻璃留下的痕跡，而在黃萱萱的額頭同時出現了一個小洞，鮮血正從洞裡緩緩流出來，在地板上形成一攤越來越大的污漬。黃萱萱的嘴巴張成一個O形，好像還想說點什麼。

但事實上，那顆子彈貫穿頭部，幾乎在一瞬間就奪去了黃萱萱的生命。

路天峰並沒有一絲一毫死裡逃生的喜悅，眼前的屍體讓他覺得噁心、反胃。躺在床上無辜受罪的陳諾蘭生死未卜，他要馬上將她送到醫院去搶救。

但路天峰發現自己連一步都邁不開，他的體力已經嚴重透支，精神也極度疲憊，眼前的景象在旋轉、變暗。

「快撐不住了……」

這時候，又有人衝進來了。

「老大，你沒事吧！」聲音是余勇生的，而路天峰已經看不清他的面容了。

「我沒事……」他艱難地擠出一句話來。

「萱萱！這……這到底是怎麼回事……」余勇生說話的聲音都變調了。

「路隊……」一個能讓路天峰安心的聲音倏然響起，屬於童瑤。

救護車。

處理現場。

深入調查。

彙報上級。

請求支援。

路天峰想說的東西太多太多，卻什麼都沒說出口，眼前一黑就暈了過去。

終於……可以休息一下了……

四月十五日，第五次迴圈，下午五點。

路天峰緩緩睜開眼睛，發現自己躺在醫院的病床上，眼前是一片雪白。

「路隊，你醒了？」沒想到童瑤一直在自己的身邊陪伴著，而且，只有她一個人在。

路天峰輕輕搖了搖頭，好讓自己飛散的思緒快速集中起來。

「你還好吧？」童瑤關切地問道，同時遞給他一杯溫水。

「風騰基因那邊怎麼樣了？」路天峰接過杯子，連水都沒喝就發問道。

童瑤愣了愣，大概沒料到路天峰連自己的身體都顧不上，問的第一個問題竟然是這個。

「他們在半小時前舉行了緊急新聞發布會，樊敏恩宣布接替駱滕風，成為新任CEO。與此同時，樊敏恩還宣布了與Volly達成投資協定的消息。」

「駱滕風用別人的鮮血和生命鋪就的宏圖大略，就這樣灰飛煙滅了啊……」路天峰不由得感慨這個世界的殘酷，生死成敗也不過是轉瞬之間。

「在朱世明死亡現場提取的爆炸物，經過初步檢測，證實和張翰林、高俊傑兩起案件之中使用的爆炸物成分來源一致。」童瑤頓了頓，又說：「但我們還沒找到駱滕風指使朱世明行凶的證據。」

「人都死了，找到證據還有什麼意義呢？」路天峰發出了一句不該由警察說出口的感歎。

「然而，我完全無法理解黃萱萱為什麼要下毒殺死駱滕風，又加害你和陳諾蘭。」

路天峰突然把目光投向天花板上的白熾燈，不再說話。

「路隊？」

路天峰沉默了好一會兒，才說：「我不想連累你。」

「但我已經聽見你那句莫名其妙的話……」

「哪一句？」路天峰以為自己已經足夠小心，盡量不洩露任何關鍵資訊。

「你質問黃萱萱是不是組織的人，那到底是一個怎麼樣的組織？」

路天峰長歎一聲，從口袋裡掏出一個小小的電子元件。這正是駱滕風遠端殺死朱世明的關鍵道具，同時也是路天峰的救命稻草。

剛才路天峰和黃萱萱的全部對話，就是透過這東西，原原本本地傳到了童瑤的耳中。

「想不到這玩意兒救了我，也許又害了你。」

「路隊，你在我的手機上輸出那一串陌生的數字時，我真是一頭霧水，搞不清楚你到底想幹什麼，但我還是下意識地追蹤和監聽了這個號碼。」

「我知道你在監聽，所以才故意誘使她多說話，只可惜還是沒能從她口裡套出更多情報。」

但路天峰還是成功誘使黃萱萱說出了最為致命的那句話。

「路天峰，我要殺了你！」

正是這句話，才讓童瑤有足夠的理由命令狙擊手射擊。

「但你當時為什麼不直說呢？如果我沒能理解你的意思呢？如果我不能及時追蹤訊號趕到現場呢？如果我沒有提前安排狙擊手呢？」童瑤連珠炮似的問道。

只要童瑤的應對策略稍有瑕疵，路天峰就已經是一具屍體了。

路天峰將目光轉向窗外，「當時情況緊急，我根本來不及解釋那麼多，但我相信你會採用最正確的處理方法。童瑤，我說過，我信任你。」

童瑤的臉似乎紅了：「你太過獎了。」

「身為一名警察，你已經圓滿完成了你的任務。」路天峰暗暗歎了一口氣，「接下來的事情太過危險了，我不希望涉及更多無關人士……」

「路隊，我並不是什麼無關人士。」童瑤的眼裡似乎有什麼東西在燃燒，「我不會拋棄我的上司，更不會拋棄我的朋友。」

路天峰感激地拍了拍她的肩膀，「接下來我所說的東西，也許聽起來像科幻電影的情節，但絕對不是跟你開玩笑。」

「嗯，我知道了。」

「在我們這個世界上，時不時會有時間迴圈發生……」路天峰用最簡短的語言，向童瑤介紹了一遍時間迴圈的規律。

童瑤聽完之後，只是默默地點了點頭。

「你相信嗎？」

「既然普通人根本無法證實或者否定時間迴圈的存在，那麼我暫且選擇相信。」童瑤的回答讓路天峰頗感意外。

「現在我懷疑黃萱萱的背後有個組織，他們想要殺死所有能夠感知時間迴圈的人和相關的知情人士。」路天峰嚴肅地說出了自己的判斷。

童瑤歪著頭，想了想，然後說道：「這個……好像有點說不過去啊……」

「哪裡說不過去？」

「按照你的說法，駱滕風是感知者，當然會被除掉，但陳諾蘭呢？她應該沒有感知時間迴圈的能力吧？」

「嗯……」這樣一說，路天峰才察覺到自己想錯了方向。

「另外一點奇怪的地方就是，黃萱萱為什麼不早點除掉駱滕風？事實上，她作為貼身護衛的一員，有相當多機會可以下手，怎麼非要等到今天呢？」

一言驚醒夢中人，路天峰頓時恍然大悟。

「因為今天所發生的某些事情，觸發了組織的殺機。」

「是什麼？」

「風騰基因拿到了Volly的投資，駱滕風將有機會獨掌大權，聯手陳諾蘭進行RAN技術的新研發——這就是組織所不能接受的狀況。」

童瑤不禁皺起了眉頭，「這樣說來，風騰基因和RAN技術本身就充滿了祕密。」

「而解開一切祕密的關鍵，就在陳諾蘭身上。」路天峰的聲調突然變得沙啞起來，「我希望她能夠快點醒過來……」

「一定會的。」童瑤想了很久，才說出這樣一句無力的安慰。

但很多時候，人只需要一句毫無意義的安慰，就能堅持下去。

「童瑤，請記住，這是只屬於我們兩個人的祕密。」

童瑤緩慢而堅定地點了點頭。

「替我辦理出院手續吧，我還有很多事情要去處理……」

終章

1

四月十五日深夜時分，警局審訊室。

程拓的雙眼布滿血絲，看著眼前的筆錄出神。

「這就交代完啦？」程拓終於開口問。

「嗯，是的。」

「這一系列案件的始作俑者是駱滕風，他在幕後策畫並指使化名『莫睿』的朱世明完成了至少兩起殺人案件──他們兩人先後殺死了張翰林和高俊傑。朱世明以為這樣做可以毀掉風騰基因，報復駱滕風，但實際上只是幫駱滕風獲得風騰基因的絕對控制權。而駱滕風在完成他的計畫之後，利用小型炸彈將朱世明滅口。」

「沒錯，程隊總結得很好。」

程拓皺起眉頭：「但疑問和漏洞還是很多啊，駱滕風是怎麼策畫出這種天衣無縫的殺人計畫的呢？」

「也許他只是運氣特別好。」

「黃萱萱為什麼要下毒殺死駱滕風？」

「我不知道。」

程拓沉默片刻，才說：「你為什麼要瞞著大家，將陳諾蘭藏在安全屋裡？」

「我擔心X會對陳諾蘭下手，事實證明，我錯了。」

「那私自帶走駱滕風的原因呢？」

「也是我做錯了。程隊，我知道在這次任務當中我犯下了太多錯誤，我也願意承擔一切後果。」

「這可不是一句認錯就行的。」

「我申請停職，接受調查。」

程拓長歎一聲，他明知路天峰隱瞞了很多東西，卻不知道到底是什麼。

「天峰，你可以把真相告訴我嗎？」程拓放下了手中的紙筆。

路天峰沉默了好一陣子，才說：「程隊，這就是我們所需要的真相。」

「真正的真相呢？」

「從來就沒有什麼真正的真相。」路天峰邊說邊搖頭。

程拓輕輕地敲了敲桌子，苦笑著離開。

路天峰安靜地坐了一小會兒，抬頭看了看牆上的鐘，總算要到零點了。這一天，還真是無比漫長。

時間一分一秒地流逝著。

再漫長的一天，也總會過去的。

路天峰閉上眼睛，又再睜開，輕輕說了句：「你好，新的一天。」

2

四月十六日，晚上八點。

安靜的醫院走廊上，突然傳來了一聲驚呼。

「醫生，護士！快來人，病人醒過來了！」

值班醫生和護士匆匆趕往單人病房，只見路天峰站在病床邊，緊握著陳諾蘭的右手，而已經昏睡了差不多兩天的陳諾蘭睜開雙眼，蒼白的臉上是迷迷糊糊的表情。

「諾蘭，你還好吧？」

「我……沒事……」陳諾蘭的聲音非常沙啞。

「家屬先讓一讓，我們要做個檢查。」醫生拍了拍路天峰的肩膀，示意他退下。

「諾蘭，我就在外面等你，別擔心哦！」路天峰依依不捨地放開手。

陳諾蘭眨著那雙空洞無神的大眼睛，一字一頓地問：「你……是……誰？」

「什麼？」路天峰一愣。

「我是誰……」陳諾蘭低頭看著自己的手臂，上面插滿了點滴管，「這是……哪裡……」

「先出去一下吧！」醫生眼見路天峰的神色不對，趕緊用力把他推出門外，「放心吧，暫時性的失憶是很常見的事情，讓她休息一會兒就好。」

路天峰木然地退出病房，怔怔地站著。

病房裡，醫生和護士開始忙碌地替陳諾蘭做檢查。

陳諾蘭悄悄地張開手掌，看了看掌心上寫的四個字：假裝失憶。

她不知道路天峰為什麼要這樣叮囑自己，只是無條件地信任他，信任他所說的一切。

於是她又攥緊了拳頭，用汗水慢慢抹去手上的字跡……

3

四月十七日，晚上九點，風騰基因總裁辦公室內。

樊敏恩將手中的資料夾扔到桌面上，看著堆積如山的資料，不由得打了個呵欠。

「這麼多東西，什麼時候才看得完啊？」

這時候，高緲緲拿著一疊厚厚的資料走了進來。

樊敏恩搶先說道：「天哪，別告訴我又有什麼非看不可的重要資料。」

「樊總，這確實是很重要的東西……而且很奇怪……」高緲緲吞吞吐吐地說。

「奇怪？」

「在技術文件資料庫內，發現了研發專案代號為『RAN-X』的資料夾，但資料夾裡面的內容全部加密了，無法查看。我問遍了整個研發部門，都沒有人知道這個項目，更別說密碼了。」

「RAN-X？我也沒聽說過啊！」

「這到底是怎麼回事？」

樊敏恩想了想，說：「顯然你還沒有問遍研發部門的每一個人。」

「陳諾蘭？」高緲緲馬上醒悟。

「等她醒過來之後，立即去確認這件事。」

「那如果……她一直醒不過來呢？」高緲緲小心翼翼地斟酌著用詞。

樊敏恩冷冷地說：「這世界上還有無法破解的密碼嗎？作為研發部負責人，你一定會替我想出辦法解決問題吧？」

高緲緲臉上一陣紅一陣白，但仍然低聲下氣地回答道：「明白了，樊總。」

4

四月十八日，凌晨。

這座城市的某個角落，兩個人影站在陰暗的後巷內。

「這件事算是暫告一段落了嗎？」一個冷冰冰的男聲說道。

「是的，駱滕風死後，再也沒人知道 RAN-X 的祕密了。」答話的是另外一個略帶沙啞的男聲。

「陳諾蘭呢？」

「陳諾蘭原本就不清楚 RAN-X 計畫的真正目的，是透過基因技術創造出時間迴圈感知者，更何況她現在已經失憶了，能否恢復記憶還是個未知數。」

「然而，她的男朋友是個不受我們控制的感知者。」

沙啞的男聲猶豫了幾秒鐘，才說：「路天峰應該不會對我們構成威脅，現在他很可能連警察的工作都保不住……」

語氣冰冷的男子悶哼一聲：「你最好幫他保住這份工作。」

「為什麼？」聲音沙啞的男子驚訝地抬起頭，街燈照亮了他那張帥氣的側臉——竟然是路天峰的上司程拓，「您難道不擔心路天峰會利用警方的資源調查我們嗎？」

「可是……」

「相較之下，我更擔心他用非常規的手段來對付我們，所以還是讓他繼續當警察吧。」

「你在質疑我的決定？」

程拓不再反駁，垂著頭道：「絕對不敢，我明白該怎麼做了。」

男人長歎一聲：「警局方面就拜託你了。」

「好。」

程拓頭頂的街燈熄滅了，不遠處的一盞街燈亮起。

那個讓程拓言聽計從的男人原來已經滿頭白髮，臉上帶著歷經風霜的淡漠表情，一雙眼睛就像深不見底的潭水。

周煥盛。

「八年了，這個世界已經將我遺忘了吧……」他仰頭望向天上的月亮，感慨萬千。

此時此刻，又有誰也在仰望著同樣的明月呢？